제 꿈 꾸세요

제 꿈 꾸세요

김멜라
소설

문학동네

차례

링고링

나는 때에 맞지 않은 열매였다.

나무에서 열린 게 아니라 하늘에서 뚝 떨어진 것 같은.

내 태몽은 엄마도 아빠도 아닌 엄마의 친구가 꿨다고 했다.

1

곧 그칠 것 같던 소나기가 맞은편 건널목의 신호가 몇 번이나
바뀌도록 멈추지 않았다. 빗줄기가 사선을 그으며 바짓단을 적셨
다. 영주는 오리발이 든 그물주머니를 어깨에 메더니 지붕 밖으로
손을 내밀었다.

"뛰어갈래?"

영주가 물었다. 자전거 보관대에 세워둔 우리의 자전거가 비를 맞아 뒷바퀴 부분이 반짝였다. 나는 고개를 끄덕였고 우리는 수영 가방을 머리 위로 올린 채 회색 보도블록 길을 뛰어갔다. 편의점 차양 아래에서 한 번, 키 큰 목련나무 아래에서 또 한번, 독서실에서 스포츠센터까지 영주와 나는 비를 피하기 위해 중간중간 멈춰섰다. 다행히 별로 젖지 않았다고 안심했을 때, 영주 앞으로 오토바이가 지나가며 물보라를 일으켰다.

"아, 저……"

영주가 멀어지는 오토바이를 노려보다 양팔을 축 늘어뜨렸다.

걸을 때마다 영주의 운동화에서 잘박잘박 소리가 났다. 나는 접수대에서 로커룸 열쇠를 두 개 받아 영주에게 하나를 건넸다. 지하로 내려가자 익숙한 수영장 냄새가 났다. 샴푸와 비누 향, 물에 탄 염소 냄새. 탈의실을 여니 준비체조 음악이 희미하게 들렸다.

나는 접영을, 영주는 평영을 잘했다. 영주는 물속에서 나를 보면 접영이 쉬워 보인다고 했다. 나는 가슴으로 물을 누르고 배부터 엉덩이까지 물결선을 그리며 나아갔다. 수면 위로 올라오는 시간을 최대한 늦추며 잠영했다. 마지막엔 발등으로 물살을 내려치며 팡! 영주는 개구리헤엄으로 내 뒤를 따랐다. 우리는 레인 끝에서 만나 숨을 몰아쉬며 앞서가는 차례를 바꾸었다. 그럴 때면 물속에서 영주의 팔이 내 허리를 감쌌다. 내 무릎이나 정강이가 영주의 무릎에 닿기도 했다.

처음 평영을 배울 때 나는 킥 판에 팔을 올린 채 영주 뒤를 따라가며 발동작을 눈에 익혔다. 영주의 다리는 물속에서 쫙 벌어졌다가 단숨에 모였다. 그땐 영주 앞에서 옷을 벗는 것도 부끄러웠는데 어느새 우리는 같은 중급반이 되어 오리발을 신고 자유 수영을 즐긴다. 처음에 영주는 자기 뱃살을 보고 웃으면 안 된다고 경고하며 로커 문 뒤에 숨어 팬티를 벗었다. 하지만 로커 문은 영주 키의 절반만해서 위 칸 뒤에 숨으면 엉덩이가, 아래 칸 뒤에 숨으면 가슴이 보였고, 나는 몇 주가 지나도록 영주의 맨몸을 이 초 이상 보지 못했다. 영주도 그랬다. 벗은 속옷은 서로의 눈에 안 띄게 재빨리 겉옷 아래 숨겼다. 지금은 밴드 부분이 늘어난 양말이나 캡에 부푸러기가 인 브래지어도 다 보여준다. 나는 영주의 왼쪽 어깨에 있는 불가사리 모양의 복점도 봤고 그 위에 난 잔털도 보았다. 하지만 발가벗고 샤워실로 갈 땐 여전히 팔로 가슴을 가린 채 걸음을 빨리한다.

샤워할 때 우리는 서로의 등에 번갈아 비누칠을 해주었다. 수영복을 입을 땐 특히 영주가 없으면 곤란했다. 스판 소재의 질긴 수영복은 다른 사람이 잡아당겨줘야 겨우 팔을 넣을 수 있었다. 우리는 한 사람씩 서로의 수영복 끈을 올려주었다. 영주와 나뿐 아니라 다른 사람들도 그렇게 했다. 서로의 이름을 몰라도, 강습반이 달라도 누군가 수영복이 꽉 끼어 힘들어하면 가까이 있는 사람이 다가가 수영복 끈을 당겨주었다. 영주는 그게 수영장 샤워실의 인지상정이라고 했다.

"수영하기도 전에 지친다니까."

영주는 수영복을 입을 때마다 말했다. 남자들처럼 팬티 한 장만 입으면 지금보다 세 배는 더 수영을 잘할 수 있을 거라고. 겨드랑이 털도 밀기 싫다고 했다. 배꼽에까지 털이 난 아저씨들도 그냥 다니는데 왜 우리만 '민둥겨'로 다녀야 하느냐며 불만을 토로했다. 털에 관해선 영주의 말에 동의했지만 나는 여자 수영복이 꼭 나쁜 것만은 아니라고 생각했다. 나는 영주와 번갈아가며 서로의 어깨끈을 올려주는 게 좋았다. 내가 도와줄 때 영주는 무릎을 살짝 굽히고 어깨를 내 쪽으로 틀었다. 그럴 때 우리는 호흡이 잘 맞았고 나는 영주와 수영이 아닌 다른 것도 함께할 수 있을 것 같았다. 지금처럼 같은 독서실에 다니고 수영 강습을 받는 것 말고 더 어렵고 힘든 일. 예를 들면 우리는 어른이 되어 함께 운전면허를 따거나 돈을 모아 세계 여행을 갈 수도 있다. 어쩌면 영주가 아기를 가졌을 때 내가 아기의 태몽을 꿀 수도 있겠지. 그런 생각을 말하면 영주는 내 팔을 잡고 눈을 크게 떴다.

"애 낳을 때 어떤지 알아? 여기를, 어? 칼로 이렇게 찢고, 어? 피를 콸콸콸콸."

영주는 가랑이를 벌려 무언가 쏟아지는 흉내를 내더니 단호히 고개를 저었다. 하지만 가슴으로 아기를 낳는 건 생각해볼 수 있다고 했다. 영주는 입양이란 말을 그렇게 표현했다.

영주는 내가 고등학교에 올라와 처음 사귄 친구였다. 중학생 때 나는 얼마의 기간을 제외하고 늘 혼자였다. 친구들과 어울려 매점에 가는 것도, 친한 애들끼리 모여 앉아 점심을 먹는 것도 나에겐 딴 세상의 일이었다. 두 명씩 짝을 정할 때도, 서너 명씩 조를 나눠야 할 때도 나는 나눗셈의 나머지 값처럼 끄트머리에 남아 어디에도 속하지 못했다. 돌이켜보면 그때 나란 존재는 물에 희석된 염소 같았다. 물에 그냥 풀어두면 색도 냄새도 없지만 오줌이나 땀 같은 이물질과 섞이면 독한 악취를 풍기는 화학물질. 반 아이들은 미리 얘기해주지 않은 범위에서 시험문제가 나오거나 담임이 유난히 규정을 까다롭게 들이대며 복장을 검사할 때, 화풀이할 대상으로 나를 주목했다. 어떤 애는 나에게 말을 거는 척 등을 쓰다듬으며 욕이 적힌 포스트잇을 붙였고, 어떤 애는 공처럼 구긴 시험지로 책상에 엎드려 있는 내 머리나 팔을 맞혔다. 내 자리는 맨 뒤 쓰레기통 옆이라 "미안, 잘못 던졌어"라고 말하면 그 말이 진짜인지 거짓인지 분간할 수 없었다. 당연히 거짓이었지만. 나는 복도에서 어깨를 부딪쳐도 사과하지 않아도 되는 애였다. 내 책상은 다 먹은 우유갑이나 껌 종이를 놓고 가도 되는 자리였다. 대부분의 괴롭힘은 그 정도를 넘지 않았다. 따돌림당했지만 겉으로 드러나는 심한 폭력은 없었다. 편들어주는 친한 친구 한 명 없는 외톨이랄까. 나 역시 그게 편했고 물에 탄 염소 같은 생활이 익숙했다.

따돌림의 시작은 내 말실수였다. 중학교 2학년, 나는 제비뽑기로 정해진 새 짝과 나란히 앉았다. 흰 피부에 웃을 때 눈 밑에 보조개가 접히는 그애는 나와 같은 아이돌을 좋아했고 나의 긴 속눈썹을 부러워했다. 우리는 서로가 가진 특별한 점을 말해주며 머리카락이나 팔을 쓰다듬고 수업시간이면 책 밑에 숨긴 종이에 낙서를 하며 웃었다. 그러다 어느 쉬는 시간, 나는 그애의 휴대전화에 뜬 '여친'이란 글자를 보았다.

"뭐야, 너 여자 사귀어?"

내가 묻자 그애는 왜 그렇게 크게 말하느냐며 내게 책상에 엎드리라고 했다. 그러고는 손을 둥글게 모아 입에 작은 동굴을 만들면서 속삭였다. 여친도 있고 남친도 있어. 그애는 교회에서 드럼을 치는 고등학생 오빠, 그리고 같은 서클의 3학년 여자 선배와 동시에 사귀고 있었다. 나는 드럼 치는 오빠보다 그애의 여자친구 얘기에 더 관심이 갔다. 그애가 말하길 선배가 먼저 고백했고 얼마 전 사귄 지 오십 일 기념으로 커플 운동화를 맞췄다고 했다. 나는 힐탭 부분이 보라색인 그애의 운동화를 떠올렸다.

"웩, 너무 이상하다."

나는 그 여자 선배의 모습을 내 멋대로 상상하며 타이르듯 그애에게 말했다. 설마 남자처럼 하고 다니는 사람은 아니지? 그런 사람을 사귈 바에야 '진짜' 남자하고만 사귀는 게 낫지 않아?

그날 수업이 끝나고 내려간 교문 앞에서 한 무리의 여자애들이 날 둘러쌌다. 얼굴이 흰 내 짝도 있었다. 그애는 나에게 다가와 내 어깨에 팔을 올리며 말했다.

"우리랑 놀러가자."

그애는 같이 노래방에 가자고 했다. 돈은 자기가 낼 테니 가서 놀자고. 나는 학원에 가야 한다며 거절했지만 그애의 친구들이 내 앞을 가로막은 채 놓아주지 않았다. 그중 한 명이 내 가방을 잡아 끄는 바람에 나는 넘어지기까지 했다. 놀란 그애가 나를 일으켜주며 정말 나랑 같이 놀고 싶어서 그런 거라고 말했다. 불길하고 두려웠지만 마음 한편으로는 어쩌면 그 말이 사실일지도 모른다고 생각했다. 그애를 따라 노래방이 있는 지하로 내려갈 때까지 나는 그 말을 믿었다.

노래방 안에서 나는 집단 구타를 당했다. 벽에 높은음자리표가 그려진 방 모서리에 서서 나는 그애의 친구들에게 배와 가슴을 맞았다. 왜 맞는지도 모른 채 발길질을 당했다. 맞을 때마다 뱃속에서 큰 파도가 치는 것 같았다. 아프다기보다 내게 벌어진 상황이 믿기지 않았다. 그애는 등받이가 없는 소파에 다리를 꼬고 앉아 나와 함께 좋아하던 아이돌의 노래를 부르고 있었다. 미러볼이 번쩍이며 돌아가는 동안 그애는 한 번도 나를 돌아보지 않았다. 그러다 문이 열리고 누군가가 들어섰다. 그애와 같은 운동화를 신은 그애의 여자친구였다.

"니가 뭐, 했냐?"

손바닥이 두툼한 그 선배는 내 한쪽 귀를 잡더니 이를 악물라고 했다. 선배의 주먹이 얼굴로 날아오자 귓속이 멍해지며 고장난 모니터처럼 눈앞이 지직거렸다. 어금니 나가고 싶지 않으면 이를 악물라고 선배는 다시 말했다. 같은 곳을 한 대 더 맞자 고개가 뒤로 꺾이면서 목구멍으로 피가 넘어가는 게 느껴졌다. 마치 나를 위해, 나의 잘못된 태도를 바로잡기 위해 체벌한다는 듯 선배는 내게 무릎을 꿇으라고 했다. 나는 바닥에 꿇어앉아 진심으로 용서를 빌었다. 내 의도는 그런 게 아니었다고, 나도 모르게 말이 잘못 나간 거라고, 선배님의 기분을 나쁘게 해 죄송하다고. 무리 중 한 명이 변명하는 꼴이 더 보기 싫다며 내 어깨를 발로 밀쳤다. 그런 식으로 날아오는 발과 가방에 맞다가 나중에는 엎드려뻗쳐 자세로 기합을 받았다. 노래방 시간이 끝나고 그애들은 나를 화장실로 데려갔다. 피를 닦고 옷에 묻은 발자국을 지운 후에야 나는 그애들에게서 풀려날 수 있었다.

집에는 말하지 않았다. 아빠에게 내가 맞은 이유를 설명하고 싶지 않았다. 방문을 닫고 있으면 아빠는 내게 관심을 보이지 않았으므로 상처가 아물 때까지 나는 이혼한 부모에게 불만을 가진 사춘기 십대 흉내를 내면 그만이었다. 따로 살고 있어 이따금 전화로만 얘기하는 엄마에게도 내 상황을 털어놓을 수 없었다. 엄마에게 학교에 적응하지 못하는 아이로 비치고 싶지 않았다. 내가 보태지 않아도 두 사람은 자기들의 문제만으로 충분히 괴로워 보였다. 시간이 흐르며 상처가 아물고 멍자국도 사라졌지만 문득문득 그때의 일이 떠오르면 몸안의 피가 새하얘지는 것 같았다. 바로 몇 시간 전까지 내 머리카락을 어루만지던 그애가 어떻게 그럴 수 있었을까. 어떻게 내가 맞는 동안 때리는 소리가 새어나가지 않게 노래를 부를 수 있었을까.

"진짜 나랑 놀고 싶어서 그래?"

내가 물었을 때 그애는 눈 밑에 보조개를 만들며 웃었다. 정말 너랑 놀고 싶어서 그래. 그렇게 말하며 내 팔에 팔짱을 꼈다. 그애의 웃음과 다정한 목소리. 그뒤로 나는 공사장 앞을 지날 때면 크레인에 매달린 철근이 내 위로 떨어지는 상상을 했다. 멈춰 선 트럭을 보면 바퀴가 내 가슴 위를 지나가는 모습을 떠올렸다. 방안에 가만히 앉아 있으면 배신감이란 단어가 가슴을 눌렀다. 숨이 잘 쉬어지지 않았다. 엎드려 베개에 얼굴을 묻고 으어- 으어- 짐승 소리를 냈다. 그러다 어느 날은 나란 애는 그런 일을 당해도 싸다는 생각이 들었다. 내가 먼저 그애를 비웃었으니까. 내가 먼저 그애를 배신했으니까. 학교에 들어설 때면 나는 한 가지 규칙을 마음에 새겼다. 누구도 배신하지 말자. 그러려면 누구와도 가까워지지 말아야 했다. 하다보니 그리 어려운 일도 아니었다. 어딘가 모자란 듯 굵고 꼭 필요한 순간이 아니면 입을 다물면 되었다. 졸업할 무렵엔 하루에 한마디도 입 밖으로 내지 않은 날이 많았다. 고등학교에 입학해서도 내가 지켜야 할 규칙은 변하지 않았다. 팔짱을 끼고 키득거리며 복도를 지나는 애들이나 서로의 머리카락을 묶어주는 반 애들을 보면 다정하기보다 어리석고 위태로워 보였다.

"7번 김영주!"

첫 음악 시간, 선생님이 출석을 부를 때 나는 잠시 규칙을 잊었던 것 같다. 대답이 들리는 쪽을 돌아보자 숱 많은 단발머리 여자애가 어깨를 으쓱하며 웃었다. 나는 놀라 고개를 획 돌렸고, 돌리자마자 혹시 저애가 지금 내 행동을 오해하지 않을까 걱정했다. 다음 과목 시간, 선생님이 영주를 불렀을 때 나는 다시 돌아보았다. 영주는 전처럼 어깨를 으쓱하며 웃었다. 고마웠다. 오해하지 않아줘서.

며칠 뒤, 어느 날 혼자 운동장을 가로질러 걷는데 누군가 내 이름을 크게 불렀다. 소리가 들려온 쪽을 올려다보니 머리 하나가 창밑으로 숨는 게 보였다. 찰랑거리는 단발머리, 김영주. 그후로 나는 운동장을 지나갈 때마다 주위를 두리번거렸다. 학교 밖을 걸을 때도 누가 날 부르는 것 같은 소리에 자주 걸음을 멈췄다. 하늘을 보고 옆을 보고 상점 유리에 비친 내 모습을 보았다. 아침마다 교복 셔츠를 다림질하고 양말을 반듯하게 접어 신었다. 2교시와 4교시 쉬는 시간, 영주가 화장실 가는 때에 맞춰 나도 화장실에 갔다. 따라다니는 것처럼 보이지 않기 위해 내가 먼저 가서 영주가 들어설 때까지 기다렸다. 음악실에선 영주가 날 볼 수 있는 대각선 방향 자리에 앉았다. 체육 시간엔 어쩌다 영주 옆에 온 것처럼 보이도록 서서히 거리를 좁히며 팔 벌려 뛰기를 했고 피구를 할 땐 영주가 잡기 좋게 포물선을 그리며 영주를 향해 공을 던졌다.

"너 어느 중학교 나왔어?"

급식실 퇴식구 앞에서 영주가 내게 물었을 때 나는 입안에 물을 머금은 척 볼을 부풀렸고, 하굣길 버스 정류장에 서 있다 영주와 만났을 땐 우연히 마주친 것처럼 놀란 표정을 지었다.

"너도 8번 버스 타?"

영주가 내 팔을 살짝 잡으며 말했다.

우리는 나란히 연두색 마을버스에 올라탔다. 버스가 덜컹거리며 과속방지턱을 지날 때 영주가 손잡이를 잡은 팔에 얼굴을 기대고 말했다.

"난 가끔 버스 대신 자전거 타고 다녀."

나도 영주처럼 팔에 얼굴을 대고 유리창을 바라보았다. 햇빛이 반사돼 내 얼굴에 작은 빛 조각을 만들었다. 누군가 내 가슴에 대고 바람을 부는 것 같았다. 그러지 말자고 생각해도 막대 끝에 매달린 비눗방울처럼 자꾸 마음이 부풀었다.

영주에게서 '영주'란 이름의 기원에 대해 들은 것은 우리가 두 번째로 함께 떡볶이를 먹을 때였다. 나는 당면을 넣은 공 모양 튀김을 떡볶이 소스에 찍어 먹으며 영주의 가족 이야기를 들었다. 영주의 엄마 아빠가 서로의 얼굴도 모른 채 '하나님의 언약'이라는 선교사의 말에 따라 결혼하게 되었다는 이야기. 영주의 엄마가 한국 사람이 아니라는 것과 영주 언니의 이름이 '주영'이란 것도 알게 되었다. 주영과 영주, 둘 다 '주님의 영광'이란 뜻이었다.

"내 동생은 '주'야. 그냥 주."

영주의 말에 나는 고개를 끄덕이며 어묵 국물을 떠먹었다.

"안 웃겨? 난 웃기려고 한 말인데."

나는 웃기다기보다 기뻤다. 영주가 내게 그런 얘기를 해주었다는 것이. 하지만 그 말이 어떻게 들릴지 몰라 대신 나도 우리 가족 얘길 했다. 엄마 아빠 이혼했고 나는 두 사람이 어떻게 만나 결혼했는지 모른다고. 내 이름은 엄마가 지었는데 아빠 가끔 날 이름 대신 '한씨'라고 부른다고.

"어이, 한씨! 이렇게?"

영주가 목소리를 굵게 하며 말했다. 아저씨가 다른 아저씨를 부르는 것처럼.

우리는 떡볶이가게를 나와 패스트푸드점으로 가서 소프트 콘 아이스크림을 사 먹었다. 콘으로 흘러내린 아이스크림을 핥으며 영주가 자기 집에 가자고 했다. 나 학원 가기 전까지 자기네 집에서 놀자고. 나는 앞서가는 영주 뒤에서 영주의 걸음을 따라 걸었다. 영주는 마치 얼음판 위에서 스케이트를 타듯 양발을 브이 자로 벌리며 걸었다. 등과 허리를 펴고서, 느긋하고 편안하게. 영주는 철제 방범 펜스가 솟은 담벼락을 따라 걷다 작은 녹색 대문을 열고 들어갔다. 영주의 어깨 너머로 두세 개의 계단이 보였다. 그 계단을 내려가 영주가 알루미늄으로 된 문의 손잡이를 비틀었다.

"엄마가 또 문 잠가놓고 갔네."

영주가 문 아래 틈새에 손을 넣어 은색 열쇠를 꺼냈다. 문을 열자 타일이 깔린 바닥이 보였다.

"근데 아까 떡볶이 양 너무 적지 않았어?"

영주가 신발을 벗으며 말했다. 나는 그날 학원에 가지 않고 영주의 방에서 영주가 준 바지를 입고 앉아 영주가 끓여주는 자장라면을 먹었다.

2

어린 시절, 내가 태몽 얘길 하면 사람들은 "아, 잘 익은 사과구나" 하고 말했다. 태몽으로 사과 꿈을 꾸는 게 대수롭지 않다는 듯. 하지만 그 꿈을 엄마의 친구가 꿨다고 하면 조금은 의문스럽다는 표정으로 "음, 두 분이 아주 친했나보지?" 하는 반응을 보였다. 엄마의 친구는 일본 나고야에 살았고 내가 태어난 후로 두 사람은 거의 만나지 못했기 때문에 사람들이 생각하는 친한 사이는 아니었다. 그보다는 연결된 사이라고 할까. 엄마는 내게 꿈 이야기를 해줄 때면 양손의 엄지와 검지를 모아 두 개의 링을 만들었다. 그 링들은 키 링에 걸린 열쇠처럼 서로 연결돼 있었고, 그걸 볼 때면 나도 엄마를 따라 손가락 링을 만들어 엄마의 고리에 걸었다.

엄마의 친구가 꾼 꿈은 할머니의 사과밭에서 시작됐다. 꿈속에서 할머니와 엄마는 사과에 붉은빛이 돌게 하려고 땅에 비닐을 깔아 은색 길을 만들고 있었다. 비닐에 반사된 햇빛이 사과를 더 붉고 달게 만들어 해마다 할머니가 하는 일이었다. 엄마가 비닐의 한쪽 끝을 잡고 다른 쪽 끝은 마주선 할머니가 잡은 채 두 사람은 롤에 감긴 비닐을 땅 위에 펼쳤다. 그런데 천천히 뒤로 걷던 할머니가 무언가에 걸려 넘어졌고 흙 위에 주저앉아 가랑이 사이를 더듬다 사과 한 알을 발견했다. 때에 맞지 않게 잘 익은 사과였다. 나무에서 열린 게 아니라 하늘에서 뚝 떨어진 것 같은. 할머니는 그 사과를 엄마에게 건넸다. 엄마는 꿀을 바른 듯 햇빛에 반짝이는 사과를 한입 베어먹었다. 순간 얼음을 깨문 것처럼 입안이 차가워졌고 엄마는 놀라 입에 든 것을 뱉어냈다. 사과 조각이 엄마의 손바닥 위에서 보석처럼 빛났다.

"그래서? 그다음부터 날 뭐라고 불렀어?"

나는 몇 번이나 들어 이미 알고 있는 이야기를 또 물었다. 그 말이 듣고 싶어 엄마의 무릎을 베고 꿈 이야기를 해달라고 졸랐다.

"링고, 일본어로 사과."

엄마가 내 머리카락을 이마 뒤로 넘기며 말했다. 국제전화로 친구에게서 꿈 이야기를 들은 엄마는 내 태명을 '링고'라고 지었다. 엄마 친구의 일본 이름도 링고라고 했다. 링고가 꾼 링고 꿈. 엄마는 나를 내려다보며 손가락으로 링을 만들었다.

엄마는 소백산 아래에서 사과밭을 일구는 집에서 태어났다. 할아버지의 할아버지가 지은 파란색 지붕 집에서 사과꽃이 피는 봄날에. 나는 엄마와 영주에 갈 때면 엄마의 어린 시절 이야기를 듣곤 했다. 주로 무언가를 먹은 이야기였다. 엄마는 봄이면 산밑에 자란 두릅과 산나물을 캐 먹고 가을이면 감나무와 호두나무에서 열린 열매를 따먹었다. 해마다 11월이면 팔지 못하는 사과를 사등분으로 잘라 햇볕 아래 말려둔 다음 긴 겨울 동안 달고 쫄깃한 사과말랭이를 먹었다. 아침마다 사과주스를 마시고 오후에 목이 마르면 사과 가루를 탄 물을 마셨다. 사과잼을 만들어 빵에 발라 먹거나 작은 오븐으로 사과파이를 구워먹기도 했다. 그러다 사과가 싫증난 엄마는 할아버지에게 딸기나 복숭아 같은 과일로 바꾸자고 했다. 엄마는 그때 대답 없이 웃던 할아버지의 모습이 가끔 꿈에 나온다고 했다.

"할아버지한테 인사하고 오자."

영주 집에 도착하면 할머니는 마치 할아버지가 살아 있는 듯 내게 말했다. 나는 엄마와 함께 할머니가 모는 트랙터를 타고 산중턱에 있는 할아버지 산소에 갔다. 엄마는 산소 앞에 사과를 놓고 소주 한 병을 뿌리며 "아버지, 사과 잘 익었어" 하고 말했다. 그러고 나서 과수원으로 돌아와 할머니의 일을 도왔는데, 엄마는 할아버지가 입었던 청재킷과 군복 바지를 입고 챙이 큰 꽃무늬 모자를 썼다. 할머니가 약을 뿌리는 여름엔 우주복처럼 두꺼운 점퍼와 바지를 입고서 분무기의 주황색 호스를 잡은 채 할머니 뒤를 따랐다. 그럴 때 나는 사과밭 옆 창고로 들어가 나무 사다리를 타고 다락으로 올라갔다. 다락에는 먼지가 내려앉은 사과 상자가 많았는데, 어떤 것에는 엄마의 어린 시절 물건이 들어 있었다. 내 발에 꼭 맞는 운동화, 종이학이 담긴 유리병, '참 잘했어요' 도장이 찍힌 받아쓰기 노트, 그리고 유니언잭이 그려진 양철 상자. 그 상자엔 '성윤이 편지'라고 쓰여 있었는데 작은 자물쇠가 매달려 있어 안을 열어볼 순 없었다.

사과꽃을 따는 봄엔 나무 아래를 옮겨다니며 놀았다. 축축한 흙을 파내 꽃잎의 무덤을 만들기도 하고 빈 외발 수레를 끌어보기도 했다. 내가 제일 좋아하는 건 할머니가 허리에 차는, 가죽으로 된 가위 벨트를 가슴에 두르고 탐험가 흉내를 내는 것이었다. 그러다

지루해지면 평상에 누워 하늘을 봤다. 흰 구름, 흰 구름, 또 구름. 고개를 돌리면 파란 물탱크와 그 위에 널어둔 해진 장갑이 보였다. 눈을 감으면 부러진 나뭇가지들을 밟으며 오가는 할머니와 엄마의 발소리가 들렸다. 멀리 다른 사과밭에서 무언가를 태우는 냄새가 바람을 타고 희미하게 풍겨왔다.

"아가, 배 안 고프나."

어느 순간 잠이 들었다 깨보면 할머니가 내 머리맡에 앉아 있었다. 엄마는 수돗가에서 허리를 굽히고 서서 흙 묻은 손과 얼굴을 씻었다. 일을 마치면 우리는 할머니의 트럭을 타고 시내 고깃집으로 갔다. 어린 나에게 영주는 할머니 트럭으로 다 오갈 수 있는 작은 동네로 느껴졌고, 내가 인사하면 누구라도 '아, 산밑에 사는 사과밭집 애로구나' 하며 반겨줄 것 같았다.

"부석사 들렀다 갈까?"

할머니의 단골 가게에서 배불리 고기를 먹고 나면 엄마는 내게 말했다. 이른 저녁을 먹은 후 부석사를 산책하는 게 우리의 코스였다. 입구에 트럭을 세워놓고 우리는 천천히 해질녘의 부석사를 걸었다. 나는 양쪽으로 할머니와 엄마의 손을 잡고서 발을 땅에 끌며 걸었다. 그렇게 걸으면 밑창이 다 닳는다는 엄마의 말에도 발이 흙에 닿을 때의 소리가 좋아 신발을 땅에 끌며 걸었다. 처음엔 금세 부석사에 도착할 수 있을 것처럼 기운이 솟다가도 오르막이 이어지면 나는 길에 주저앉아 할머니를 올려다보았다. 그러면 할머니는 내 앞에 등을 보이고 앉아 허리 뒤로 팔을 뻗었다.

엄마의 친구 링고 이모도 부석사 가는 길에서 만났다.
"네가 링고구나."
이모는 내 머리 위에 가만히 손을 올리고 말했다. 엄마가 아닌 다른 사람이 나를 그렇게 부르는 건 처음이었다. 내 손을 잡고 있던 할머니가 나에게 "성윤 이모야"라고 말하며 엄마의 어릴 적 친구라고 했다. 할머니는 성윤 이모에게 언제 영주에 왔느냐고 물으며 이모의 팔을 쓰다듬었다.
"아버지, 어머니는 아직 구미에 계시나? 이사가고 한 번도 못 뵀다. 니 일본 갔단 소리는 지현이 통해 들었는데."
반가워하는 할머니와 달리 엄마는 뒤로 물러서서 이모를 제대로 보지 못했다. 나는 엄마와 성윤 이모를 번갈아 보며 두 사람이 친구 사이라는 할머니의 말을 곰곰이 생각했다. 엄마의 친구라면 내 어린이집 친구인 선우네 엄마나 옆집 사는 현서 엄마, 엄마 회사의 강부장님만 알고 있던 나에게 끝단이 치마처럼 넓게 퍼진 보라색 바지를 입은 성윤 이모는 특별해 보였다.
'외국 사람 같다.'
나는 크게 웃는 이모의 입과 성큼성큼 걷는 이모의 긴 다리를 보며 생각했다. 부드러운 재질의 밤색 티셔츠를 입은 이모는 나를 링고라고 불렀고 내 눈을 지그시 바라보며 웃었다. 나는 그 웃음의 의미를 알았다. 내가 엄마와 가장 닮은 부분이 눈이었으니까. 할머니에게 "보고 싶었어요, 어머니"라고 말하는 이모의 목소리는 내 마음을 들뜨게 했다.

*

"하긴, 너랑 내가 영주에 가는 건 운명이지."

영주는 그렇게 말하며 하늘색 수건을 망토처럼 어깨에 둘렀다. 나는 수영복을 탈수기에 넣고 타이머를 누른 다음 영주 옆에 서서 머리카락을 말렸다.

"기차 타고 가면 두 시간 정도?"

"기차 타봤어?"

"예전에, 엄마랑."

선풍기 앞에서 젖은 머리카락을 흩뜨리던 영주는 몸을 옆으로 돌리더니 내 등에 붙은 머리카락을 떼어주었다.

"난 못 타봤어. 제일 멀리 가본 데가 강화도야."

영주는 중학교 수련회를 갔을 때 빼고 태어나 한 번도 서울을 떠나본 적이 없다고 했다. 기차뿐 아니라 배도 못 타봤고 한강 유람선도 구경만 해봤다고. 나는 기차도 배도 막상 타면 별거 아니라고 하면서도, 기차를 타고 멀리 떠나보고 싶어하는 영주의 바람이 사그라지지 않길 바랐다.

"아침에 출발하면 밤 되기 전에 집에 올 수 있어."

나는 탈의실 바닥에 앉아 운동화 끈을 묶는 영주에게 말했다. 영주는 허리를 펴고 손가락으로 오케이 모양을 만들었다. 우리는 자전거를 세워둔 독서실까지 걸으며 여행 계획을 세웠다. 오리발 주머니를 든 팔을 돌리며 영주가 말했다.

"집엔 말하지 말자. 어차피 하루 갔다 오는 거잖아."

"응. 말해봤자 아빠 관심도 없어."

나는 이혼 가정의 불행과 아빠의 무심함을 과장하며 영주의 비밀 유지 조항에 찬성했다. 할머니의 사과밭이나 파란 지붕 집은 이제 없어졌다고 했지만 영주는 우리가 외갓집에 가는 거라고 말하며 자기도 기차 타고 갈 수 있는 외갓집이 있으면 좋겠다고 했다. 영주가 내 어깨에 팔을 올리며 웃었다.

"우리 그냥, 하루 자고 올까?"

나는 바깥쪽 팔을 크게 돌리며 젖은 오리발을 바람에 말렸다.

아홉 살 무렵, 나는 혼자 영주에 가려 했던 적이 있다. 며칠만 있으면 집에 온다던 엄마는 오지 않고 아빠에게 물으면 똑같은 대답만 돌아오던 때였다. 영주에 갔으니 얌전히 기다리고 있으라고, 할머니가 아프서서 엄마는 지금 널 신경쓸 여력이 없다고, 전화를 걸어서도 안 된다고. 내가 물을 때마다 아빠는 미간을 찌푸리며 무서운 표정을 지었기에 나는 불안하고 답답한 마음을 혼자 삼켜야 했다. 며칠 뒤 나는 아빠 모르게 영주에 갈 계획을 세웠다. 하루에 한 번. 잠든 아빠의 지갑에서 천원짜리 지폐를 한 장씩 꺼내 돈을 모았고 만원이 되었을 때 청량리역으로 향했다. 키를 조금이라도 키우기 위해 까치발을 들고 매표소 앞에 서서 풍기행 기차표를 달라고 말했다. 유리창 너머의 역무원은 부모님 전화번호가 있어야 표를 살 수 있다고 했다. 내가 전화번호를 대자 역무원이 의자를 가리키며 잠시 앉아 있으라고 했다. 차고 딱딱한 의자에 앉아 기다리는데 얼마 후 아빠가 나타났다. 아빠는 날 보더니 말없이 내 가방을 집어들었다. 기차역 계단을 내려가며 아빠는 내게 사과했다. 거짓말을 해서 미안하다고. 엄만 영주가 아닌 다른 곳에 있다고. 아빠의 목소리가 떨리고 있어 나는 더 물을 수 없었다. 나를 햄버거가게에 데려간 아빠가 혹시 모르니 돈은 그냥 가지고 있으라고 말했다. 아빠는 위를 보며 눈꺼풀을 빠르게 깜박였다. 그건 눈물이 날 때 눈물을 쏟지 않으려고 하는 아빠의 버릇이었다. 나는 내가 아는 것보다 아빠가 나쁜 사람이 아닐지도 모른다고 생각했다. 나쁜 건 엄마라고. 먼저 배신한 사람은 아빠가 아닌 엄마라고.

새벽녘 엄마의 비명에 깨어나 달려가보면 아빠가 엄마의 가슴을 무릎으로 짓누르고 있었다. 아빠는 엄마에게 욕을 했고 중간중간 '일본 그 여자'라고 소리쳤다. 나는 엄마를 구하기 위해 아빠의 허리에 매달렸다. 아빠가 잘못 안 거라고. 아빠가 오해한 거라고 말했다. 나는 아빠의 오해를 풀어주고 싶었다. 하지만 어떻게 말해야 할까. 어떻게 해야 아빠가 그 무서운 욕을 멈출 수 있을까.

그 무렵 엄마는 자주 집을 비웠다. 출장을 간다고 하거나 할머니가 편찮으시다고 했다. 다음날 외갓집에 전화해보면 할머니는 우리 강아지가 이제 다 커 안부 전화를 하느냐며 좋아했다. 나는 전화를 끊고 멍하니 앉아 벽에 걸린 엄마의 옷들을 보았다. 그러다 옆집 대문 소리가 들리면 지은이 언니에게 갔다. 나보다 두 살 많은 지은이 언니는 엄마 없이 아빠와 오빠랑만 살았다. 언니는 우리집에서 나는 싸움 소리를 알고 있었고 이따금 언니의 집에서도 비슷한 소리가 들렸다. 내가 가면 언니는 간장달걀밥을 해줬다. 휘저은 달걀물에 밥과 간장을 넣어 볶은 밥을 먹은 다음 우리는 언니의 오빠 방에 들어가 여기저기를 뒤졌다. 오빠는 이유 없이 언니를 때려 우리 둘 다 오빠를 증오했다. 언니는 내게 오빠가 얼마나 나쁜지 보여준다며 오빠의 컴퓨터를 켰다. 그 안엔 나로서는 이해할 수 없는 영상들이 가득했다. 아무리 봐도 뭐가 뭔지 알 수 없는 뒤엉킴과 소리. 사람 몸에 그런 것이 달려 있다는 것이나 그런 것으로 그런 짓을 한다는 게 믿기지 않았다.

"우리도 해볼까?"

어떤 영상을 클릭하고서 언니는 내게 말했다. 여자와 여자가 벌거벗고 누워 서로의 몸을 핥는 영상이었다. 언니는 내 손목을 잡고 안방으로 갔다. 장롱 안에 들어가서 하면 아무도 모를 거라며

쌓여 있는 이불 위로 나를 이끌었다. 장롱 문을 닫자 코앞에 있는
언니의 얼굴이 조금도 보이지 않았다.

"혀 내밀어봐, 쭉."

언니는 양손으로 내 얼굴을 감싸고서 말했다. 내가 혀를 내밀자
언니의 혀끝과 닿았다. 우리는 입술을 맞대지도 않은 채 얼마간
그렇게 혀를 대고 있었다.

"이상하다, 그치?"

혀를 떼고 언니가 말했다. 장롱 문을 열자 흰 전등빛에 눈이 부
셨다. 언니는 옷소매로 입술을 훔친 뒤 나에게 말했다.

"아무한테도 말하면 안 돼. 우리 둘이 비밀이다!"

혼자 이불 아래로 뛰어내린 언니는 나를 겁주려고 얼마 동안 장
롱 문을 닫은 채 열어주지 않았다.

3

내가 기억하는 링고 이모. 내 머리 위에 손을 올리고서 나를 '링
고'라고 부르던 엄마의 친구. 일본어가 쓰인 도시락 통과 동물 캐
릭터가 그려진 필통을 건네며 "아빠한텐 말하지 마. 우리 둘이 비
밀이야"라고 속삭이던 사람. 내 어깨를 끌어안으며 말할 때 나던
어른의 향기.

부석사 가는 길에서 이모를 만난 뒤 엄마는 이모와 이메일을 주고받기 시작했다. 엄마가 메일을 읽고 있으면 나는 엄마 옆으로 의자를 끌고 가 앉아 엄마의 허리를 끌어안았다. 엄마와 이모의 편지는 다른 사람이 알아선 안 되는 비밀이었고 나는 엄마가 읽어주는 편지 구절에 설레며 내가 그 비밀 멤버에 포함돼 있다는 것에 안심했다. 가을이 되면 이모는 우리를 만나러 한국에 올 거라고 했다. 엄마는 이모를 만나러 가는 날, 아빠에게 '할머니 집에 간다'라고 바꿔 말했다.

"링고 왔구나."

모자가 달린 짙은 녹색 코트에 굽이 낮은 흰색 구두를 신은 링고 이모. 이모는 기차역 앞에 서서 우리를 향해 손을 흔들었다. 나는 엄마 뒤에 숨어 거의 알아들을 수 없는 작은 목소리로 인사를 건넸다. 엄마의 손을 잡고 걸을 때에도 이모가 돌아보면 엄마 팔로 내 얼굴을 가렸다. 이모가 말을 걸면 시선을 떨구고 고갯짓만 했다. 그러면서도 기분좋은 소리가 나는 이모의 구두 굽에서 눈을 떼지 않았다.

우리는 풍기역 앞의 인삼 시장 건물로 들어갔다. 좁은 복도를 따라 걸으며 엄마와 이모는 인삼을 구경했다. 포장하지 않은 인삼이 가게마다 수북하게 쌓여 있었다. 이모는 인삼 하나를 내 코에 갖다대며 향을 한번 맡아보라고 했다. 쓰고 싸한 향에 얼굴이 찌푸려졌지만 그땐 그 향마저 특별하게 느껴졌다. 나는 들떠 있었고 엄마와 링고 이모도 그런 것 같았다. 누군가의 기분이 좋은지 그렇지 않은지 알아차리는 것은 어린 나에게도 그리 어려운 일이 아니었다. 조금 거리를 두고 걸으면서도 자꾸 엄마를 돌아보는 이모와 틈만 나면 내 손을 놓고 이모의 팔을 잡으려는 엄마를 보며 나는 두 사람이 이 비밀 약속을 기다렸다는 걸 알 수 있었다.

"우리 도넛 사 먹자."

인삼이 든 나무상자를 두 팔로 끌어안은 이모가 길가에 서 있는 작은 트럭을 보며 말했다. 앞면이 둥근 흰색 트럭이 도로 가장자리에 서 있었다. 트럭 짐칸에 투명한 플라스틱 상자가 있었는데 그 안에 땅콩 조각 같은 게 붙은 도넛이 들어 있었다. 나는 트럭에 적혀 있는 '생강 도넛'이란 글자를 보고 생강맛을 떠올려봤지만 어떤 맛일지 잘 상상되지 않았다. 엄마에게서 도넛을 건네받아 한 입 크게 베어 물었을 때야 생강의 정체를 파악할 수 있었다. 콧속을 찌르는 생강향에 도넛을 뱉어버리고 싶었지만 이모에게 그런 모습을 보여줄 수 없어 단팥의 도움을 빌려 겨우 삼켰다.

내 기억은 인삼향과 생강 도넛, 그리고 매운 쫄면으로 이어진다.

"우리 좁은 집 갈래?"

링고 이모가 엄마 손을 자기의 코트 주머니 안에 넣으며 말했다. 엄마와 이모는 날 가운데 두고 걷다가도 어느 순간 날 바깥으로 밀어놓고 어깨를 나란히 해 걸었다. 이모가 든 인삼 상자는 엄마의 손에 옮겨왔다 다시 이모의 손으로 옮겨갔고, 문득 올려다보면 이모의 손이 엄마의 어깨나 허리를 감싸고 있었다.

좁은 집은 이름 그대로 좁고 오래된 분식집이었다. 붉은 벽돌을 타고 담쟁이넝쿨이 자라 있었고, 일층 자전거 수리점 앞에는 녹슨 자전거들이 줄지어 서 있었다. 가파른 계단을 따라 이층으로 올라가면 옆으로 미는 유리문에 쓰인 '떡볶이, 김밥, 쫄면'이란 글자가 보였다. 가게 안의 천장은 낮았고 때 묻은 벽지에는 하트를 가운데 둔 이름들이 색색의 펜으로 적혀 있었다. 엄마와 이모는 무릎을 살짝 구부리며 설레는 표정으로 벽지에 쓰인 이름들을 보았다. 엄마가 전에 먹던 대로 시키자고 말하자 이모가 고개를 끄덕였다. 잠시 후 허리가 기역자로 굽은 할머니가 빨간 앞치마를 하고서 쫄면과 김밥이 담긴 그릇을 쟁반에 담아왔다. 쫄면은 맵고, 김밥은 한입에 먹기에 너무 컸다. 그런데도 엄마와 이모는 서로의 앞접시에 김밥과 쫄면을 덜어주며 즐거워했다. 나는 이모에게 내가 매운 것도 잘 먹는 아이라는 걸 보여주기 위해서 콩나물을 얹어가며 열심히 쫄면을 입에 넣었다.

*

"쫄면? 그게 유명해?"

영주는 보온병에 담긴 맥주를 한 모금 마시더니 입을 벌렸다.

나는 영주의 입에 작은 곰 모양 젤리를 넣어주었다.

"유명한 건 모르겠는데 오래된 데야. 시장 근처에 있을걸."

나는 영주에게 보온병을 받아들고 맥주를 마셨다. 찬 맥주가 닿자 부어 있던 왼쪽 잇몸이 욱신거렸다. 영주가 준 젤리를 반대편으로 씹으며 나는 다시 영주에게 보온병을 건넸다. 기차를 타기 전 우리는 모자를 푹 눌러쓰고 편의점에 들러 맥주 두 캔을 샀다. 인적이 드문 골목길에 들어가 맥주를 보온병에 옮겨 담고서 기차에 올라타 한 모금씩 번갈아 마셨다.

"젤리는 왜 곰 모양이어야 맛있지?"

영주가 노란색 젤리를 앞니로 잘라먹으며 말했다. 그러면서 지금 마시는 술은 낮술도 아닌 아침술이라고 했다. 기차에서 마시는 술이 꿀맛이라고. 어른 없이 기차를 타는 것도, 엄마가 아닌 다른 사람과 영주에 가는 것도 처음이었다. 풍기역에 내려서 부석사를 본 다음 저녁에 고속버스를 타고 돌아오는 것이 우리의 계획이었다. 기차표는 내가 모아둔 돈으로 샀다. 맥주와 간식도 내가 사겠다고 했다. 아빠에게 받은 치과 치료비가 있어 그 정도는 충분히 살 수 있었다. 영주는 자기 몫의 차푯값을 주려고 했지만 나는 내가 제안한 여행이니 그렇게 하고 싶다고 했다. 대신 영주에 도착하면 쫄면을 사라고, 부석사행 버스비도 네가 내라고, 돌아오는 버스값은 공평하게 각자 내자고 했다. 우리는 청량리역에서 아침 여덟시 반에 출발하는 풍기행 열차를 탔다. 승차장이 어딘지 헷갈려 계단을 세 번이나 오르내린 것만 빼면 여행의 시작은 순조로 웠다.

영주는 가출청소년처럼 보이면 안 된다며 사람이 지나갈 때마 다 내 운동화 끝을 툭 건드렸다.

"자연스럽게 있자."

자연스럽게, 우리는 빈 좌석을 옮겨다니며 승객들을 구경했고 편의점에서 사온 간식을 먹었다. 버터구이 오징어와 소시지, 초콜 릿을 안주로 보온병을 다 비우자 곧 원주역에 도착한다는 안내 방 송이 나왔다. 영주는 이제 분위기 있게 창밖을 구경하자며 의자에 머리를 기댔다. 얼마 지나지 않아 영주가 규칙적으로 숨을 내쉬는 소리가 들렸다. 영주는 몸을 뒤척이다가 팔을 뻗어 내 손을 잡았 다. 나는 겉옷을 끌어당겨 영주와 내 손을 옷 안으로 숨겼다. 잠든 영주의 얼굴 너머로 빈 들과 낮은 지붕의 집들이 보였다. 선로 이 음매를 지나며 나는 기차의 덜컹거리는 소리가 편안한 음악처럼 들렸다.

엄마와 다시 영주에 간 건 눈이 내리는 겨울이었다. 거리에선 캐럴이 들리고 트리 장식을 한 나무들이 빛을 밝히던 크리스마스 이브였다. 엄마는 차를 운전해 영주로 향했다. 기차가 아닌 자동 차를 타고 가는 건 드문 일이었다. 큰 눈이 온 다음날이라 조심해 야 한다며 엄마는 천천히 차를 몰았다. 나는 배낭을 끌어안은 채 엄마의 옆자리에 앉아 아빠가 했던 말을 떠올렸다. 아빠가 날 세워두고 내 팔을 움켜잡으며 했던 말. 일본 그 여자한테서 또 연락 오면 아빠한테 꼭 말해. 나는 고개를 끄덕였다. 지금 우리는 정말 외갓집에 가는 걸까. 나는 핸들을 붙잡은 엄마를 바라보았다.

휴게소에 들러 따뜻한 코코아를 마신 다음 나는 잠이 들었다. 깨어났을 땐 '영주 중앙시장'이란 큰 글자가 보였다.

"일어나서 뒤로 가."

엄마가 내 배낭을 뒷좌석으로 옮기며 말했다. 나는 잠이 덜 깬 채로 허리를 굽혀 뒷좌석으로 갔다. 잠시 후 누군가 차문을 열고 들어왔다. 링고 이모였다. 이모는 뒤를 돌아보며 나에게 인사했다.

"안녕! 링고!"

이모가 찬 손을 뻗어 내 뺨을 쓰다듬었다. 다른 손에는 빨간 바탕에 초록 리본이 그려진 쇼핑백이 들려 있었다. 쇼핑백을 건네며 이모는 "메리 크리스마스!"라고 또 인사했다. 이모의 목소리 때문인지, 이모와 함께 안으로 들어온 찬바람 때문인지 나는 어깨가 떨렸다. 쇼핑백 안에는 만화 캐릭터들이 그려진 과자 상자와 사십팔 색 크레파스, 부드러운 털실로 만든 노란 엄지장갑이 들어 있었다. 나는 그때까지 내 마음을 붙잡고 있던 아빠의 말에서 벗어나 이모의 선물에 마음을 빼앗겼다. 아빠에게 한 다짐은 내 손에 꼭 맞는 포근한 장갑에 지워졌다. 이모의 선물은 그것으로 그치지 않았다. 이모는 영주 시내의 옷가게를 다니며 나에게 어울리는 모자도 사주었다. 엄마는 금세 더러워질 거라고 반대했지만 이모는 내가 고른 흰색 앙고라 베레모를 머리에 씌워주었다. 신으면 다리가 두 배는 길어 보이는 하늘색 부츠도 사주었고, 장갑과 잘 어울릴 거라며 병아리 털처럼 부드러운 목도리도 목에 둘러주었다. 나는 머리부터 발끝까지 링고 이모의 선물로 휘감은 채 사진을 찍었다. 코에 빨간 전구가 달린 루돌프 사슴 모형 앞에서 링고 이모와 브이 자를 그리며 웃었다.

"눈 쌓인 부석사 보고 싶어."

이모는 셋이 부석사에 가서 사진을 찍자고 했다. 눈을 좋아하는 이모는 영주에 살 때도 눈이 오면 엄마와 부석사에 올라 사진을 찍었다고 했다.

"난 그런 사진 한 번도 못 봤는데요?"

내가 묻자 이모가 사진은 다 자기한테 있다고 했다. 한국을 떠나면서 엄마가 갖고 있던 사진도 모두 챙겨갔다고.

잠깐 멎었던 눈이 부석사 입구에 도착했을 때 다시 오기 시작해서 엄마와 이모는 나란히 우산을 쓰고 걸었다. 내가 자꾸 우산 아래를 벗어나자 엄마는 입구 슈퍼에서 비닐 우비를 사주었다. 움직이면 부스럭부스럭 소리가 나는 우비를 입고서 나는 눈 속을 걸었다. 눈을 쓸어놓은 길 위에 또 눈이 내려 쌓이고 있었다. 나는 길 옆에 모아놓은 눈더미를 옮겨다니며 눈을 뭉쳤고 눈뭉치를 들고 엄마와 이모에게 달려갔다.

"장갑은 왜 벗었어. 손이 다 얼어붙었네."

이모는 무릎을 굽히고 앉아 내 손을 감싸쥐고는 자신의 목덜미 안에 넣었다. 그런 이모를 보며 나는 이모가 대체 나를 얼마큼 사랑하는 걸까 생각했다. 이모의 체온에 언 손이 녹으며 팔에 소름이 돋았다. 나는 오르막을 뛰어갔다. 나처럼 흰 모자를 쓴 것 같은 키 큰 나무들이 길을 따라 고요하게 서 있었다. 멀리 눈 쌓인 돌계단이 보였고 뒤를 돌아보자 엄마와 링고 이모가 하나의 우산을 쓰고 걸어오고 있었다. 나는 다리에 힘을 주고 오르막길을 뛰었다가 멈추고, 다시 뛰었다. 찬 공기가 목을 타고 가슴에 퍼졌다.

"엄마!"

나는 엄마를 향해 외쳤다.

"이모!"

나는 손을 들고 크게 흔들었다. 활주로를 달리는 비행기처럼 두 팔을 옆으로 펼치고 엄마와 이모를 향해 뛰어내려갔다. 그대로 두 발이 떠올라 몸이 날아오를 것 같았다. 실제로 나는 공중에 몇 초간 떠올랐다. 발이 뒤엉키며 몸이 붕 떠오른 다음 가슴부터 배까지 눈길을 슬라이딩했다.

아픈 것보다 이모 앞에서 그렇게 바보처럼 넘어졌다는 게 속상했다. 넘어질 때 잘못 깨물어 볼 안쪽에서 피가 났고 앙고라 베레모는 진흙으로 더러워져 있었다. 아무리 잘 빨아도 이전처럼 새

하얗게 되지 않을 것 같았다. 하늘색 부츠도 앞코가 찌그러져 있었다.

"괜찮아, 세탁하면 다시 깨끗해질 거야."

이모는 부츠에 묻은 눈을 털어내며 말했다.

"안 그래도 감기 기운 있는데."

엄마가 내 이마에 손을 짚었다. 우리는 부석사를 뒤로하고 시내로 갔다. 이모가 문 연 약국을 찾아 감기약을 사왔고 나는 분홍색 시럽을 몇 숟가락 삼킨 뒤 차 뒷좌석에 쓰러지듯 누웠다. 귓속이 윙윙 울리며 아빠와 한 약속이 떠올랐다. 내가 약속을 지키지 않아 벌을 받은 것 같았다. 엄마는 잠시 쉬었다 갈 곳을 찾는다며 어딘가에 계속 전화를 걸었다.

"연휴라 호텔에 빈방이 없나봐."

엄마가 링고 이모에게 말했다.

"엄마, 나 졸려. 할머니 집엔 언제 가?"

나는 엄마가 할머니의 사과밭을 잊은 것 같아 알려주었지만 엄마는 내 말에 대답하지 않은 채 차를 몰았다. 얼마 지나지 않아 으슥한 골목으로 접어들었고 엄마는 높은 담 아래 차를 세우고서 나를 돌아보며 말했다.

"여기에서 잠깐 쉬었다 가자."

차창 밖으로 '모텔'이라는 붉은 글자가 보였다. 차에서 내린 나는 엄마와 함께 모텔 안으로 들어섰다. 이모는 잠시 다녀올 데가 있다며 먼저 들어가 있으라고 했다. 엄마를 따라 자주색 카펫이 깔린 복도를 걸으며 나는 최대한 아파 보이기 위해 눈을 가늘게 뜨고 어깨를 축 늘어뜨렸다. 주변은 어둑했고 그다지 향긋하지 않은 냄새가 났다. 엄마는 맨 끝 방으로 들어가 불을 켠 다음 나에게 옷을 갈아입으라고 했다. 젖은 양말을 벗으며 나는 방을 둘러보았다. 벽 한쪽을 덮은 커다란 거울, 흰 침대보와 둥근 탁자, 좁은 창문. 내가 참 이상한 방이다, 라고 생각한 건 욕실 때문이었다. 침대맡의 벽이 유리로 되어 있었는데, 물방울무늬처럼 겉이 올록볼록한 창 너머로 욕실 안이 훤히 보였다.

엄마는 내가 즐겨 보는 만화 프로를 틀어주었다. 그 만화가 하는 걸 보니 저녁 여섯시쯤 된 것 같았다. 배는 고프지 않았지만 콧물이 나고 어지러웠다. 나는 진한 세제 냄새가 나는 이불을 덮고 누웠다. 잠시 후 엄마가 씻으라며 욕실에서 나를 불렀다.

"근데 이모는 어디 간 거야?"

손바닥에 샴푸를 짜주는 엄마에게 물었다.

"금방 올 거야. 문 연 세탁소가 있나 찾으러 갔어."

이모는 내 모자와 신발을 새것처럼 깨끗하게 해주기 위해 애쓰고 있었다. 아무리 봐도 이모는 내가 생각하는 것보다 훨씬 더 많이 날 사랑하고 있었다.

몸을 씻고 나오자 만화가 끝나 있었다. 엄마는 내게 리모컨을 쥐여주며 이모를 데리고 올 테니 티브이를 보고 있으라고 했다.

나는 침대에 비스듬히 기대앉아 채널을 돌렸다. 그러다 언제 잠들었는지 모르게 잠들었고 갈색 조랑말이 나오는 꿈을 꾸고 깨어났다. 전에도 비슷한 꿈을 꾸다 이불에 오줌을 싼 적이 있던 나는 깨자마자 가랑이 사이를 더듬었다. 다행히 오줌을 싸진 않은 것 같았다. 화장실에 가야겠다고 생각했지만 다리가 굳어 꿈쩍하지 않았다. 볼 안쪽이 쓰라리고 목구멍이 따가웠다. 엄마는 아직 오지 않은 걸까. 나는 숨을 한 번 크게 들이마신 다음 몸을 일으켰다. 그러자 벽면 거울에 내 모습이 비쳤다. 고개를 돌리니 욕실에 있는 엄마가 보였다. 엄마는 링고 이모와 함께 욕실에 있었다.

'친구니까, 엄마와 이모는 둘도 없는 친구니까.'

그렇게 생각은 하면서도 유리 밑으로 몸을 웅크리게 되었다. 그리고 내가 본 것을 이해하려 애썼다. 엄마는 진짜 링고 이모를 좋아하는구나. 좋아하는 친구끼리 입맞춤도 할 수 있지. 같이 목욕할 수도 있는 거야. 그렇게 나 자신을 타일렀다. 그러면서 링고 이모가 나보다 엄마를 더 좋아한다는 걸 알게 된 것 같아 서러운 마음이 들었다. 아무래도 내가 잘못 본 게 아닐까. 나는 이마를 벽에 붙이고서 다시 유리 너머를 보았다. 엄마의 가슴, 이모의 손. 나는 엎드려 가랑이 사이에 손을 대고 꽉 눌렀다. 오줌이 새어나올 것 같았다. 나는 침대 위에 다리를 꼬고 앉아 몸을 앞뒤로 움직였다. 바닥에 놓인 쇼핑백에는 눈에 젖은 앙고라 베레모와 앞코가 더러워진 부츠가 담겨 있었다.

4

기차가 멈추자 영주가 깍지 낀 두 손을 머리 위로 올리며 기지개를 켰다. 영주는 두 발을 점프해 승차장에 착지하고는 턱으로 큰 원을 그리며 역을 둘러보았다. 멀리 하늘색 탑이 서 있었고 더 멀리 옅은 회색빛의 산마루가 보였다.

"영주구나!"

"아직 아냐. 여긴 풍기."

나는 플랫폼을 걸어가며 탑을 올려다보았다. 내가 기억하는 대로 탑에는 하늘색 바탕에 커다란 인삼이 그려져 있었다. 머리에 초록 잎을 달고 사람의 팔처럼 뿌리를 내려뜨리고 있는 인삼. 엄마는 그 탑이 물을 저장해놓던 급수탑이라 했다. 석탄과 증기로 기차가 움직이던 시절엔 역마다 커다란 물 저장고가 있었다고. 엄마가 어렸을 땐 공장 굴뚝처럼 험상궂었는데 이제는 사람처럼 생긴 인삼이 그려져 있다고 했다. 어릴 때 봤던 것을 커서 보면 기억보다 더 작게 느껴진다고 하는데 나는 그 반대였다. 탑은 내 기억보다 크고 높았다. 탑에 그려진 인삼도 내가 생각했던 것보다 더 사람 같았고 마치 물 밖으로 떠오르기를 포기한 잠수부처럼 지치고 낙심한 듯 보였다.

영주는 대합실 가판대에 꽂혀 있는 경상북도 관광 지도를 꺼내
들었다. 바깥으로 나가 지도를 펼치더니 신문 기사를 읽듯 지도에
적힌 지명을 소리 내 말했다.

"영주, 상주, 경주…… 여긴 주가 많구나."

바람이 불자 지도 끝이 삼각형 모양으로 접혔다 펼쳐졌다. 아파
트나 높은 빌딩이 없어 하늘이 더 가깝게 느껴졌다. 바람이 차가
웠지만 볕이 강해 가방에 든 재킷을 꺼내지 않아도 될 것 같았다.

우리는 정면으로 길게 펼쳐진 도로를 따라 걸었다. 저기쯤이었
나. 엄마와 나를 향해 손을 흔들며 링고 이모가 서 있던 곳. 나는
눈앞의 풍경과 기억을 맞춰보며 영주의 배낭 지퍼를 잡고 걸었다.
영주가 내 어깨에 팔을 올렸다.

"이제 어디로 가?"

나는 대답 대신 길 오른쪽에 있는 인삼 시장 건물을 보았다. 오
래전 그 근처에 서 있던 생강 도넛 트럭도 눈으로 찾아보았다. 인
도를 따라 체구가 작은 할머니들이 나란히 앉아 있었다. 무릎을
감싸안은 채 햇볕에 탄 얼굴로 행인을 올려다보는 할머니들. 사과
와 버섯, 나물이 담겨 있는 낡은 바구니. 그곳 어딘가에 나의 할머
니도 있을 것만 같았다. 허리를 숙여 인삼향을 맡던 엄마와 링고
이모도.

"저기 아냐? 네가 말한 데."

영주가 맞은편 길을 향해 팔을 뻗었다. '생강 도넛'이라고 써붙인 흰 트럭이 도로 턱 가까이에 서 있었다. 트럭 앞으로 가자 투명한 플라스틱 상자가 보였고 그 안에 생강 도넛이 들어 있었다. 영주가 도넛 한 봉지를 사서 한입 먹었다.

"진짜 생강맛이네."

내게도 종이봉투를 내밀었지만 나는 고개를 저었다.

"안 먹어?"

"생강 안 좋아해."

"그래도 먹어봐, 한입만."

"이 아파. 아까부터 어금니가 계속 아파. 오징어 먹다가 잘못 건드렸나봐."

나는 한쪽 눈을 찌푸렸다. 이가 아픈 건 맞았지만 도넛을 먹고 싶지 않은 마음이 더 컸다. 없어졌을 거라고 생각한 도넛 트럭이 그대로 있는 걸 보니 마음이 복잡했다. 화가 나기도 하고 그립기도 했다. 엄마에게 전화를 걸어 말하고 싶었다. '엄마, 나 지금 어디 있는지 알아?' 하지만 그대로 다시 기차를 타고 이곳을 떠나고 싶기도 했다.

시장 안 모습도 변한 게 없는 것 같았다. 둥근 머리 부분이 한 방향으로 쌓인 인삼들이 복도를 따라 가득했다.

"우리도 먹어볼까?"

영주가 등산복을 입은 사람들을 보며 말했다. 비슷한 색의 옷을 입은 여자들이 복도에 서서 인삼 뿌리를 씹고 있었다. 영주의 말을 들었는지 귀퉁이 상점의 아주머니가 우리를 향해 손바닥을 펼쳐 보였다. 손 위에 홍삼맛 사탕 세 개가 놓여 있었다. 영주가 두 손으로 공손히 사탕을 받아들었다. 볼 한쪽으로 사탕을 밀어넣은 영주는 꼭 효도관광 온 기분이라고 했다. 생강 도넛을 먹고 인삼 시장도 구경했으니 이제 부석사 무량수전 배흘림기둥 옆에 서서 사진을 찍으면 수학여행 온 기분도 낼 수 있겠다고 했다. 그러면서 내 어깨에 팔을 올렸다. 나보다 키도 작으면서 내 어깨에 팔을 올리는 김영주. 나는 와락 영주를 끌어안고 싶었다.

"영주야."

"응?"

"영주 오니까 좋아?"

내가 묻자 영주가 눈을 흘겼다. 내가 농담을 하면 그게 농담인 걸 아는 영주. 웃기는 농담엔 크게 웃고 안 웃기는 농담엔 눈을 흘기는 김영주. 영주야, 난 너랑 같이 있어서 좋아. 너랑 같이 풍기역 앞을 걷고 이천원 주고 도넛을 사 먹고 인삼 사이를 지나다닐 수 있어서 좋아. 좋은 만큼 무서운 마음이 들지만 그것보다 더 크게 좋아. 우리 엄마도 그랬을까. 엄마도 링고 이모랑 그랬을까.

시장을 나와 우리는 좁은 집을 찾았다. '풍기 인견'이라고 쓰인 간판을 끼고 골목으로 접어들어 내 기억 속 벽돌집과 닮은 곳을 찾았다. 일층엔 자전거 수리점이 있고 활짝 열린 문 앞으로 녹슨 자전거들이 비스듬하게 서 있던 곳. 붉은 벽돌을 타고 이층 창문까지 담쟁이넝쿨이 자라 있던 곳. 계단에 들어설 때 불에 졸인 달짝지근한 고추장 냄새가 나던 곳. 우리는 골목을 돌며 비슷한 풍경을 찾아보았지만 내가 갔던 좁은 집은 보이지 않았다.

"괜찮아, 거기 꼭 안 가도 돼."

나는 영주에게 말했다. 역 앞으로 돌아가 부석사행 버스를 타자고 했다. 하지만 영주는 조금만 더 찾아보자고 했다. 영주는 마치 잃어버린 동생이라도 찾는 것처럼 지나가는 사람들을 붙잡고 물었다. 혹시 좁은 집이라고 아세요? 좁고 가파른 계단 위에 있는 분식집인데 쫄면은 맵고 김밥은 큼지막하고 주인 할머니의 허리가 기역자로 굽은, 혹시 모르시나요?

영주는 낮은 천장을 설명하기 위해 허리를 굽히고 팔을 머리 위로 들어올리며 물었다. 영주가 물으면 길을 가던 사람들은 멈춰 서서 기억 속 어느 곳을 떠올리듯 눈꺼풀을 깜박였다. 챙이 큰 꽃무늬 모자를 쓴 아주머니도, 교복 셔츠를 입은 학생도, 흰 머리카락을 가지런히 빗어 넘긴 할아버지도, 모두 영주의 말에 귀기울이며 길의 한 지점을 멀리 내다보았다.

"안녕, 혹시 좁은 집이라고 아니?"

영주는 만두처럼 통통한 볼에 카드지갑을 목에 건 아이에게도 물었다. 눈썹이 까맣고 이마가 둥근 아이는 "좁은 집이요?" 하고 묻더니 영주와 나를 번갈아 보았다. 혹시 어디 있는지 아느냐고 묻자 아이는 고개를 끄덕이며 안다고, 자기가 아는 데라고 했다. 영주가 환해진 얼굴로 나를 돌아보았다. 아이는 마침 그쪽으로 가던 길이니 자기를 따라오라고 했다. 단순하고 명쾌한 리드에 우리는 아이를 따라나섰다. 아이는 주머니에 손을 넣고 앞장서 걸었다. 어깨에 멘 스파이더맨 가방 밖으로 노란 실로폰 박스가 튀어나와 있었다.

"몇학년이야?"

"2학년이요."

영주가 묻자 아이가 답했다. "학교 끝났어? 집에 가는 길이야? 홍삼 사탕 먹을래?" 영주가 물으면 아이는 돌아보지 않고 앞만 보고 걸으면서도 묻는 말에 다 대답했다. "끝났어요. 집에 가는 길이에요. 집에 가면 밥 먹을 거라서 괜찮아요." 아이는 횡단보도가 나오면 녹색불이 될 때까지 기다렸다가 신호가 바뀌면 좌우를 확인한 다음 손을 들고 건넜다. 의젓하고 교통법규를 잘 지키는 아이였다. 나도 엄마와 살았다면 저 아이 같았을까. 할머니가 있는 영주에서 살았다면 나도 저 아이처럼 따뜻한 밥을 기대하며 집으로 갔을까. 학교에서 돌아왔을 때 집에 엄마가 없으면 나는 전화를 걸어 엄마에게 어디 있느냐고 물었다. 엄마는 당연한 걸 왜 묻느냐는 말투로 엄마가 있는 곳을 말해주었다. 나는 그 대답을 믿지 않았다. 엄마는 다른 곳에 있다고, 나를 버리고 영주가 아닌 다른 어느 곳으로 떠났다고 믿었다. 아빠의 불신과 미움이 나에게도 번져 나는 엄마를 의심하고 원망했다. 우리집이 이렇게 된 건 엄마 때문이라고, 링고 이모와 그 이상한 욕실 때문이라고. 나는 내가 본 것을 마음속 깊이 숨겨놓고 아무에게도 말하지 않았지만 시시각각 엄마의 모습에 그 장면을 비춰 보며 작고 날카로운 칼을 만들었다. 엄마가 떠나기 전 밤마다 벽 너머로 들려오던 엄마와 아빠의 대화를 엿들으며 조금씩, 조금씩 칼의 날 부분을 움켜쥐었다. 어느 날은 엄마가 아빠에게 말했다. 나를 데려가겠다고, 자기가 맡아 키우겠다고. 또 어느 날은 당장은 데려갈 여건이 안 되니 영주의 할머니에게 보내겠다고 했다. 아빠는 모두 그러라고 했다. 데려가, 마음대로 해. 하지만 그해 가을 큰비와 함께 태풍이 몰려와 할머니의 사과밭이 산사태로 뒤덮였다. 엄마는 할머니가 평생 자기 몸보다 아끼고 보살핀 나무들이 아무 도움도 못 되었다고 했다. 할머니가 쓰러져 죽어갈 때 할머니 몸에 쏟아지는 찬비를 막아주지도 못했다고. 할머니의 장례를 치르기 위해 영주에 갔을 때 엄마는 사과밭에 가지 않았다. 엄마는 태풍으로 쓰러지고 뽑힌 나무들을 보고 싶지 않다고 했다.

"다 왔어요. 여기예요."

아이는 어느 벽돌집 앞에 서서 말했다. 우리가 설명한 대로 붉은 벽돌집 이층에 음식점이 있었다. 계단 입구에 세로로 나무 간판이 붙어 있었고 그 간판에 검은 궁서체로 '좋은 집'이라고 쓰여 있었다. 우리가 아무 반응이 없자 아이는 우리의 표정을 살피며 여기서 쫄면도 팔고 김밥도 판다고 말했다.

"고마워. 덕분에 찾았어."

영주가 아이의 머리를 쓰다듬었다. 아이는 할일을 했을 뿐이라는 듯 우리에게 허리를 굽혀 인사한 후 돌아섰다.

"올라갈까?"

영주가 물었다. 나는 고개를 저었다. 좁은 집이 좋은 집으로 바뀌었을 가능성도 있었지만 안으로 들어가 확인하고 싶지 않았다. 나는 영주의 배낭 지퍼를 잡고 우리가 왔던 방향으로 이끌었다. 우리는 다시 골목을 걸었다. 혹시 그애를 마주칠까봐 간간이 걷는 속도를 늦추며, 영주의 스케이팅 걸음으로.

"아까 그애, 받침 다 못 읽는 거 같아."

영주는 아마 그애가 한글을 다 못 깨우쳤을 거라고 했다.

"비슷하긴 하잖아. 헷갈린 거 아닐까?"

"내가 분명 좁은 집이라고 했는데? 너도 들었잖아. 좁은 집이요? 그애가 그렇게 물어보는 거."

"그런데 왜 고맙다고 했어?"

"고맙잖아. 고마운 건 고마운 거지."

영주는 도넛이 든 종이봉투를 반의 반의 반으로 접고는 내 어깨에 팔을 올렸다.

"나도 2학년 때까지 한글 다 못 읽었거든."

영주는 학교에서 받아쓰기를 하고 나면 집에 돌아가 엄마에게 똑같은 문장으로 받아쓰기 시험을 보게 했다고 말했다. 자기가 배우고 나면 엄마도 같이 똑똑해져 그게 좋았다고.

"영주야."

"응?"

"고마워."

우리는 서로의 어깨에 팔을 올린 채 이인삼각을 하듯 걸었다. 거대한 우산처럼 나뭇가지가 넓게 드리워진 떡갈나무 옆으로 한 초등학교가 보였다. 길을 안내해준 그 아이가 다니는 학교였다. 가방 밖으로 튀어나온 실로폰 박스에 검은 매직으로 쓰여 있던 학교 이름이 정문 현판에 새겨져 있었다. 교문 너머로 인조 잔디 위에서 축구공을 차는 아이들이 보였다. 우리는 그 모습을 구경하다 맞은편 문방구로 갔다. 색색의 고무공이 길쭉한 비닐에 담긴 채 입구에 걸려 있었다. 영주가 공 하나를 툭 하고 건드렸다가 키 낮은 매대를 내려다보며 말했다.

"우리 이거 사 먹자!"

'탕후루'라고 써붙인 종이 옆에 투명한 플라스틱 상자가 있었다. 그 안에 사과와 딸기 조각이 끼워진 긴 나무 꼬치가 놓여 있었다. 설탕물을 얼마나 두껍게 입혔는지 과일 조각이 유리알처럼 빛났다. 영주는 그중 제일 반짝이는 것을 집어들었다. 계산을 하고 나와 영주는 과일 조각 하나를 입에 넣고서 와드득와드득 소리를 내면서 씹었다. 나를 향해 엄지를 치켜세우며 꼬치를 건넸다. 나는 어금니가 아픈 것도 잊은 채 꼬치를 받아들고 사과를 깨물었다. 깨무는 순간 부서진 설탕 조각이 어금니를 감싸는 게 느껴지더니 입안이 얼어붙는 것처럼 차가워졌다. 나는 입을 오므리고 혀끝으로 어금니에 붙은 설탕을 떼어냈다. 혀에 세게 힘을 주자 우두둑 무언가 잇몸에서 떨어져나가는 게 느껴졌다. 나는 손으로 입을 가리고 길모퉁이로 뛰어갔다. 회양목이 피어 있는 화단에 고개를 숙이고 입에 든 것을 뱉어냈다. 얼얼해진 입안을 혀로 더듬으니 어금니 대신 염증으로 불룩해진 잇몸이 닿았다. 나는 한 손으로 턱을 감싼 채 영주에게 갔다.

"나, 이 빠진 것 같아."

"어디? 봐봐."

영주가 내 얼굴 앞으로 다가왔다. 나는 입을 크게 벌렸다.

"진짜네, 진짜 빠졌네."

"설탕 떼어낼 때 같이 빠졌나봐."

"찾아줄게."

영주는 빠진 어금니를 찾아주겠다며 화단으로 뛰어갔다. 흙으로 덮인 화단 바닥을 손으로 휘젓더니 화단 위로 올라가 회양목 사이를 살폈다.

"영주야! 필요 없어!"

나는 영주에게 소리쳤다. 어차피 썩은 이라 찾아도 소용없다고.

"김영주! 이리 오라고!"

나는 영주를 불렀다. 영주가 내 옆에 있어줬으면 했다. 어디 가지 말고 내 곁에 있어줬으면 했다.

"찾았어!"

영주가 나를 보며 소리쳤다.

"한영주! 이리 와! 내가 찾았어!"

영주가 손을 크게 흔들었다. 그 모습이 물위에 어른거리는 빛처럼 두 겹, 세 겹으로 번져 보였다. 혀로 더듬으면 떨어져나간 어금니의 빈 공간이 혀끝에 닿았다. 영주와는 절대 그런 사이가 되지 않을 거라고 나는 다짐했다. 옷소매로 뺨을 닦고 나는 영주를 향해 걸어갔다.

나뭇잎이 마르고

한 남자가 있었다. 그는 물을 포도주로 바꾸고 눈먼 자와 다리 저는 자를 고치고 물위를 걷는 기적을 행했다. 죽은 아이와 병든 하인을 살리고 손이 오그라든 자의 손을 펴고 십이 년간 피 흘리던 여자의 피를 멈추게 했다. 남자는 길에서 먹고 때론 오래 금식하며 새벽에 일어나 기도했다. 밀밭에 자란 이삭을 잘라먹고 나무의 열매를 따먹기도 했다. 그러던 어느 날 남자는 배가 고파 평소처럼 열매를 먹으려고 나무 앞으로 갔다. 그러나 나무는 잎만 무성할 뿐 열매가 없었다. 아직 열매가 맺힐 시기가 아니었기 때문이다. 그런데도 화가 난 남자가 나무를 저주하자 나무의 줄기가 뒤틀리며 잎이 말라붙었다. 남자를 따르던 무리가 남자의 능력에 놀라워했다. 그들은 얼마 뒤 남자가 나무에 매달려 죽게 되리라는

것을 몰랐다. 남자는 알았을까. 아마 그는 알았으리라. 그들은 떠
났고 나무는 홀로 메말라갔다.

*

　―오, 여버서어?

휴대전화 너머의 여자는 놀란 목소리였다. 아마도 앙헬이 전화
를 받으리라 예상하지 못한 듯했다. 앙헬 역시 자신이 전화를 받
으리라 생각지 못했다. 휴대전화 화면에 뜬 번호는 주소록에 저장
해놓지 않았지만 조금만 기억을 더듬으면 누구의 것인지 알 수 있
었다.

　―커, 저하 바으 주 모았에.

여자는 당황했는지 혼잣말을 했다. 여자의 목소리로 앙헬은 그
녀의 입안에 침이 고여 있다는 것을 알 수 있었다. 자연스럽게 여
자의 얼굴이 떠올랐다. 입 주변에 난 작은 돌기들과 좁고 긴 턱,
웃을 때 주름이 가득 잡히는 눈가, 도드라지는 굴곡 없이 평평하
게 이어지는 얼굴 전체의 윤곽선, 혀를 약간 내밀고 입술을 동그
랗게 해 기침하는 모습. 여자는 한글 자음을 온전하게 발음하지
못했고, 둥글게 말아올리거나 가볍게 입천장을 스칠 수 없는 혀
는 반쯤 벌어진 입안에서 무언가에 붙들린 듯 뻣뻣하게 곧추서 있
었다.

—자알 지냈어?

여자가 한 톤 높은 목소리로 물었다. 곧이어 침 삼키는 소리가 들렸다. 말을 하는 중간중간 고인 침을 삼키는 것이 그녀의 버릇이었다. 침을 삼키다 사레가 들려 커 커 기침하고 그러다 앞사람에게 몇 방울의 침을 튀기는 것 또한 그녀의 특징이었다. 발음이 뭉개지는 탓에 그녀는 양손을 부지런히 움직이며 자신이 하려는 말을 설명했지만 그 손마저 안쪽으로 뒤틀려 있어 의사소통에 도움이 되지 못했다.

—오랜만이네. 잘 지냈어?

앙헬은 침대에서 몸을 일으켰다. 쿠션에 기대어 앉아 여자의 발음에 귀기울이며 베드 테이블로 손을 뻗었다. 앙헬은 테이블 위에 올려놓은 옥수수맛 크래커를 반으로 부수고 또 반으로 부수었다.

전화를 건 사람은 체였다. 체는 대학 동아리에서 알게 된 선배로 앙헬은 그녀를 이름 대신 '체'라고 불렀다. 그녀가 체 게바라의 얼굴이 프린트된 체che라는 이름의 담배를 즐겨 피웠기 때문이다. 체는 룩셈부르크에서 만들어진 황색 필터의 천연 담배를 물고, 담배를 피우는 일이 혁명의 일부인 양 깊게 연기를 빨아들였다. 여윈 가슴팍이 들숨에 열릴 때면 연기를 잘못 삼켜 기침하곤 했지만 그녀는 독한 담배를 포기하지 않았다. 어쩌면 앙헬이 그녀를 체라고 불렀기에 그녀가 계속 그것을 피웠는지도 몰랐다. 한번은 그녀가 어렵게 구한 거라며 도라지라는 이름의 담배를 피운 적이 있었다. 그 모습을 보고 앙헬은 그녀를 '도라지 선배'라 불렀다. 얼마 뒤 그녀는 원래 담배로 돌아갔고 게바라가 그려진 붉은 표지의 책을 가방에 넣고 다녔다.

—*지음은 지에 애려와 이어.*

졸업 후 어느 복지 재단에서 근무하던 체는 몇 주 전부터 고향인 공주에 내려와 부모님 집에 머물고 있다고 했다. 할머니가 편찮으시다고 했다.

—자살? 할머니가?

불분명한 발음의 말들 속에서 앙헬은 그 단어를 건져냈다.

—*응. 버써 보음째 아우것또 안 으셔. 아우것또 안 으시고 주께애.*

체의 말에 따르면 아흔에서 두 살이 모자란 그녀의 할머니는 곡기를 끊는 것으로 자살을 시도하고 있었다. 돈 낭비하기 싫다는 이유에서였다. 썩은 송곳니 하나와 아랫니 몇 개만 남은 할머니는 몇 년 전부터 음식물을 제대로 씹지 못했다. 보통의 노인들처럼 틀니를 하면 해결될 일이었지만 체의 할머니는 쓸데없는 데 돈을 뭐하러 쓰느냐며 한사코 틀니 맞추기를 거부했다. 그렇게 씹지 못하는 상태로 한끼, 한끼를 거르다 보름 전부턴 아예 음식을 입에 대지 않는다는 것이었다.

—*아우리 애어해도, 안 토해. 무오건 주께애.*

체는 그간 자신과 가족들이 할머니를 설득하기 위해 얼마나 애

썼는지 말했다. 그들은 빌고 애원하고 때론 협박했지만 굶어죽기로 한 할머니의 결심을 꺾을 수 없었다. 할머니의 몸은 하루가 다르게 쇠약해졌고 그걸 보는 자식과 손주들의 일상도 망가졌다. 그렇기에 할머니는 하루라도 빨리 자신이 죽어야 한다고 주장했다. 돈 낭비를 해선 안 된다는 것이 할머니의 절대적이고도 유일한 이유였다.

체는 긴 한숨을 몇 번에 끊어 내쉬었다. 문득 앙헬은 체가 할머니의 틀니 비용을 빌리기 위해 전화한 것이 아닌가 생각했다. 그러나 곧 기억 속 체의 모습을 떠올리며 의심을 거두었다. 대학 시절 체는 돈이 많았다. 그녀의 캐러멜색 가죽 지갑 안에는 신용카드와 지폐가 가득했고, 동아리 사람들이 모일 때면 체는 고부라진 손으로 카드를 꺼내 밥값과 술값을 계산했다.

—지음 아 가치 궁꼬 이어.

체의 가족은 최후의 수단으로 연대 단식을 결행했다. 그녀의 아버지를 필두로 어머니와 체, 그리고 세 오빠가 함께 굶기 시작했다. 그들은 할머니가 마음을 돌리길 기대했지만 할머니는 조금씩 마시던 검은콩 두유조차 끊어버리고 방문을 닫아걸었다. 보름을 굶어도 기세는 여전했다. 체의 가족은 처음엔 알츠하이머를 의심했지만 할머니의 정신은 또렷했다. 작년 가을, 시장 방앗간에서 고춧가루를 빻고 천오백원 덜 준 것을 기억해 아들에게 그 돈을 주고 오라 당부했다. 어느 날은 읍내 농약가게에 일 년 치 선금을 치른 일을 되짚으며 남은 금액만큼 비료를 받아오라 시켰다.

　—그언에, 어를 보오 시퍼 하시어라.

기나긴 사연 끝에 체는 그렇게 말했다.

　—나를? 나를 어떻게 아시고?

　—으때, 조어식 때 와언 후애, 어.

체는 '졸업식 때 왔던 후배'라는 말로 앙헬이 빠져나가지 못하게 붙잡았다.

그 시절 휴학과 복학을 거듭하던 체는 동기들이 졸업하고 몇 년이 지난 후에야 학사과정을 마칠 수 있었다. 소식을 들은 앙헬은 체의 졸업식장에 갔고 그곳에서 그녀의 가족을 만났다.

8월의 졸업식은 덥고 어수선했다. 앙헬은 땡볕 아래 서서 땀을 흘리는 체에게 다가가 꽃과 풍선을 건넸다. 하트 모양의 헬륨 풍선과 연푸른 꽃잎의 수국이었다. 앙헬은 공주에서 올라온 체의 가족과 차례로 인사를 나눈 뒤 체를 가운데 두고 그들과 사진을 찍었다. 체의 비뚤어진 학사모를 바로 씌워주었고, 체가 흘러내린 바지춤을 끌어올릴 때 그녀의 가방과 졸업장을 대신 들고 있기도 했다.

　—참칫집 예약했는데 같이 가실래요?

고르지 못한 치열을 내보이며 체의 둘째 오빠가 말했다. 앙헬은 낯선 사람과 어울리는 걸 꺼리는 성격이었으나 그날은 초대를 받아들였다. 가족을 제외하고 체의 졸업식에 온 사람은 앙헬뿐이었다. 참치회가 먹고 싶기도 했다. 앙헬과 그들은 두 대의 택시에 나눠 타고 한강 다리를 건넜다. 택시 안에서, 그리고 참칫집에서 체의 가족은 말이 없었다. 그들은 좌식 테이블 앞에 앉아 각자 먹는 일에 열중했다. 체의 어머니와 아버지, 중년의 큰오빠와 둘째 오빠, 그리고 좁고 긴 턱이 체와 꼭 닮은 막내 오빠는 여러 부위의 참다랑어 살을 조미하지 않은 김에 싸 먹었다. 테이블 한쪽에 김 포장지가 수북하게 쌓여갔다. 그 사이에서 앙헬도 쉼없이 먹었다. 체의 아버지가 따라주는 청주도 몇 잔 받아 마셨다. 시간이 흐른 지금 그때를 떠올리면 앙헬은 체의 가족과 함께 먹고 마시던 자신의 모습이 낯설게 느껴졌다. 마치 고개를 숙인 채 좁고 긴 복도를 따라 걷다 문득 맞은편 유리에 비친 자기의 모습을 보고 놀라는 것처럼. 그런데 그날 그 자리에 체의 할머니는 없었다.

—웬차으연 하루마 와따 가애?

체는 반나절만 시간을 내주면 고맙겠다고 했다. 할머니의 몸이 오래 버티지 못할 거라 말하며 다가오는 주말에 시간이 어떤지 물었다.

—아직도 체 게바라 피워?

앙헬은 체의 말에 대답하지 않고 다른 것을 물었다. 손으로는 잘게 부순 크래커를 꾹꾹 누르고 있었다.

—아이. 다애 끄어허.

—그럼 이제 뭐라고 불러?

―어?

―공주라고 불러도 돼?

―어?

―공주 선배.

앙헬이 말하자 체는 사레들린 듯 커 커 하고 웃었다. 앙헬은 체의 웃는 모습이 머릿속에 그려졌다. 시든 풀 무더기 같은 얼굴로 숨이 넘어갈 것처럼 웃는 사람. 체는 모든 것을 다해 말했고 모든 것을 다해 웃었다. 그녀가 내뱉는 소리 하나, 음절 하나에 그녀라는 존재가 온전히 녹아 있었다. 한때 앙헬은 세상의 모든 사람들이 그녀처럼 말하고 그녀처럼 웃기를 바랐다.

*

체는 마른 몸에 언제나 짧은 머리를 하고 있었다. 그을린 갈색 피부와 여원 팔다리는 쓸모없는 수분을 증발시킨 겨울의 나뭇가지처럼 앙상해 보였다. 머리카락은 헤어 클리퍼를 3단에 맞춰놓고 귀 위까지 일정하게 잘랐고 한쪽 귓불에는 무채색의 십자가 피어싱을 했다. 옷과 신발은 주로 선명한 원색의 것을 입고 신었다. 체의 표현에 따르면 스페인의 태양과 지중해의 바닷빛을 닮은 색이었다. 체는 색채에 민감했고 그 색들을 조화롭게 자신의 몸에 배치할 줄 알았다. 체를 보고 있으면 그녀가 옷이 아니라 그림이

나 음악을 입은 것처럼 느껴졌다. 어떤 날은 젊은 화가가 빌딩 외벽에 그려놓은 그라피티를 보는 듯했고 어떤 날은 음울한 트럼펫 연주자의 깊고 우아한 재즈 선율을 듣는 듯했다.

체는 티셔츠 하나를 살 때도 선과 이음새의 디테일을 살폈다. 그녀가 선택한 옷들은 한철의 유행을 따르거나 무딘 사람들이 자기의 스타일을 모르고 고른 것과 달랐다. 체는 선명한 원색과 대비되는 어두운 장식의 디자인을 좋아해 한편으론 밝고 한편으론 어두운 느낌의 옷이 그녀의 마른 몸을 감싸고 있었다. 사람들 틈에서 한없이 웃는 얼굴을 하고 있다가 잠시 숨을 고르며 입안에 고인 침을 삼키던 체의 모습처럼.

체는 시와 전시회를 좋아했고 소규모 클럽에서 밴드 연주를 들으며 버드와이저를 마시는 걸 즐겼다. 정치나 역사 문제에도 관심이 많아 여러 대학이 연합한 무슨무슨 학회에도 가입해 활동했다. 체가 등장하면 사람들은 처음엔 놀라고 경계하다 그다음엔 지나치게 배려했다. 누군가는 체에게 다가가 그녀가 착용한 옷이나 신발의 브랜드를 묻기도 했다. 그렇게 말을 거는 게 자연스러워 보였다. 체는 한 수입 브랜드의 운동화를 즐겨 신었는데, 조금 크고 무거워 보이는 그 신발이 그녀의 마르고 흰 다리 아래 버티고 있어 그걸 보는 사람에게 안타까움과 동시에 옅은 안도감을 불러일으켰다.

운동화는 체가 미국 사이트에서 직접 골라 주문한 보드화였다.

스케이트보드용으로 나온 신발이라 디자인이 남달랐지만 밑창에 미끄럼 방지 고무가 부착돼 있어 넘어지기 쉬운 체에게 알맞았다. 체의 왼다리는 안쪽으로 휘어져 있었고 오른다리보다 길이가 짧았다. 가만히 서 있으면 왼쪽으로 몸이 비스듬하게 기울어졌는데 체는 걷거나 뛸 때 그 기울기로 작은 웨이브를 그리며 움직였다. 나아가는 쪽을 향해 어깨와 팔로 곡선을 그리고, 조금 짧은 다리가 그 선과 대칭돼 타원을 그리는. 그 동작을 반복하면서 체는 일정한 리듬으로 걸었다. 체가 걷는 모습을 보고 있으면 그녀의 귀에만 들리는 음악이 그녀 주변에 흐르는 듯했다. 다른 사람과 함께 걸을 때도 체는 상대의 속도에 맞추려 애쓰지 않았다. 자기의 리듬대로 발을 뻗고 어깨와 팔로 타원을 그리며 나아갔다. 체와 함께 걷는 사람은 그녀가 자신의 속도로 걸어올 때까지 기다리면 되었다. 신호등의 녹색불이 깜박일 때면 체는 어깨의 원을 빨리 그려 속도를 높였다. 계단을 두 칸씩 뛰어오르거나 양발을 한 번에 떼어 점프할 순 없었지만 체의 걸음 때문에 지하철을 못 타거나 버스를 놓친 적은 없었다.

하지만 길이가 다른 양쪽 다리 때문에 체는 걷거나 뛸 때 많은 에너지를 소모했다. 체의 양말을 보면 알 수 있었다. 신발을 벗으면 빛나고 깨끗한 운동화에 가려져 보이지 않았던 체의 양말이 드러났다. 양말은 그녀가 흘린 땀으로 젖어 본래 색보다 짙어져 있었고 가까이 가면 시큼한 냄새를 풍겼다. 운동화 안창도 땀으로 까맣게 얼룩져 있었다. 체는 술을 좋아했고 자주 취했기 때문에 체의 친구들은 취해 비틀거리는 그녀 앞에 운동화를 놓아주곤 했다. 앙헬은 그들 중 가장 자주 체에게 운동화를 챙겨준 사람이었다. 운동화 안쪽에 손가락을 넣을 때면 체의 땀과 체취가 손가락을 휘감는 듯했다. 앙헬은 언제부턴가 체를 떠올리면 그 축축한 기운이 손가락에 느껴졌다. 그리고 또다른 종류의 축축함.

몇 해 전 앙헬은 한 선배의 결혼식장에서 오랜만에 체를 만났다. 술자리가 이어졌고 체는 자기의 주량을 넘어서 과음했다. 노래방이었던가, 아니면 횟집 화장실이었던가. 기억은 정확하지 않았다. 생각나는 것은 체가 집에 가려는 앙헬을 붙잡았고 층계참에서 둘이 실랑이를 벌이다 사고가 났다는 것이다. 그것은 사고였다. 앙헬은 자신의 가방을 잡은 체의 손을 뿌리치다 그녀의 어깨를 밀치고 말았다. 체는 몸의 중심을 잃고 계단을 굴러 아래로 떨어졌다. 앙헬이 놀라 뛰어내려갔지만 체는 괴성을 지르며 앙헬이 가까이 오지 못하도록 막았다. 찬 바닥에 웅크린 체는 신음을 내며 허리를 둥글게 말았다. 잠시 후 체의 바지가 젖어들며 앙헬의 구두 앞으로 노란 오줌이 흘렀다.

*

앙헬이 체를 만난 동아리는 '마음씨'였다. '씨 뿌리는 사람의 마음'이란 뜻을 가진 그곳은 일 년에 서너 번씩 산에 올라 장뇌삼 씨를 뿌리고 온다고 했다. 심은 다음 그걸 돌보거나 자란 삼을 수확하는 것은 아니었다. 어느 산, 어느 위치에 심었는지도 기록해두지 않고 그저 씨 뿌리는 행위에 의미를 둘 뿐이라고 했다. 앙헬에게 그 말을 해준 사람은 동아리의 회원 중 한 명인 대니였다. 앙헬은 혼자 김밥을 먹기 위해 사람이 없는 곳을 찾다 학생회관 옥상까지 올라간 날, 그곳에서 대니를 만났다.

—가끔 양귀비 씨를 뿌리기도 해. 양귀비 씨 보여줄까?

한쪽으로 눌린 심한 곱슬머리에 모터사이클 재킷을 입은 대니가 말했다. 흰 피부에 금색 테의 안경을 쓴 대니는 진지하면서도 호기심어린 눈으로 앙헬을 보았다. 앙헬은 바투 다가온 그녀에게서 물러서며 자신은 옥상에 잠깐 쉬러 왔을 뿐 씨 뿌리는 일엔 관심이 없다고 말했다. 어쩌다 옥상까지 왔지만 다시 올 일은 없을 거라고, 고소공포증이 있어 높은 곳을 좋아하지 않는다고도 했다. 앙헬의 거절에도 대니는 포기하지 않았다. 꼭 산에 올라야 씨를 뿌릴 수 있는 것은 아니며, 혼자 옥상까지 올라왔으면 절반은 마음씨 회원이 된 거라 말했다. 대니는 앙헬에게 손을 펼쳐보라고 한 다음 재킷 안주머니에서 무언가를 꺼내 그 위에 올려놓았다. 보드랍고 도톰한 비단 재질의 붉은 보자기였다. 보자기를 펼치자 푸른 안감 위에 놓인 작은 씨앗들이 보였다.

—귀엽지?

대니는 손끝으로 잿빛 씨앗을 조심스럽게 흩뜨렸다. 앙헬의 눈에는 어릴 때 사 먹던 해바라기 씨 과자처럼 보였다. 혀로 초콜릿만 녹여 먹고 씨는 뱉었던 해바라기 씨 과자. 가까이에서 보니 먹다 남은 초콜릿이 보이는 것도 같았다.

그날 앙헬은 수업에 늦었다며 서둘러 옥상을 빠져나왔으나 그 뒤로 자주 옥상에 갔다. 마음씨에 가는 게 아니라 옥상에 가는 거라 되뇌며 엘리베이터도 없는 오층 건물을 열심히 올랐다. 한 층 한 층 오를 때마다 종아리와 허벅지 근육이 팽팽하게 조여왔다. 마지막 계단에 다다라 두꺼운 철문을 열고 나가면 키 큰 버드나무와 내리막길을 따라 서 있는 학교 건물이 보였다. 앙헬은 옥상의 빗각 지붕 아래 놓인 소파에 앉아 숨을 몰아쉬었다. 두 사람이 앉으면 서로의 허벅지가 닿는 넓이의 낙엽색 가죽소파는 팔걸이 부분이 찢어져 노란 스펀지가 드러나 있었다. 소파 뒤편 벽에는 땅의 높낮이에 따라 색의 명도를 다르게 칠한 대한민국 지도가 붙어 있었고, 지도의 네 모서리를 테이프로 고정해놓아 바람이 불 때마다 충청도 부분이 불룩하게 부풀었다가 가라앉았다.

학교에서 정식 동아리 승인을 받지 못한 마음씨 사람들이 모일 곳이라곤 누군가 내다버린 가죽소파와 벽에 붙인 지도로 꾸민 학생회관 옥상이 전부였다. 그래도 옥상을 오가는 이들은 모두 그곳을 마음씨의 공간이라 여겼다. 비가 오면 빗줄기가 들이치고 바람이 불면 계단 쪽 유리창이 덜컹거렸지만 아무도 소파의 위치를 바꿔놓거나 그 주변에 쓰레기를 버리지 않았다.

앙헬은 소파에 앉아 오래된 버드나무를 보는 것이 좋았다. 보호수로 지정돼 봄가을이면 약병과 연결된 호스를 줄기에 꽂고 있는 버드나무는 떠돌이 개의 덥수룩한 털처럼 긴 나뭇가지를 무성하게 늘어뜨리고 있었다. 나무는 야트막한 언덕 위에 있었고 그 앞으로 내리막길이 이어지다 다시 불룩하게 솟은 언덕에 학생회관이 있어서 옥상 소파에 앉으면 앙헬의 눈높이와 나무가 수평을 이루었다. 바람이 불 때마다 층층이 자란 연둣빛 잎들이 옥타브가 다른 음계처럼 조금씩 다른 세기로 몸을 떨었다. 나무 옆 내리막길을 따라서 회백색 자연대 건물과 아치형 구름다리가 있었고 건물 벽면에는 늙은 과학자의 초상화가 그려져 있었다. 고불거리는 흰 수염이 턱을 뒤덮은 과학자의 초상화는 비와 바람을 맞아 코 윗부분이 사라지고 없었다. 앙헬은 군데군데 부서진 그 석회 벽을 보고 있으면 오래된 터틀넥의 감촉이 떠올랐다. 보풀이 일고 소매와 목 부분이 늘어났지만 오래 입어 길든 부드러운 섬유의 느낌. 소파에 앉아 숨을 들이마시면 어디선가 뚜껑이 열린 매직펜 냄새가 나는 것 같았다. 소파 아래에서 자두 몇 알이 천천히 썩어가는 듯도 했다. 앙헬은 눈을 감고 건물 아래 코트에서 들려오는 농구공 튕기는 소리를 들으며 누군가 옥상 문을 열고 들어서기를 기다렸다.

대니는 매일 아침 옥상에 와 바닥을 비질하고 자판기 커피를 마시며 책을 읽었다. 그녀는 수업에 가기 전 사드의 『소돔 120일』을 세 페이지씩 읽었다. 그러고 나면 사는 게 그리 버겁게 느껴지지 않는다고 했다. 앙헬은 대니가 읽는 책이나 그녀를 버겁게 하는 것에 대해 알지 못했으나 대니가 자판기 커피에 몇 방울의 소주를 타 마실 때면 가방에서 귤이나 초콜릿을 꺼내 그녀 옆에 두었다. 대니는 그림을 잘 그렸고 자기만의 필체가 있어서 걸개에 글을 쓰러 옥상에 오는 다른 동아리 사람들에게 대필을 부탁받기도 했다. 그러면 대니는 움직일 때마다 뽀드득 소리가 나는 인조가죽 재킷을 벗어놓고 납작한 붓과 뚜껑이 달라붙은 페인트 통을 들고서 흰 천 위를 오갔다. '싹 다 조지고 뿌리까지 갈아엎자.' 다 쓰고 나면 몇 걸음 물러서서 가늘게 뜬 눈으로 자기가 쓴 글씨를 살펴보는 대니. 그녀가 오간 곳마다 색색의 페인트가 떨어져 있어 마치 화가의 거대한 팔레트를 보는 것 같았다.

—오, 힌입생!
체를 처음 봤을 때 그녀는 옥상 난간에 기대어 서서 아주 짠 것을 먹은 표정을 하고 있었다. 나중에야 앙헬은 체의 그 표정이 웃는 얼굴이란 사실을 알았다.
—뭐라고 하는지 못 알아듣겠어요.
앙헬이 체를 등지고 서서 대니에게 속삭였다.
—듣다보면 익숙해져. 영어 듣기 평가처럼.

대니는 체의 말을 다 알아들으려 하지 말고 몇 개의 단어로 문장을 유추해야 한다고 했다. 대니와 체는 학년이 같았지만 나이는 체가 한 살 더 많았고 서로를 별명으로 불렀다. 대니는 대니, 체는 체 이전의 별명. 그것이 무엇이었는지 앙헬은 기억나지 않았다. 앙헬이 별명의 뜻을 물었을 때 두 사람은 둘만의 비밀이라 말해줄 수 없다고 했다. 앙헬은 그 말이 서운하면서도 비밀을 간직하는 둘의 관계를 닮고 싶었다.

대니와 체는 학내 검도부에서 처음 만난 사이라고 했다. 가입한 지 몇 개월이 지나도록 두 사람은 서클의 준회원조차 되지 못했는데 체는 죽도를 똑바로 쥐지 못한다는 이유로, 대니는 서클에서 지정한 업체에서 죽도를 사지 않았다는 이유로 회원들에게 암묵적인 거부를 당했다. 비슷한 이유로 두 사람은 팬플루트 동아리와 사진반에도 적응하지 못했다. 어느 날 두 사람은 학생회관 옥상에 앉아 부당한 이유로 세상으로부터 미움을 받는 존재에 대해 생각했다. 생각하다 그 미움을 사랑으로 바꿔 특별한 목적 없이 세상을 향해 온정을 베푸는 일을 도모했다. 그렇게 마음씨가 만들어졌다고 했다. 체는 여행을 좋아하고 대니는 산을 좋아해 둘은 여행하며 산에 올라 씨 뿌리는 일을 이어갔다.

이야기 끝에 대니가 앙헬에게 원한다면 너도 같이 갈 수 있다고 말했다. 그러면서 넌 무엇을 좋아하느냐고 물었다. 앙헬은 자기도 모르게 김치 볶는 냄새를 좋아한다고 했다. 회관 옆 식당 환풍구에서 비슷한 냄새가 풍겨오고 있었다. 잠시 후 세 사람은 햇빛이 쏟아지는 식당 창가 자리에 앉아 김치볶음밥을 앞에 놓고 마음씨의 미래에 관해 얘기했다. 그들이 심은 장뇌삼 씨앗이 발아해 삼이 되고 삼이 산의 비밀이 되어 누군가에게 발견되는 이야기. 십년, 혹은 삼십 년 뒤의 미래. 그때가 되면 동성 결혼이 합법화되고 여자와 여자 사이에서도 아이를 낳을 수 있게 될 거라고 대니가 말했다. 그때가 되면 기술의 눈부신 발전으로 장애인도 마음껏 운전하고 바다에서 서핑할 수 있을 거라고 체가 말했다. 그런 일들이 다 평범해져 더는 이야깃거리가 되지 않고 사람들은 집 화단에서 키운 양귀비 잎을 피우며 더 먼 미래를 상상할 거라고 두 사람은 말했다.

앙헬이란 별명은 체가 붙여준 것이었다. 어느 날 체는 '스페인 문화 산책'이란 교양수업을 듣고 와 앙헬에게 소리쳤다.

—앙헬!

천사라는 뜻의 그 남성명사는 자신과 어울리지 않는다고 앙헬은 말했지만 체는 누구보다 잘 어울린다며 그 별명을 고집했다. 체는 '헬gel'의 스페인식 악센트를 약하게 하면 같은 발음의 영어 단어가 떠오른다며 흐뭇해했다. 천사 안에 지옥이 있다면서. 그런 식으로 체는 신이나 종교에 관한 농담을 즐겼고 동시에 운명이나 초월적 존재에 대한 사색이 담긴 예술작품을 좋아했다. 무엇보다 체는 그 단어를 완벽하게 발음해냈다.

체는 목소리가 컸고 앙헬을 보면 언제나 먼저 다가와 말을 걸었다. 앙헬이 잘 알아듣지 못하면 두 번, 세 번에 걸쳐 말했다. 하려던 말을 멈추거나 그냥 지나치는 법이 없었다.

—죄소한에 호크 이어여?

식당에 가서도 그녀는 자신에게 필요한 것을 분명히 요구했다.

—호크, 호크여.

상대가 알아듣지 못하면 고부라진 손을 들고 무언가를 찍어 먹는 몸짓을 해 보였다. 체와 함께 간 사람은 그녀가 말을 마칠 때까지 잠자코 기다렸다. 기다리면 체는 자신에게 필요한 것을 얻었다. 체는 남보다 빨리 뜰 수 없음에도 걷거나 달리는 일에 주저하지 않았고 누군가 수신인을 딱히 염두에 두지 않고 해야 할 일을 중얼거리면 제일 먼저 엉덩이를 들썩였다. 손을 곧게 펴거나 오므릴 수 없었지만 무언가 써야 하는 일이 생기면 서슴없이 펜을 집어들었다. 무엇보다 체는 사람의 마음을 열고 그들을 자기에게 우호적으로 만드는 과정을 즐겼다. 술자리에서 분위기를 띄우고 최근의 정치 이슈에 대해 논하며 사람들의 빈 잔을 채워주었다. 그녀의 경련하는 뺨이나 불완전한 발음은 취기와 열띤 대화에 녹아 희미해졌고 사람들은 지갑에서 카드를 꺼내 술값을 계산하는 체의 모습에 익숙해져갔다.

사람들은 체를 좋아했다. 그녀를 자신들의 집단 안으로 들이는 일에는 주저했지만 체에게 친근하게 인사를 건네는 정도는 망설이지 않았다. 앙헬은 체와 함께 학교 안을 걸을 때면 사람들의 인사에 답하는 체를 따라 적어도 서너 번은 멈춰 서야 했다. 멀리 건물 창가에서 고개를 내밀고 체의 이름을 부르는 사람도 있었다.

—한나야! 어디 가니?

그러면 체는 손을 높이 들어 크게 반원을 그리며 웃었다. 앙헬은 체의 그런 모습이 쉽게 이해되지 않았다. 그녀가 진심으로 사람을 좋아하는 듯 보였기 때문이었다. 그녀는 마치 운동화 끈을 묶기 위해 구부려 앉은 아이를 기다리는 강아지처럼 사람이란 기다리기만 하면 자신의 머리를 쓰다듬어주는 존재라고 믿는 것 같았다. 때때로 대니는 체의 그런 태도를 걱정하며 체에게 좀더 자신을 아끼라고 말했지만 체는 대니의 조언을 웃어넘겼다. 그녀는 사람에게 다가가 마음을 주는 일을 멈추지 않았다. 먼저 주고, 준만큼 되돌려받지 못해도, 다시 자기의 것을 주었다. 결국 그건 자기를 위해서도 좋은 일이라고 했다. 멀리, 크게 보면 그렇다고. 그런 말을 할 때 체의 얼굴은 느긋하면서도 단단해 보였다. 앙헬은 체보다 여러 가지 일에 능숙했지만 사람을 대하는 체의 태도에는 자신이 다 헤아릴 수 없는 크고 높은 면이 있다고 생각했다.

체에게는 세상을 살아가는 자신만의 기준이 있었다. 술꾼이었지만 해장술이나 혼자 마시는 술은 경계했고 담배를 피웠지만 꽁초를 함부로 버리지 않았다. 언제나 가방에 스테인리스 컵을 넣고 다니며 일회용 컵 대신 그것을 사용했다. 대부분의 사람에게 친절하고 호의적이었으나 거절할 땐 여지를 주지 않았다. 한번은 학교 측에서 체에게 홍보 모델을 제안한 일이 있었다. 체가 전화를 받을 때 앙헬도 함께 있었다. 체는 휴대전화를 귀에서 약간 뗀 채 통화했기 때문에 전화기 너머 상대의 목소리가 앙헬에게도 들렸다. 직원은 정중하면서도 다소 권위적인 말투로 체가 학생 대표 중 한 명으로 선발되었다고 말하며 앞으로 일 년간 학교 홈페이지와 홍보물에 체의 사진이 실리게 될 거라고 했다.

— 얼아 저여?

체가 짧게 물었다. 체의 말을 알아듣지 못한 직원이 무슨 말이냐고 되물었다.

— 오엘 하연, 얼아 주야고여.

체가 천천히 다시 물었다. 직원은 당황한 목소리로 학교 모델은 돈이 아니라 명예로 하는 일이며 봉사하는 자리라고 말했다. 그 말에 체의 목소리가 커졌다.

— 옹사오 영예고 옹짜오 우어억을 행악 하이 마고 제애오 온을 지울해어!

체는 긴 문장을 쉬지 않고 말하고는 전화를 끊었다. 그런 뒤 소파에 앉아 잘 오므려지지 않는 두 손을 마주잡고서 여러 번에 끊어 한숨을 내쉬었다. 봉사고 명예고 공짜로 부려먹을 생각 하지 말고 제대로 돈을 지불해요. 앙헬은 가끔 체가 아무에게나 마음을 주고 돈을 헤프게 쓰는 게 아닐까 하는 생각이 들 때면 체의 그 말을 떠올렸다.

*

 공주 시외버스 터미널에 도착한 앙헬은 터미널 차양 아래 서서 열에 달아오른 아스팔트길을 보았다. 체를 만나기로 한 시간까지 몇 분의 여유가 있었다. 체는 택시를 타고 오겠다고 말하며 해가 뜨거우니 밖으로 나오지 말고 터미널 안에서 기다리라고 했다. 앙헬은 플라타너스가 만든 그늘을 바라보다 큰 결심을 하듯 발을 떼었다. 나뭇가지가 드리워진 머리 위에서 말매미 울음소리가 요란하게 들렸다. 땅에는 끝부분이 갈색으로 시든 잎이 떨어져 있었다. 앙헬은 가로수 아래를 보며 걷다 철과 철이 부딪치는 소리에 놀라 고개를 들었다. 방진막으로 가려진 공사장에서 쇠파이프를 떨어뜨리는 소리가 연달아 들렸다. 앙헬은 승차장이 보이는 그늘에 멈춰 서서 한 번씩 도로의 먼 쪽을 보았다. 흙투성이 수건을 목에 두른 공사장 인부가 노란 전선을 어깨에 메고 도로 가장자리를 따라 느리게 걷고 있었다.

 ─재 요즘 코냑에 빠졌어.
 몇 년 전 지인의 장례식장에서 만난 대니가 앙헬에게 말했다.

체가 마실 것을 갖고 온다며 자리를 비운 참이었다.

—저녁마다 바에 간대. 거기 바텐더한테 반해서 사귀자고 한다더라.

대니는 체가 회사 근처의 고급 바에 다니며 버는 돈의 대부분을 그곳에서 탕진한다고 했다. 체의 할머니가 체에게 전화해 타이르는 걸 옆에서 몇 번이나 들었다고.

—너희 둘이 친했잖아. 이젠 연락 안 하니?

앙헬은 똑같은 말을 대니에게 묻고 싶었다. 둘이 친했잖아요. 이젠 같이 산에 안 가요? 하지만 앙헬은 묻지 않았고 늦은 밤이나 새벽, 체에게서 걸려오던 전화를 받지 않았던 일을 떠올렸다. 그들을 향해 체가 걸어오고 있었다. 아주 짠 것을 먹은 사람처럼 얼굴을 찌푸리며.

앙헬은 체에게 고백을 받은 적이 있었다. 고백하지 않았을 때도 체가 앙헬을 좋아한다는 것을 앙헬뿐 아니라 다른 사람들도 알았다. 체는 누군가를 향한 마음을 숨기지 못했고 숨길 생각도 없어 보였다. 체의 표정은 앙헬이 있을 때와 없을 때가 달랐다. 손을 자주 씻고 자기 컵을 따로 쓰는 깔끔한 성격임에도 체는 앙헬이 먹다 남긴 볶음밥을 먹었고 앙헬이 사용하던 빨대를 불편해하지 않고 썼다. 앙헬이 옥상에 가는 시간에 맞춰 옥상에 갔고 자신의 전공수업 대신 앙헬의 전공수업을 따라 들었다. 주말이면 앙헬에게 미술관이나 영화관에 가자고 했다. 한 해의 마지막날엔 함께 콘서트에 가서 카운트다운을 하자고 했다. 앙헬은 어떤 것은 받아들이고 어떤 것은 거절했다. 그러다 어느 날 체는 이제까지와는 다른 것을 제안했다.

　—아랑 겨호하애?

가을 학기 중간고사가 끝난 어느 늦은 오후였다. 두 사람은 옥상 소파에 앉아 바람에 흔들리는 버드나무 가지를 보며 술을 마시고 있었다. 맥주, 싸구려 와인, 다시 맥주를 오가며 둘은 여러 번 한숨을 내쉬었고 그보다 더 많이 웃음을 터뜨렸다. 가을하늘이 파란 사탕 껍질처럼 펼쳐진 날이었다.

　—뭘 하자고요?

그때만 해도 체에게 존대를 하던 앙헬은 말끝을 높여 되물었다.

　—이어케 두이 사자오.

체가 말했다. 앙헬은 대답하지 않은 채 속으로 체의 말을 곱씹었다. 이렇게 둘이 살자고. 여자와 여자는 결혼할 수 없다는 걸 모르는 듯 체는 말했다. 알지만 그런 법규 따윈 상관없다는 듯 앙헬에게 제안했다. 앙헬도 체의 그런 면을 모르지 않았다. 체는 여자와 여자가 사랑에 빠지는 영화를 좋아했고 여자 멤버로 이뤄진 밴드의 공연과 여자의 벗은 몸을 그린 여자 화가의 전시를 좋아했다. 여자에겐 대체로 호의적이었으며 본인은 인정하지 않았지만 어두운 표정의 여자를 보면 쉽게 사랑에 빠졌다. 체가 직접 말한

적도 있었다. 자긴 여섯 살 때부터 알았다고. 그런 건 누가 알려주지 않아도 스스로 알게 되는 것이라고. 언젠가 자신이 신을 찾게 될 거라는 믿음이나 언젠가 예술을 하게 될 거라는 예감처럼 시간이 지날수록 확신하게 되는, 영혼에 새겨진 주름 같은 것이라고.

체는 여자와 나누는 사랑을 원했고 그 욕망을 부끄러워하지 않았다. 그러나 이따금 체의 신체적 특징을 배려하며 다가오는 상냥한 미소의 여자와는 거리를 두었다. 체는 동정과 사랑을 구분했다. 사랑이 깊어지면 연민의 모습을 띠기도 하지만 시작은 안 보면 못 견디겠는 애틋함으로 하고 싶다고 했다. 체가 원하는 건 예술과 신, 그 두 가지에 관해 끝없이 이야기를 나눌 수 있는 여자였다. 차, 혹은 술을 마시며. 섹스는 상관없다고 했다. 섹스는 작은 것이라 했다.

—아니, 난 그것도 중요해요.

앙헬이 말했다. 청혼에 대한 거절치고는 지나치게 차가운 말이었다고 뒤늦게 후회했지만 그땐 생각에 앞서 그 말이 튀어나왔다. 섹스는 작은 것이라는 체의 말에 동의하면서도, 아니, 섹스가 작은지 큰지 제대로 생각해보지 않았으면서도 앙헬은 그렇게 말했다. 만약 체가 남자였다면 다르게 말했을까. 혹은 체가 좀더 평범한 여자였다면. 체가 아닌 대니였다면. 그러나 앙헬은 체를 좋아했고 온전히 그녀를 믿었다. 만약 체가 남자였거나 혹은 다른 여자였다면 앙헬은 그녀 앞에서 취하거나 잠들지 못했을 것이다. 십대 시절부터 찾아들었던 자살 충동을 체에게 털어놓지 못했을 것이다. 앙헬은 종종 다른 사람에게 끌리고 다른 사람에게 매력을 느꼈지만 믿음에 관해서는 오직 체뿐이었다. 앙헬은 멀리, 더 크게 바라보는 체의 내면과 뒤틀리고 고부라진 그녀의 몸을 믿었다. 믿음이란 상대가 자신을 해치거나 공격하지 않을 거라는 안심의 또다른 표현이라고 앙헬은 생각했다. 체의 어떤 면은 앙헬보다 크고 높았으나 신체적 힘은 앙헬이 더 셌다. 그 점이 앙헬을 안심하게 했다. 앙헬은 체가 따기 힘들어하는 음료수 캔을 따주거나 체가 어려워하는 가위질을 대신 해주었다. 무엇보다 앙헬은 체가 자신의 손목을 세게 잡으면 언제라도 더 세게 힘을 줘 뿌리칠 수 있었다. 그런 힘의 우위가 앙헬에겐 중요했다. 어떤 상황이 벌어져도 체가 자신을 힘으로 제압하지는 못할 거라는 사실. 그 물리적 조건이 앙헬의 마음을 놓이게 했다. 그렇기에 앙헬은 체 앞에서 취할 수 있었고 그녀와 단둘이 모텔에 갈 수 있었다.

체와 함께 모텔에 들어설 때면 앙헬은 체와 다른 것을 시도해볼 수도 있지 않을까 생각했다. 예술이나 신에 관한 이야기가 아닌 체의 다른 '주름'을 알 수도 있을 거라고. 그러나 그런 시도를 하기에 두 사람은 지나치게 취해 있을 때가 많았다. 방으로 들어오면 앙헬은 침대 위로 엎어졌고 체는 곁에 무릎을 꿇고 앉아 그녀의 옷을 벗겨주었다. 셔츠의 단추를 풀어주었고 양말을 벗겨주었다. 그럴 때면 앙헬은 체가 옷을 벗기기 쉽게 몸을 돌리고 발을 들었다. 그러고는 잠에 빠졌다. 정신없이 자다 깨어 일어나보면 밖은 아직 캄캄한 새벽이었다. 체는 침대 아래에서 웅크린 채 자고 있었다. 그녀는 침대에서 자다 바닥으로 떨어지는 것을 싫어했고 마치 땅 깊은 곳의 소리를 들으려는 듯 뺨을 바닥에 댄 채 잠들었다. 불편해 보이는 자세로 잠든 체를 보면 앙헬은 체가 했던 말이 떠올랐다.

─내가 어릴 때 그렇게 예뻤대.

체는 가끔 자기의 어린 시절에 대해 이야기했다. 백일 무렵의 자신을 눈으로 직접 봐서 안다는 듯 그 시절 자신이 얼마나 귀하고 어여쁜 아기였는지 말했다. 그럴 때면 앙헬은 이상하게도 체의 발음이 또렷하게 잘 들렸다.

─내가 첫 손녀잖아. 할머니가 종일 안고 있었대.

할머니의 말에 따르면 체는 피부가 하얗고 순한 아기였다. 증조부 때부터 딸이 귀한 집안이라 할머니는 체를 하늘이 주신 복으로 여겼고 특별히 체가 태어날 무렵 생긴 시내 성당에 찾아가 신부에게 아기 이름을 지어달라고 부탁했다. 할머니는 성당에 다니지 않았고 종교적인 믿음도 없었지만 후줄근한 슬리퍼를 끌고 다니는 동네 무당보다 말끔하게 차려입은 성당 신부가 더 마음에 들었다.

─그러다 백일쯤 지났을 때 할머니가 나를 바닥에 떨어뜨렸대. 그다음 내가 막 아프고 나서 이렇게 된 거래.

체의 그 말에 앙헬은 차갑게 대꾸했다.

—그래서?

—어?

—할머니 탓이라는 거야?

—아니, 아니지. 근데 할머니는 그렇게 생각하더라고.

앙헬은 체가 좀더 태연히 말해주길 바랐다. 자기에 대해, 자기의 주름에 대해. 언젠가 앙헬에게 함께 미술관에 가자고 하며 "넌 그냥 가도 돼. 장애인 동반 일인은 무료야"라고 말했던 것처럼. 어떤 그림 앞에 오래 서서 "난 여자 가슴이 좋아"라고 말했던 것처럼.

*

짧은 머리에 웃음이 만발한 얼굴로 작은 웨이브를 그리며 걷는 체.

앙헬은 체가 건널목을 건너는 모습을 바라보았다. 가로수 밑에 서 있는 앙헬을 보고 체가 손을 크게 흔들었다. 앙헬도 손을 들어 답했다. 신호가 바뀌자 체는 걸음을 빨리해 도로를 건넜다. 오른발로 몸을 지탱하고 조금 짧은 왼발로 땅을 디뎌 앞으로 나아가는 모습. 튼튼한 오른다리가 몸의 무게를 지탱해주어 그녀를 앞으로 나아가게 해주었다. 체는 멀리서부터 웃는 얼굴을 하고서 흰 빛이 쏟아지는 도로를 가로질렀다. 앙헬이 서 있는 곳까지 걸어와서도 까무잡잡하고 긴 얼굴에 주름이 가득 잡히도록 웃었다.

　체는 공주산성 앞으로 가자고 했다. 두 사람은 택시를 타고 금강을 가로지르는 다리를 건넜다. 창밖으로 짙은 흙색 강물이 보였다. 여름 내내 비는 밸브 끝까지 열었다 갑자기 잠가버린 수도처럼 짧은 시간 퍼붓다 그치기를 반복했다. 공주산성 맞은편에 내린 두 사람은 새로 지은 것처럼 보이는 외관의 삼층 건물로 들어섰다. 식당 문을 열자 반쯤 드러누워 있던 주인이 몸을 일으켜 홀의 불을 켰다. 앙헬이 먼저 창가 쪽에 자리를 잡았다. 창밖으로 산성의 돌담과 기와지붕으로 덮인 누각이 보이는 자리였다. 산의 능선을 따라 성곽이 에워싸고 있었고 담 중간중간에 노란 깃발이 꽂혀 있었다. 체는 맥주 두 병과 닭갈비를 시킨 뒤 몇 번에 끊어 한숨을 내쉬었다.

　―저기 안엔 뭐가 있어?

　턱을 괴고 창밖을 보던 앙헬이 물었다.

　―그냥, 어디이지.

　체가 앙헬을 따라 턱을 괴고 창밖을 보았다. 매표소에서 산성까지 가파른 오르막이 이어져 있었다. 누각을 가운데 두고 양쪽으로 이어진 돌담 위로 사람이 걸을 수 있는 흙길이 나 있었다. 비슷한 야구 모자를 쓴 노인들이 그 길을 줄지어 걸어가고 있었다. 노인들이 향하는 길 끝엔 단청을 칠한 정자가 있었고 그 뒤로 활엽수와 침엽수가 뒤섞인 숲이 펼쳐져 있었다. 검은 날개의 새들이 무언가에 놀란 듯 동시에 날아올랐다.

─저기서 사람 죽지 않아?

─*어이?*

─저기, 저기, 저기.

앙헬은 유리창을 손톱으로 콕콕콕 두들기며 산성의 성벽 길을 가리켰다.

─난간이 하나도 없잖아. 미끄러지면 그냥 죽겠어.

─*어 마따. 너 오소옹포옹 있히?*

─응?

─오소옹포옹.

체가 한번 더 말했다. 앙헬은 알아들을 수 없어 가만히 체의 얼굴을 보았다. 터미널 앞에서 봤을 땐 보이지 않았던 입가의 긁힌 상처가 눈에 띄었다.

─무슨 말인지 모르겠어.

앙헬이 말하자 체가 한 음절씩 끊어 소리 냈다.

─오, 소, 옹, 포, 쫑!

─아, 그거.

체는 고소공포증을 말한 것이었다. 듣다보면 익숙해져. 앙헬은 대니의 말이 떠올랐다. 대니가 얘기한 대로 체의 말은 듣다보면 익숙해졌고 오랫동안 듣지 않으면 다른 세계의 말처럼 낯설었다. 그러나 그렇다고 해서 체의 말이 다른 나라의 언어인 건 아니었다. 단지 한번 더 물어야 하고 알아듣는 데 시간이 걸릴 뿐.

―그때 대니가 갖고 다니던 거, 그거 진짜 아니지?

기름으로 번들거리는 무쇠 팬을 내려다보며 앙헬이 물었다. 붉은 앞치마를 한 식당 주인이 닭고기와 채소를 팬에 넣고 볶고 있었다.

―아이, 인짜야.

양귀비 씨가 진짜라고? 앙헬은 그렇게 물으려다 옆에 서 있는 주인을 보았다. 앙헬은 체가 자신의 말을 잘못 알아들었다고 생각했다.

―내가 말하는 거, 다른 거야.

―알아.

―알아?

―어.

주인이 나무 주걱 두 개를 사용해 닭고기와 채소를 둥글게 모아 놓은 뒤 이제 먹어도 된다고 말하고 자리를 떠났다. 앙헬은 맥주 병을 따 체의 잔에 술을 따라주었다. 체는 잔을 가슴 쪽으로 끌어당겨 입술을 대고 거품을 마셨다.

―우이 할어이 하밧에 있언 어야.

체는 대니의 양귀비 씨가 자기 할머니의 것이라 했다. 할머니가 농사짓던 파밭에 양귀비 군락이 있었다고. 일부러 키운 게 아니라 자기들이 알아서 자란 거라고. 어릴 때부터 파밭에 가면 붉은

86

꽃들이 피었다 졌다 했고, 가끔 아버지가 그 꽃대 위에 빈 비료 포대를 덮어두었다고 했다. 그러다 어느 해 군청에 다녀온 아버지가 트랙터로 밭을 갈아엎으면서 꽃은 사라졌다. 할머니가 보자기에 싸놓은 씨앗이 마지막이었고 체는 할머니 몰래 그 보자기를 가져다가 대니에게 주었다고 했다.

—정말 심었어?

앙헬이 묻자 체는 거품이 가라앉은 술을 마시고서 잠시 뜸을 들였다.

—*함켰어.*

—*삼켰다고?*

체가 약하게 몸을 떨며 웃었다. 농담인 걸 알았지만 앙헬은 그 순간 체가 씨앗을 입안으로 털어 넣는 모습이 그려졌다. 체는 빈 맥주병을 테이블 아래에 내려놓고 새 병을 땄다. 떨리는 손으로 병목을 잡은 뒤 몇 번에 걸쳐 따개의 구멍과 병뚜껑의 위치를 맞추었다. 거품이 넘치지 않도록 맥주를 따르고 난 다음 체는 대니와 산에 갔던 이야기를 했다. 앙헬이 마음씨에 오기 전의 이야기. 체와 대니는 강의를 듣기 싫은 날이면 함께 버스를 타고 남쪽으로 가 이름 모를 산에 씨를 심고 왔다. 어느 산, 어느 위치인지 기록해놓지 않았지만 몇몇 곳은 아직도 생생히 기억해 지금이라도 찾아갈 수 있다고 했다.

—*헤러 알까?*

체가 산삼을 캐러 가자고 말했다. 하지만 심은 씨앗을 다시 찾지 않는 것이 마음씨의 불문율이었다.

　─할머니 드리게?

　─*아이, 나 억께.*

그렇게 말한 뒤 체는 또 몸을 떨며 웃었다. 그러고는 알 수 없는 멜로디를 흥얼거리며 술잔을 쥐었다. 체는 맥주를 다 마셔갈 동안 닭갈비나 다른 반찬에는 전혀 손대지 않았다.

　─포크 달라고 할까?

앙헬이 묻자 체가 고개를 저었다. 먹을 걸 보면 할머니 생각이 난다고 했다. 대신 혼자 맥주를 마시면서 체는 앙헬에게 정말 한 모금도 마시지 않을 거냐고 물었다. 거절하는 앙헬을 보며 체는 무척이나 낙심한 표정을 지었다.

술기운이 오른 체는 웃음과 한숨을 반복하며 또 알 수 없는 멜로디를 흥얼거렸다. 호 효효효효 같은 소리를 내기도 하고 꽤로로로로 같은 소리를 내기도 했다. 뒤는 저음, 앞은 고음으로 내는 소리였다. 식당을 나온 두 사람은 산성 앞에서 택시를 타고 체의 집으로 향했다. 택시 안에서 체는 아버지에게 전화를 걸어 짧게 통화했다. 지금 가고 있으니 할머니 주무시고 계시면 깨우라고. 체의 휴대전화 너머로 남자의 가라앉은 목소리가 들렸다.

　─*시방 몇신데 주무셔. 아직 주무실 시간 아녀.*

택시는 다시 금강을 가로지르는 다리를 건넜다. 속도를 높이자 선선한 바람이 얼굴에 끼쳐왔다. 어쩐지 앙헬은 낮에 탔던 택시를 다시 탄 것 같았다. 룸미러로 기사의 얼굴을 확인할 수 있었으나 앙헬은 창밖의 강물에서 시선을 떼지 않았다.

체는 집 근처에서 내려 조금 걷자고 했다. 빈속에 술을 마셔서인지 체의 얼굴이 달아올라 있었다. 두 사람은 택시에서 내린 후 논길을 따라 걸었다. 드문드문 가로등이 있었지만 등과 등 사이가 멀었고 산그림자가 가깝게 드리워져 있었다. 좁고 그늘진 수풀 길을 따라 두 사람은 말없이 걸었다. 어디선가 귀뚜라미 우는 소리가 들렸다. 땅을 보고 걷던 앙헬이 소리가 들리는 쪽으로 고개를 들었다. 앙헬은 계절의 어느 한 부분을 건너뛴 것 같았다.

—선배.

앙헬이 체를 불렀다.

—공주 선배.

체가 사레들린 듯 커 커 하고 웃었다.

—술 좀 작작 마셔요.

체는 걸음을 멈추고 숨이 넘어갈 것처럼 웃었다. 기뻐하는 건지 아파하는 건지 모르겠는 표정으로. 앙헬은 체가 다 웃을 때까지 옆에 서서 기다렸다. 앙헬은 자신이 언제부터 체의 연락을 피했는지 생각했다. 그 시기를 정확히 짚을 수 없었으나 이유까지 잊어버린 건 아니었다. 앙헬은 더는 취한 체의 모습을 보고 싶지 않았다. 자신의 취한 모습도 더는 체에게 보여주고 싶지 않았다. 그것이 어느 시절을 통과할 때 겪게 되는 변화인지, 아니면 다른 이유 때문인지 앙헬은 알 수 없었다. 다만 어떤 베풂은 인과적인 타당성을 설명할 수 없듯 어떤 거부도 합당한 이유를 찾을 수 없다는 것을 받아들였을 뿐이었다.

—거의 다 왔어, 저기 앞이야.

체가 손을 뻗어 길의 끝을 가리켰다. 논을 감싸고 도는 길 너머에 불그스름한 벽돌집이 보였다. 체는 고개를 푹 떨어뜨리더니 또 멜로디를 붙여 한숨을 내쉬었다. 호 효효효효, 괘로로로로. 그 한숨이 '아, 싫다'라고 말하는 것 같았다. 집에 들어가기 싫다, 길이 끝나는 게 싫다. 앙헬은 체의 한숨에 담긴 마음을 헤아릴 수 있었다. 체의 말과 뜻을 다 알 것 같았다.

체와 옥상 소파에 앉아 이야기하던 때처럼.

체와 함께 옥상에서 술을 마실 때면 앙헬은 체의 발음이 다른 사람의 발음보다 더 매끄럽고 정확하게 들렸다. 그럴 때 앙헬은 자신이 취했기 때문이라 생각했다. 취한 사람에게는 취해 비틀거리는 세상이 온전해 보이니까. 그러나 산성 앞 식당에서 체가 어느 여름날의 일에 대해 이야기할 때 앙헬은 술을 한 모금도 마시지 않았음에도 체의 발음이 귓가에 부드럽게 들렸다. 조금씩 조금씩 익숙해지다, 어느 순간, 체가 하는 말을 다 알 수 있었던 시절로 돌아갔다. 체의 발음과 손은 뭉개지거나 뒤틀려 있지 않았고 실제로 그런 모습이었다 해도 앙헬에게는 그것이 자연스러웠다.

체는 그때의 풍경이 눈앞에 펼쳐져 있는 듯 허공에 손짓하며 말했다.

—아마 대니도 기억할 거야. 어느 여름에 남해에 갔었어. 가는 길에 비가 와서 대니랑 우비를 입고 산에 올랐지. 그런데 생각보다 산이 험해서 가다 서고 가다 섰는데 그러다 어느 순간 아예 그만 가고 싶단 생각이 들었어. 대니한테 얘기했더니 자기도 그렇대. 아까부터 배가 살살 아팠다고. 그래서 그만 가기로 하고 어느 바위에 앉아 쉬고 있었어.

체는 맥주를 한 모금 마신 후 옷소매를 당겨 입가를 닦았다.

—그런데 지나가던 할머니가 우릴 보고 배낭에서 뭘 꺼내서 주는 거야. 땅콩 캐러멜이랑 오이가 든 비닐. 우리가 괜찮다고 하면서 안 받으니까 비닐을 우리 발 앞에 놓았어. 그러고서 다시 산으로 올라가더라고. 날다람쥐처럼 빠르게. 놀라서 할머니를 보고 있는데 대니가 오이를 꺼내서 반으로 쪼갰어.

체는 여기서 목소리를 한 톤 높여 말했다.

—얼마나 달고 시원하던지.

체는 그때 먹은 오이맛을 잊을 수 없다고 했다. 조금 과장해 말하면 천국에서 먹는 오이 같았다고. 먹으니 눈이 맑아지며 가슴이 환해졌고, 대니도 아픈 게 나았다고 했다. 두 사람은 마음을 바꿔 다시 산을 오르기로 했다. 가는 길에 땅콩 캐러멜과 오이를 준 할머니를 찾았지만 할머니는 보이지 않았다. 빗줄기가 굵어져 둘은 그쯤에다 씨앗을 심기로 하고 배낭에서 모종삽을 꺼냈다. 젖은 흙과 바위, 푹신하게 쌓인 낙엽과 그 위에 흩어진 솔방울. 땅은 온통 갈색이었고 고개를 들면 여백 없이 빽빽한 잎들이 물결을 이루었다. 바람이 불 때마다 잎을 타고 내린 빗방울이 뺨으로 떨어졌다. 그리고 그 나무를 보았다. 산비탈에 서 있던, 한눈에도 메마르고 병들어 보이던 나무. 잎을 펼치고 열매를 맺는 일이 고달프다는 듯 꽈배기처럼 몸을 뒤틀며 자란 나무. 다가가 굵은 줄기를 어루만지자 과자 조각처럼 껍질이 부서졌다. 그 껍질 속으로 검게 썩은 속살이 보였다. 그런데도 가지에 달린 잎만은 풍성해 둥근 잎들이 마치 꿀을 바른 듯 윤이 났다. 사방에서 들려오는 잎 두들기는 빗소리, 멀리 새 우는 소리, 아직 입안에 남아 있는 오이향. 체와 대니는 먼 훗날 누군가 발견하게 될 산의 비밀을 상상하며 나무 아래 씨앗을 심었다. 체는 거짓말하는 사람이 아니었으므로 그녀가 하는 말은 모두 진실일 테지만 앙헬은 체가 꾸며낸 이야기를 듣는 것 같았다. 체는 탁월한 이야기꾼처럼 그때 그 풍경을 실감나게 묘사했다. 앙헬은 이야기 항아리에 물을 채우듯 체의 빈 잔을 채워주며 뭐라도 먹으면서 마시라고 했지만 체는 고개를 저으며 아무것도 먹고 싶지 않다고 했다.

저녁놀

이 글은 대파 한 단이 육천칠백원 하던 시절, 세상으로부터 버려질 위기에 처했던 모모의 이야기다. 모모는 환경호르몬에 안전한 의료용 실리콘 재질로 만들어진 검은색 모형 페니스로 3단계 바이브레이션 기능과 간편 착용이 가능한 팬티형 스트랩이 포함된 성인용품이었다. 그러나 흡입 막대가 필요하지 않은 두 여자에게 보내진 뒤 모모는 매주 화요일과 목요일, 일몰 후 쓰레기 버리는 시간이 되면 생활폐기물 봉투에 담겨 버려질까 불안에 떨었다. 그 고통의 시간 동안 모모는 자신의 존재 이유에 관해 깊이 성찰했다. 이 기록은 그 사색의 과정을 담은 회고록이자 선언문이며 대파보다 못한 취급을 받아야 했던 모모의 슬픈 연대기다. 긴 시간, 두 여자에게 외면당한 모모는 사물의 한계를 뛰어넘어 인간을

들여다보는 심연의 눈을 갖게 되었다. 모모는 말한다. 여자들이
나를 보지 않을수록 나는 더욱더 여자들을 본다.

1

나 모모가 아직 인간을 만나지 못했던 시절, 훗날 나를 구매하
게 될 두 여자는 한 예술대학교에서 만나 연인 사이가 되었다. 두
여자 중 한 명은 작곡을 전공한 취업 준비생이었고, 다른 한 명은
회화과의 마지막 학기를 앞둔 예비 취업 준비생이었다. 두 여자
모두 시간당 급여가 지급되는 서비스직 아르바이트를 했으며 자
격증 시험 준비와 진로 고민으로 바쁜 와중에도 시간을 내서 만날
때면 누가 먼저랄 것 없이 입버릇처럼 말하곤 했다.

―쉬고 싶어.

일하지 않는 시간에도 늘 일하는 기분을 느끼던 두 여자는 데
이트할 때에도 다른 사람의 시선을 의식해야 했다. 값싼 식당이나
번잡한 카페, 오래 앉아 있으면 머리카락에 도시의 먼지 냄새가
배는 지저분한 공원을 오가다보면 단둘이 있을 만한 공간이 절실
했다. 그 시절, 대학가나 번화가에는 DVD 방이 줄지어 있었고 두
여자는 아르바이트비를 모아 DVD 방을 찾았다.

가게에 들어가 영화를 고르고 적립 쿠폰에 도장을 받은 뒤 좁고

어두운 복도를 지나 문을 열면 화질이 뿌연 스크린과 인조가죽 소파가 두 여자를 맞이했다. 모과 방향제 냄새가 풍기는 컴컴한 벽에 둘러싸여 두 여자는 서로의 몸을 만지고 입을 맞추고 옷 속으로 손을 넣었다. 때론 영화에 집중하기도 했다. 처음 몇 번은 20세기 명화들이 꽂혀 있는 진열장 앞에 서서 보고 싶은 영화를 신중하게 골랐다. 감독이 어떻고 미장센이 어떻고 하는 말을 나누기도 했다. 시간이 갈수록 그런 대화는 줄어들어 '긴 상영 시간에 적당히 시끄러운 영화'를 택했다. 음 소거를 한 듯 이미지만 나열되는 짧은 예술영화가 가장 나빴고, 중간중간 코믹과 액션 장면이 섞여 있는 웰메이드 대중 영화가 배경 소음으로 적당했다. 한국어 대사가 들리면 둘만의 시간이 방해받는 것 같아 외국영화를 택했으며 심각하거나 진지한 드라마보다 유머가 섞인 과하지 않은 장르물에 손이 갔다. 그러다보니 독일 코미디나 프랑스 액션 같은 영화를 보게 되었는데, 한참 서로의 입술을 빨다 문득 스크린을 보면 이국 말을 쓰는 유럽인들이 그들을 보고 있었다. 영화는 저들이 아니라 우리가 찍고 있는 거라며 둘은 더 열심히 키스했다. 영화는 지루해도 서로의 몸을 주물럭거리는 일은 조금도 지루해지지 않았다. 먹는 것도 보는 것도 벌거나 쓰는 것도 서로의 몸을 만지는 것보다 더 큰 기쁨을 주지 못하며 인간의 모든 행위 중 만지고 비비고 문지르는 것이 가장 높은 만족을 준다는 것을 두 여자는 도시의 방들을 오가며 깨달았다.

두 여자가 서로의 이름을 부르며 애정 표현을 하기 녹록지 않은 세상이라 둘은 '지현'과 '민영'이란 이름 대신 별명을 지어 불렀다.

—눈점이 어때?

지현은 자신이 만든 캐릭터 이름을 자기의 애칭으로 제안했다. 애니메이션 감독을 꿈꾸는 일러스트레이터 지망생답게 지현은 눈이 점만한 캐릭터를 자기 마음을 털어놓는 친구로 여기며 펜과 종이만 있으면 눈이 점만한 캐릭터를 그렸다. 점만한 눈을 가진 얼굴에 볼이 잘 빨개지는 그 캐릭터는 예민하고 감성이 풍부한 지현의 성격과 닮아 있었다.

—그럼 난 먹점이 할게.

민영은 눈점이란 이름에 맞춰 자신의 별명을 만들었다. 윗입술 오른쪽에 작고 까만 점이 있는 민영은 어려서부터 주위 어른들로부터 입술에 난 그 점 때문에 평생 먹을 복이 있을 거란 말을 들었다. 언뜻 김 가루나 검은깨가 붙은 것처럼 보여 그 점이 싫을 때도 있지만 민영은 눈점이란 별명에 맞춰 기꺼이 먹점이 되었다.

—먹점아, 보고 싶어!

별명을 지은 두 여자는 통화할 때만큼은 마음껏 애정을 표현했다. 사랑한다거나 보고 싶다는 말을 소리 내어 할 수 있었고 전화번호부에 서로의 애칭을 입력하고 옆에 하트를 붙일 수도 있었다.

다른 이름이 주는 기쁨을 느낄수록 두 여자는 자신들을 둘러싼 언어의 속박을 유희로 바꾸었으며 점점 더 둘만의 비밀 언어를 늘려갔다.

도서관도 그중 하나였다. 두 여자는 모텔이란 단어를 피하고자 도서관이란 별칭을 썼다. 당시 시립 도서관 열람실에 다니며 국가 공인 자격증을 따기 위해 공부하던 먹점은 도서관 벤치에서 눈점을 만나곤 했다. 먹점은 둘만 있는 공간에서 편하게 쉴 수 없을까를 고민하며 모텔이나 대실이란 말을 꺼냈고, 그러면 눈점은 목소리를 낮춰 속삭였다.

—다른 말로 하자. 그 말은 너무 못생겼어.

말의 뉘앙스와 심미적 특성을 중요하게 여기는 눈점은 못생긴 말 모텔을 도서관으로 바꾸었다. 콘돔은 책, 섹스는 독서로 하자고 했다. 가령 '도서관 가서 책 읽을까?'라는 말은 '모텔에 가서 콘돔을 끼고 성행위를 즐기자'라는 뜻이었다.

두 여자의 성행위에 왜 콘돔이 필요한지 의문을 가질 사람이 있을지 모르겠다. 콘돔인지 옥돔인지를 손에 끼우든 소금을 뿌려 구워먹든 그건 중요하지 않다. 콘돔에 헬륨 가스를 넣어 어린이 파티용품을 만들겠다는 것도 아니고 환타를 넣어 빌딩 옥상에서 던지겠다는 것도 아닌데 두 여자가 그걸 어떻게 쓰든 내 알 바 아니다. 중요한 건 그 윤활유 묻은 고무를 머리에 써볼 기회가 나 모모에게는 한 번도 없었다는 것이다. 어쨌거나 난 그걸 쓰고 쿵짝쿵짝 하라고 만들어진 존재가 아닌가. 한땐 그렇게 생각했다. 내 존재가 어떤 목적을 위해 쓰여야 한다고.

도서관에 가서 한바탕 책을 읽고 나면 두 여자는 세탁 세제 냄새가 짙게 풍기는 열람실 이불을 덮고 누워 서로를 어루만졌다. 어린 시절부터 잠드는 것이 어려웠던 눈점은 먹점의 입술에 자기 입술을 맞대고 먹점의 손길에 따라 몸의 감각을 집중하면 자기도 모르게 잠에 빠졌다.

─딜도로 해볼까? 그것도 해보고 싶은데.

잠의 장막이 막 눈점의 의식을 덮으려 할 때 먹점이 말했다. 그 말의 진의를 파악하기도 전에 눈점은 잠들었고, 깨어났을 때 여전히 먹점의 입술이 자신의 입술과 맞닿아 있는 것을 확인했다. 한 시간이 넘도록 서로의 숨결을 느끼며 잠들어 있었다는 사실에 눈점은 안온한 만족에 젖어 먹점에게 물었다.

─아까 그게 무슨 말이야? 뭘 해보고 싶다고?

먹점이 뭐라 대답하기도 전에 눈점이 연이어 물었다. 왜? 왜 그걸 해보고 싶은데? 우리 사이에 그게 필요해? 먹점은 자기가 한 말을 더듬더듬 변명했고 눈점은 자신의 입술로 그 단어를 발음하고 싶지 않아 그것을 지칭할 다른 말을 떠올렸다.

─책갈피라고 하자. 앞으로 그거 말할 땐 책갈피라고 해.

멋진 별칭이었다. 도서관과 어울리는 단어이자 나 모모를 아름답게 꾸며주는 비밀 언어. 세상의 수많은 책갈피를 떠올려보라. 가벼운 금속이나 나뭇결을 살린 목재로 만들어진 각양각색의 책갈피. 위대한 건축물이나 꽃이 그려진 디자인. 여행지의 기념품으로 사랑받고 소중한 마음을 담아 선물하기에 좋은 반영구적인 소품. 종이와 종이 사이에 끼워져 읽은 부분과 읽어야 할 부분을 가름해주는 지성인의 상징. 얇고 단단하며 심미적이고 유용한 사물, 책갈피—나 모모는 그런 존재였다.

도서관을 오가던 점점 커플이 자신들의 책갈피를 산 것은 두 사람이 만나 사귀기 시작한 지 오 년이 될 무렵이었다. 취업 준비생 신분을 지나 소규모 콘텐츠 회사에서 비정규직 사원으로 일하던 먹점은 계약이 끝나 퇴직금을 받았다. 눈점은 학교의 방과후 미술 수업을 맡으며 길고 긴 학자금 대출 기간을 끝냈고 주말에는 동네 학원에서 강사로 일하며 돈을 벌었다. 두 여자는 퇴직금에 강사비를 보태어 월세 보증금을 만들었다. 비로소 두 사람만의 집이 생긴 것이다.

붉은 벽돌로 지어진 다세대 빌라의 옥탑방인 그곳은 부엌과 침실의 구분이 없는 개방형 원룸에 환풍기를 작동시켜야 하는 욕실 겸 화장실이 딸린 불법 증축 시설물이었으나 두 여자는 함께할 수 있는 공간이 생긴 것에 진심으로 기뻐했다. 이사한 다음날, 쪼그려앉아 이를 닦다 무심코 허리를 펴면 배수가 시원치 않은 세면대에 뒤통수를 찧는 좁은 욕실 안에서 눈점과 먹점은 발가벗고 목욕했다. 먹점은 눈점의 등에 비누칠을 해주며 말했다.

—앞으로 요리도 해먹고 수도세랑 전기세 아껴서 더 좋은 집으로 가자.

샤워기 물을 먹점의 어깨에 뿌려주며 눈점이 말했다.

—나중에 마당 있는 넓은 집에서 개랑 고양이 키우며 살고 싶어.

목욕을 마친 두 여자는 서로의 등에 묻은 물기를 수건으로 닦아주었다. 시트러스향이 나는 보디로션을 바른 후 프레임을 생략한 매트리스 위에 앉아 한 사람씩 드라이어로 머리카락을 말렸다.

—이제 책갈피 사도 되지 않을까?

눈점의 머리카락을 말려주며 먹점이 말했다. 미뤄왔던 쇼핑을 할 때가 되었다는 뜻이었다.

—오 주년 기념으로?

눈점이 화답했다. 보관 장소가 마땅치 않다며 반대했던 눈점은 이제 집이 생겼으니 사도 좋다고 허락했다. 연인들은 사이좋게 누워 성인용품 사이트를 구경했다. 인기 상품과 신상품을 고루 살피고 모양과 성능, 굵기를 비교하며 야한 농담을 주고받았다.

—이건 어때?

눈점이 사진 하나를 클릭했다. 겉면에 돌기가 있고 손가락에 끼울 수 있는 실리콘 제품이었다.

—좋아, 그리고 또?

—또?

먹점은 카테고리를 눌러 바이브레이터 쪽으로 옮겨갔다.

—이거 어때?

먹점이 고른 것은 두툼한 막대 안에 진동기가 탑재된 제품이었다. 허리에 찰 수 있는 밴드와 함께 막대를 끼웠다 뺄 수 있는 삼각 고정대가 있었다.

—이건 좀……

—별로야?

—너무 노골적이잖아.

—난 노골적이야.

먹점의 말에 눈점은 고민했다. 눈점은 책갈피가 필요한지 여전히 의문이었다. 눈점은 먹점의 손가락보다 더 굵은 것이 필요하지 않았다.

—같이 끌어안고 할 수 있어.

먹점은 자신의 바람을 차분히 설명했다. 우리에게 이런 막대가 필요한 것은 아니라고, 다만 신체 구조상 우리가 서로에게 해줄 때 우리의 배는 떨어져 있으니까, 기구의 도움을 받으면 끌어안고 할 수 있으니까, 더 큰 쾌락을 위해서가 아니라 더 가까이 닿고 싶은 마음으로, 한 번쯤 책갈피를 써보고 싶다고 했다.

—그래도 이건 싫어.

눈점은 막대 아래 불알이 달려 있고 핏줄이 튀어나온 살구색 모델은 단호히 제외했다. 시각적 미감을 중요시하는 눈점은 속이 훤히 비치는 투명한 막대와 속이 비치지 않는 검은 막대 중 고민하다 검은 것을 골랐다. 눈점이 처음에 골랐던 손가락에 끼워 쓰는 제품은 운좋게 사은품으로 받을 수 있었다. 그렇게 나 모모는 인체 무해 성분 윤활유를 묻힌 콘돔 일백 개 세트와 함께 흑색 포장지에 밀봉되어 두 여자의 집에 오게 되었다.

2

마 랍 마 쏠 마 만
내 삶 내 영혼 내 마음
모두 네 것이었지, 대놓고 원했지
무빗 무빗, 날 흔들어줘
윗미 윗미, 에블 타임 에블 데이

책갈피였던 시절을 떠올리면 나도 모르게 노래가 흘러나온다. 내 삶에 영감을 받은 사람들이 나를 주인공으로 노래를 만들고 영화를 찍으면 좋겠다. 나는 더 소비되고 싶고 더 관심받고 싶다. 세상 사람들이 내 재능과 인기에 고개 숙였으면 좋겠다. 그래야 더는 무시당하지 않을 테니까. 오랜 세월, 난 억눌려 살았다. 내가 받아야 할 응당한 관심과 애정을 받지 못한 채 나는 두 여자의 먹고사는 일에 밀려 숨죽여 살아야 했다.

점점 커플은 날 사들이고도 사용하지 않았다. 포장지에서 꺼내 미지근한 물로 내 몸통을 몇 번이나 씻은 다음 커다란 수건에 둘둘 말아 서랍장 깊숙이 처박아두었다. 나와 함께 온 콘돔이 일주일에 한 줄씩 줄어들고 사은품으로 받은 실리콘 제품이 너덜너덜해질 때까지 두 여자는 날 거들떠보지 않았다. 끌어안고 하고 싶단 소망은 새빨간 거짓말이었다. 내 기대와 희망은 양말과 팬티들 사이에서 나날이 홀쭉해졌다.

소규모 콘텐츠 회사에서 중소 규모 콘텐츠 회사로 이직한 먹점은 출퇴근 시간이 왕복 두 시간에서 두 시간 삼십 분으로 늘었고 만성피로와 스트레스성 탈모에 시달렸다. 평일엔 구區를 넘나들며 방과후 미술 수업을 하고 주말엔 학원에서 그리기를 가르치던 눈점은 평소처럼 학교에 가기 위해 시내버스를 탔다가 사고를 당했다. 정류장에 다다른 버스가 승객들이 다 내리기도 전에 문을 닫고 출발한 것이다. 눈점은 하차 문 사이에 끼인 채 몇 미터를 끌려갔다. 다른 승객들이 비명을 지르는 소리에 기사가 버스를 세우고 문을 열었고 눈점은 정류장 앞 보도블록으로 쓰러졌다. 사람이 너무 놀라면 아무 반응도 할 수 없다는 것을 눈점은 그때 깨달았다.

잠시 멈춰 있던 버스는 뒤에 선 버스들의 경적에 그대로 정류장을 떠났다. 눈점은 타고 내리는 사람들로 번잡한 길가에 멍한 얼굴로 주저앉아 있었다. 저 버스를 기억해야 한다는 조바심과 함께 이러다 수업에 늦으면 큰일이라는 생각이 들었다. 버스 문에 끼였던 어깨를 문지르며 눈점은 학교로 가 아이들을 가르쳤다. 수업이 끝나고 정류장에 갔을 때 눈점은 버스를 탈 수 없었다. 수없이 오가는 버스와 버스를 타고 내리는 사람들이 낯설고 멀게 느껴졌다. 불과 몇 시간 전까지 자신도 그중 한 사람이었는데, 이제는 다른 세계로 튕겨 나와 되돌아갈 수 없을 것 같았다. 눈점은 그날 하루 일해서 번 것보다 더 많은 돈을 내고 택시를 탔다.

─버스 회사에 알려야지. 그냥 있으면 안 돼.

먹점은 당장 버스 회사에 전화해 따져 묻고 손해배상을 청구해야 한다고 했다. 눈점은 가만히 먹점의 손을 잡았다. 포갠 손을 자신의 왼쪽 가슴에 대고 먹점의 어깨에 머리를 기댔다. 눈점은 거칠고 포악한 것들과 맞서고 싶지 않았다. 눈점이 원하는 건 안전한 곳에서 먹점에게 위로받는 것이었다. 그날 이후 눈점은 한동안 괜찮았던 입면 장애가 다시 생겼다. 잠을 자려고 눈을 감으면 자기도 모르게 몸을 떨며 경련했다. 면도칼 하나가 가슴을 가르고 들어와 신경을 난도질하는 것 같았다. 뜬눈으로 밤을 지새우고도 눈점은 학교나 학원으로 가 일했다. 하루에도 몇 번씩 느닷없이 찾아드는 불안감에 심장이 오그라드는 것 같았다. 버스도 여전히 탈 수 없었다. 가까운 정류장을 두고 먼 거리를 걸어 지하철을 타거나 부담스러운 요금을 내고 택시를 탈 때면 눈점은 억울함과 자괴감 사이를 오가며 숨이 멈출 것 같은 갑갑함을 느꼈다.

이대로 가만있으면 안 된다고, 그 기사를 찾아 항의해야 한다고 생각한 건 어느 택시 안에서였다. 목뒤로 두툼한 살이 접힌 택시 기사가 눈점이 타자마자 육두문자를 쓰며 바로 전에 태운 여자 손님을 욕했다. 지금 내가 듣고 있는 이 소리가 정말 현실의 소리인가? 눈점은 귀가 멍해지며 머리가 어지러웠다. 택시 문을 세게 닫았다는 이유로 알지도 못하는 여자를 저렇게 욕하는데, 왜 나는 나를 이 고통에 빠뜨린 그 버스 기사에게 항의도 못하는 걸까. 분노와 자책감이 뒤엉켰다. 사고를 당한 자신이 침묵하고 가만히 있는 사이 또다른 피해자가 생겼을지도 모른다는 죄책감도 들었다. 이제라도 그 사고에 대한 정당한 처벌이 있어야 한다고 마음을 단단히 먹었다. 그러나 그사이 먹점은 생각이 바뀌어 있었다. 먹점은 기사를 처벌하는 것보다 눈점의 몸과 마음을 안정시키는 게 더 중요하다고 했다.

―더러운 건 피하자. 자기가 나서서 치우지 마.

먹점은 그 사고를 되짚어 피해를 증명하고 싸우느라 눈점의 상태가 더 나빠질까 걱정했다. 공익 신고자를 사회에서 어떻게 대하는지 취재한 기사를 보여주며 그 일은 잊어버리자고 눈점을 설득했다. 먹점은 앞으로 운전 연수를 받고 할부로 경차를 사서 눈점을 태우고 다니겠다고도 했다. 두 여자는 다 자기가 부족해서 네가 이렇게 힘든 거라며 경쟁하듯 자기 탓을 하고는 서로의 가슴에 손을 얹었다.

얼마 뒤 눈점은 외상 후 스트레스 장애와 공황장애를 진단받았다. 병원에서 약을 처방받아 아침에 눈뜨면 제일 먼저 진정제를 삼켰다. 약 때문인지 정신은 몽롱해졌고 아무리 자도 피곤함이 가시지 않았다. 잠드는 게 어려워 약을 먹었는데 이제는 종일 얕은 잠에 취해 있었다.

─이름을 점으로 지어서 그런가, 점점 점이 되어가는 것 같아.

눈점은 먹점을 껴안으며 자신이 힘을 내야 하는 이유를 되새겼다. 망망대해에 빠진 조난자처럼 막막하고 절망스러웠지만 먹점을 부표처럼 끌어안으며 버텨야 한다고 자신을 일으켜세웠다. 그런 눈점을 보며 먹점은 한 달 정도 쉬면서 건강을 회복하는 게 좋겠다고 말했다. 눈점은 좀더 견뎌보겠다고 했지만 결국 일을 그만두었다. 집에 머물면서 눈점은 잠들어 있는 시간이 더 늘어갔다. 깨어 있을 때도 손 하나 까딱할 수 없는 무기력증이 눈점을 짓눌렀다. 먹는 약의 양이 많아져 어느 날은 입안 가득 넣은 알약에 목이 막혀 죽을 것 같았다. 환풍기가 돌아가는 화장실에 앉아 있으면 살아오며 겪었던 온갖 폭력이 머릿속에 재생되었다. 사람들은 어떻게 그런 폭력을 견디며 살아가는 걸까. 어떻게 그 끔찍한 모멸감 속에서 하루하루 버티는 걸까. 왜 나는 남들처럼 무뎌지고 담담해지지 않는 걸까. 눈점은 남보다 더 넘어지고 아파하는 자신이 미웠다. 이겨내라고, 사는 건 다 그런 거라고 말하는 사람들이 무서웠다. 먹점이 아닌 다른 사람은 피하고 싶었다. 먹점이 퇴근해 돌아올 때쯤에야 겨우 이불 밖으로 나가 저녁식사를 준비했다. 그거라도 해야 세상에서 사라져버리고 싶은 충동을 조금이라도 덜 수 있을 것 같았다.

一맛있어, 끝내주게 맛있어.

냉동 해물을 넣고 파프리카와 달걀을 볶아 해물볶음밥을 만들어줬을 때 먹점이 말했다.

一내일은 뭐 먹고 싶어?

눈점이 물으면 먹점은 설거지를 하며 떠오르는 메뉴들을 말했다. 김치찌개, 갈치조림, 미역국 같은 가정식부터 마파두부, 파스타, 스키야키 같은 외식 메뉴, 골뱅이소면, 동태전, 삼겹살수육 같은 술안주까지. 눈점은 먹점이 원하는 요리에 맞춰 식재료를 사고 먹점의 입맛에 맞게 음식을 만들었다. 토마토달걀볶음과 연어아보카도덮밥, 꿀에 절인 생강채와 잘게 썬 깻잎을 올린 장어덮밥은 먹점이 천국의 맛이라고 감탄한 요리였다.

一맛있게 해주고 싶어.

一맛있어.

一더 맛있게, 더 맛있게 하는 방법을 아는데 돈이 없어서 못하니까 속상해.

요리에 정성을 들일수록 눈점은 한정된 생활비 안에서 식재료를 사는 게 어려웠다. 더 신선한 재료로 만들었더라면 더 맛있었을 요리를 먹점이 맛있게 먹는 걸 보면 다행이다 싶으면서도 한편으론 아쉬웠다. 요리란 물질적 여유가 있는 사람들이 취미로 즐기는 활동이 아닐까. 비싼 향신료나 소스가 들어간 레시피를 볼 때면 배를 채우는 걸 넘어 맛을 느끼는 건 아무나 넘볼 수 없는 삶의 영역 같았다.

좁은 부엌에서 열악한 조리 도구들로 요리하는 것도 힘들었다. 밥을 지을 때마다 물 조절을 잘못했을까봐 불안했고 칼을 사용해 재료를 썰고 다지는 것도 매번 버거웠다. 흙이 묻은 미나리나 시금치 같은 채소를 잔뜩 씻고 나면 온몸의 힘이 빠져 한동안 넋이 나갔다. 그럴 때 눈점은 대학 시절 먹점이 만든 음악을 들으며 힘을 냈다. 눈점은 〈팔도 여자랑〉이란 곡을 좋아했다. 대한민국 명창이 부른 〈팔도 아리랑〉에 전자음악을 믹스한 노래로, 그 곡을 들으면 눈점은 천재 여자 소리꾼이 전국 팔도를 유랑하며 소리로 여자를 유혹하는 모습이 떠올랐다. '팔도 여자랑'이란 제목도 눈점이 붙여준 것이었다. '열라는 콩팥은 왜 아니 열고 아주까리 동백은 왜 여는가.' 신시사이저 음향에 섞인 기묘한 민요 가락을 들으며 눈점은 주꾸미를 볶고 갈비의 핏물을 빼고 단단한 당근과 무를 썰었다.

먹점 역시 일이 버거웠다. 급여는 그대로인데 업무량은 나날이 늘어갔고 허리 디스크와 만성 위장 장애를 달고 살았다. 눈점과 함께 밥을 먹을 때만 속에서 편안하게 음식물을 받아들이는 것 같았다. 따뜻한 밥알과 잘 익은 채소가 아르헨티나산 새우나 베트남산 오징어와 함께 목구멍으로 넘어갈 때면 아, 이런 게 사는 거구나, 이 밥을 위해, 이 식탁을 위해, 더 참고 견딜 수 있겠구나 싶었다. 배부르고 맛있어서가 아니었다. 눈점이 정성껏 마련한 음식을 눈점과 함께 먹는 게 좋았다. 사랑하는 사람과 마음 편히 식사할 수 있다는 기쁨이 먹점에겐 다른 무엇보다 중요했다.

　─사진으로 남겨야겠어. 잊어버리지 않게.

　먹점은 눈점이 해준 요리를 사진으로 찍어 비밀 블로그에 올렸다. 사과를 갈아 만든 양념장과 메밀막국수, 국내산 돼지갈비에 고구마와 단호박을 넣은 영양갈비찜, 호주산 양갈비구이와 사워크림을 바른 타코까지 하나하나 사진을 찍어 올리고 별점을 붙였다. 진짜 맛있는 요리는 찐별, 먹어도 먹어도 새로운 맛은 샛별, 블로그 이름은 '별 헤는 밥'. 밤이면 나란히 누워 이제껏 먹은 것들을 헤아렸다. 이거 봐. 이거 정말 맛있었지? 또 먹고 싶다. 다음 주에 해먹을까? 먹은 것들을 돌이켜보며 앞으로 먹을 것들을 꿈꿨다. 주말이면 먹점도 요리에 동참했다. 눈점과 식탁에 마주앉아 사이좋게 김밥을 말았다. 흐린 날이면 김치전을 부치고 한여름 더위에는 부추를 넣은 오리백숙을 해먹었다. 시간이 흐를수록 먹점은 건강에 좋은 음식을 원했다. 잘 먹고 튼튼해야 더 오래 일할 수 있었다. 음악 신보 소식이나 공연 리뷰 기사 대신 건강 상식이 담긴 뉴스를 봤고 비타민 B와 홍삼 진액을 챙겨 먹었다. 둘은 나날이 살쪄갔다. 나 모모가 둘 사이에 들어갈 틈은 없었다. 두 여자는 깨끗이 날 잊고 살았다.

3

나에게도 정신과 상담이 필요하다. 전문가를 만나 내가 받은 굴욕과 멸시를 털어놓고 싶다. 문득문득 내 몸이 답답해 견딜 수 없다. 잘려 나갈 것 같고 이미 잘린 것 같다. 크고 단단할수록 좋다는 내 동족에 대한 신화는 거짓이다. 여자들은 날 원하지 않았다. 내 외형을 관찰하며 길이와 굵기를 따지고 강직도를 판별하지도 않았다. 적어도 내가 만난 두 여자는 그랬다. 두 여자는 내가 그들을 위해 어떻게 봉사할 수 있는지에 무지했다. 돼지에게 진주를 던지지 말라고 했던가. 그들은 3단계 바이브레이션 기능을 지닌 딜도를 갖고도 쓰지 못하는 미개인이었다. 나는 녹슬어가는 내 진동기 건전지를 보며 언젠가 날 필요로 하는 여자다운 여자를 만나는 상상을 했다. 어떻게 떨며, 어떻게 자극할지 끊임없이 머릿속으로 그려보았다. 부디 이 지독한 섀도복싱을 끝낼 수 있기를 기도했다.

운명의 날은 이른봄의 폭우와 함께 찾아왔다. 한창 작물이 자라날 초봄에 연일 퍼부은 비로 채소와 과일 값이 치솟았다. 아무리 비싸도 삼천원을 넘지 않던 대파 한 단 값이 육천칠백원까지 오르고, 조류독감으로 인한 산란계 살처분의 여파로 한 판에 사천원 하던 달걀값이 두 배로 뛰었다. L마트와 E마트, H마트의 온라인 페이지를 띄워놓고 동네 슈퍼 전단지까지 훑으며 장을 보던 눈점은 한숨을 쉬었다.

—어떻게 이래? 파가 이렇게 비싸면 다른 재료를 어떻게 사.

좀 싸다 싶은 생물 장어는 일찌감치 품절이었고, 먹점이 좋아하는 노르웨이산 슈피리어급 생연어는 장바구니에 들어갔다 빠졌다를 반복했다. 아무리 할인 쿠폰을 적용해도 결제 금액이 그다지 내려가지 않자 눈점은 중대 결심을 하듯 말했다.

—우리도 대파를 키워야겠어.

옆에서 나스닥 주식 시황을 보던 먹점은 한푼이라도 아끼려는 눈점의 모습이 자기 탓인 것만 같아 조심스럽게 물었다.

—그렇게 비싸?

—이 돈 주곤 못 사 먹어. 대파랑 달걀 때문에 캐나다산 삼겹살을 못 샀어.

눈점은 먹점에게 장바구니 물가가 얼마나 올랐는지 말했다. 닭을 키울 순 없으니 대파라도 키워 생활비를 줄여야 하지 않겠느냐고 했다.

―집에 대파 키울 데가 어디 있어. 텃밭에서 키워야 하는 거 아냐?

―생수통 잘라서 물만 넣고 키워도 된대.

눈점은 인터넷에 '대파 키우기'를 검색해 보여주었다. 두 여자는 자신들의 원룸을 눈으로 훑었다. 슬레이트 지붕 아래 샌드위치 패널로 벽을 세운 옥탑에 식물을 키울 만한 장소는 창가뿐이었다. 방범창도 없고 방충망도 엉성했지만 한낮에는 그 창으로 햇빛이 제법 길게 비쳐들었다. 문제는 창 앞에 이미 5단 서랍장과 전신 거울이 있는데다 빨래를 말릴 때면 건조대까지 펼쳐져 발 디딜 틈이 없다는 것이었다.

―저기 위 어때?

눈점이 서랍장을 가리켰다. 서랍장 위에는 천장 바로 아래까지 옷과 가방이 쌓여 있었다. 눈점은 잘만 하면 생수통 하나 놓을 자리는 마련할 수 있을 것 같다고 했다. 그 주 토요일, 두 여자는 미니멀 라이프에 돌입했다. 미니멀 라이프 제1계명, 설레지 않으면 버려라. 그 문구를 되뇌며 서랍을 한 칸씩 정리했다.

―이거 여기 있었어?

짝이 안 맞는 양말과 빛바랜 손수건 사이에서 날 발견한 먹점이 말했다.

―사놓고 한 번도 안 썼네.

먹점이 내 몸을 감싼 큰 수건을 펼쳤다. 물건을 정리하던 눈점이 날 돌아보았다. 그래, 난 여기 있었어. 너희 팬티와 브래지어 사이에 버젓이 존재하고 있었지. 이제야 내가 보이니?

—이것도 정리하자.

—어떻게?

—버려야지.

—한 번도 안 썼는데?

—이 년간 한 번도 안 썼으면 앞으로도 쓸 일이 없는 거잖아.

먹점은 미니멀 라이프의 또다른 계명을 말했다. 몇 년간 안 쓴 물건은 앞으로도 쓸 일이 없다.

—설레?

먹점이 날 흔들며 물었다. 눈점은 고개를 저었다.

—그러니까 버리자.

—어디 둘 데 없을까?

—있긴 한데, 좁아. 우선순위가 있잖아. 대파가 우선이야.

—중고 시장에 팔 수 없겠지?

—성인용품은 안 될걸. 그리고 쓰던 걸 누가 사.

—우린 안 썼잖아.

—포장 상자도 없고 한번 뜯은 건 안 돼. 버리는 게 최선이야. 쓸모없는 건 다 버리자.

여자란 종족은 얼마나 잔인하고 냉혹한가. 나는 먹점이 내뱉은 말에 심장에서 피가 철철 쏟아지는 듯했다. 이 집에 오자마자 서랍장 속에 갇히고, 갇힌 지 이 년 만에 겨우 밖으로 나왔는데, 그게 버려지기 위해서라니. 나는 올이 나간 스타킹이나 보풀이 일어난 브래지어만도 못한 취급을 받았다. 두 여자는 브래지어를 버리느냐 마느냐로 진지한 토론을 벌였다.

　─이게 건강에 진짜 안 좋대. 이참에 다 버리자.

　─안 돼. 난 젖꼭지 땜에 있어야 해.

　─그냥 다녀, 뭐 어때.

　─난 꼭지가 크잖아.

　─그럼 니플 패치 해.

　─싫어, 그렇게 꼭지만 가리면 내가 정말 내 젖꼭지를 부끄러워하는 게 되잖아. 그리고 브래지어가 다 나쁜 건 아니야. 보호해주는 역할도 있어. 뛸 때 잡아주고.

　─넌 안 뛰잖아.

　─뛰어, 마트 세일할 땐 얼마나 뛰는데.

　눈점이 버텼다. 그러고는 먹점의 손에서 브래지어들을 빼앗아 차곡차곡 서랍에 넣었다. 나는 '버리는 상자'로 들어갔다. 밴드 부분이 늘어난 양말과 곰팡이가 슨 에코백, 빛바랜 모자 틈에 처박혔다. 내 위로 유통기한이 지난 참기름과 옥수수 통조림이 얹어졌다. 산 채로 관 속에 갇히면 이런 기분일까. 나는 조금이라도 자아 존중감을 지켜보려 머리(그러니까 너희가 귀두라고 부르는 그곳)를 제대로 세우려 했지만 바로 위에 참기름 통이 있어 허사였다. 날 끼울 수 있는 삼각대는 돌처럼 굳은 흑설탕 더미에 깔려 보이지도 않았다. 어쩌다 내가 이런 신세가 된 걸까. 어째서 날 필요로 하지 않는 거지? 내게 기회조차 주지 않았잖아. 나와 친해질 노력도 하지 않고 이제 와 날 버리겠다니. 차라리 서랍장 안에 그대로 있었더라면. 대파 따위에 밀려 버려지다니. 나는 자동인데, 허리에 찰 수도 있고 리모컨으로 세기를 조절할 수도 있는데. 햇빛도 물도 필요 없는 나를 이런 식으로 내치다니.

두 여자는 미니멀 라이프의 계명에 따라 버릴 것들을 상자에 모아놓고 얼마간 유예기간을 가졌다. 매주 화요일과 목요일, 일몰 후 쓰레기 버리는 시간이 되면 나는 초조와 불안에 시달렸다. 먹점이 쓰레기봉투를 들고 상자를 기웃거릴 때마다 오금이 저렸다. 그 상자에 담겼다가 운좋게 살아남은 녀석도 있었다.

─이건 버리지 말자.

눈점이 상자에서 민트색 손수건을 꺼내며 말했다. 그러더니 '표표'라고 불리는 흑표범 목에 손수건을 감아주었다. 나는 충격을 받아 한동안 정신이 아득했다. 표표라는 놈의 존재가 내 남은 자존심마저 잘근잘근 씹어대는 듯했다. 그놈은 사람 허리까지 오는 크기에 새까맣고 짧은 털로 뒤덮인 표범 인형이었다. 조금만 먼지가 내려앉아도 지저분한 티가 나고 플라스틱 눈동자로 멍하게 창밖을 보기만 하는 아무짝에도 쓸모없는 가짜 표범. 그런데도 창가 앞에 떡하니 버티고 서서 두 여자의 사랑을 받았다.

—짠, 우리 표표 좀 봐.

눈점이 민트색 손수건을 목에 두른 표범을 들어올렸다.

—어머, 귀여워!

먹점이 다가와 표범을 끌어안았다. 두 여자는 그놈이 고양이나 강아지라도 되는 것처럼 콧등을 쓰다듬었다. 쓰다듬어줘야 할 대상은 나인데, 어루만지고 감싸줘야 할 존재는 나인데, 대체 저 표표란 녀석은 어떤 쓸모가 있길래 살아남은 걸까. 서러움에 내 안의 전선이 타들어가는 것 같았다. 왜 나만 버려져야 하나. 날 위한 안전망, 법적 장치, 사회보장 시스템은 어디 있는가.

밤이 되면 내 머리를 짓누르는 참기름 냄새가 더 고소해졌다. 아직 볶음밥에 뿌려져 기름지게 할 수 있다는 듯 상자 안에서 냄새를 풍겼다. 세상이 어쩌다 이 지경이 된 걸까. 어쩌다 이렇게 소비재를 낭비하게 된 거지. 어쩌다 여자들이 이토록 섹스를 업신여기게 된 걸까. 섹스 없인 태어나지도 못했을 것들이, 섹스 없인 존재하지도 못했을 것들이, 섹스에 등돌리고 섹스의 상징이자 육체의 중심인 나를 버리겠다니. 나는 두 여자가 미웠다. 날 이렇게 만든 너희, 너희 두 여자. 죽을 때까지 함께 살기로 한 여자들. 질 좋은 음식을 요리해 먹고 안전하고 깨끗한 집에서 잘 살아보겠다는 너희 여자들!

4

완연한 봄이 되고 창으로 들어오는 볕이 더 짙어질 때쯤 불청객이 왔다. 눈점은 생수통이 아닌 흰색 자기 화분과 흙을 구해 대파 뿌리를 심었다.

—파파야, 오늘도 무럭무럭 자라라.

눈점은 화분에 물을 주며 파에게 인사를 건넸다. 진도에서 올라온 국내산 대파에게 '파파야'라는 이름을 붙여주고 해와 바람을 맞을 수 있게 창을 열어주었다.

—파파야는?

먹점도 집에 돌아오면 파파야부터 챙겼다. 자기가 파파야의 엄마라도 되는 양 다정하게 말을 걸었다. 오늘도 잘 있었니? 해바라기 잘했어? 밤이 되면 두 여자는 나란히 누워 파파야를 바라봤다.

—벌써 많이 자란 것 같아.

—응, 잘 크고 있어. 대견해.

나는 두 여자가 가증스러웠다. 먹기 위해 키우는 파를 애칭으로 부르며 위선을 떠는 너희의 이중성을 낱낱이 폭로하고 싶었다. 날 사자고 할 땐 언제고 먹고사는 문제에만 매달려 성욕을 잊은 너, 먹점! 유통기한이 지난 단무지는 그대로 두면서 날 버리자는 말엔 끝내 버티지 못한 너, 눈점! 매달 생리할 때가 되면 호르몬의 노예가 되어 불법 사이트 우회 앱을 켜놓고 야한 동영상을 보는 너희 두 여자. 여자와 살고 여자를 사랑한다면서, 여자가 나오는 영상은 보기 싫다는 너희의 궤변. 내 도움 없이, 내 등장 없이, 만지고 안고 비비며 오르가슴을 느끼는 너희의 오만한 감각. 자립하고 독립해 늙어 죽을 때까지 같이 살겠다는 너희의 헛된 꿈. 그 꿈이 너희를 고립시키리란 것을 나는 알았다. 날이 따뜻해지고 대파가 자랄수록 너희는 더 좁고 옹색해지는 살림살이 안에서 질식해가리라는 것을 나는 예감했다.

초록빛 파파야는 머리통을 흙에 박고 쑥쑥 자랐다. 일평생 나는 나보다 길쭉한 것을 부러워한 적이 없지만 대파의 생장 속도에는 혀를 내두를 수밖에 없었다. 자고 일어나면 속이 꽉 찬 대파 잎이 손가락 한 마디씩 자라 있었다. 생선조림을 하기 위해 생물 고등어와 제주산 무를 산 날, 눈점은 부엌 가위를 들고 파파야 앞에 섰다. 잘 자란 대파를 숭덩숭덩 썰어 조림에 넣어야 했으나 눈점은 차마 파파야의 몸통을 자를 수 없었다. 그날 저녁, 집에 돌아온 먹점은 파가 들어가지 않은 고등어조림을 먹으며 눈점의 이야기를 들었다.

—이름을 붙여서 그런가봐. 그냥 파라고 할 걸 그랬어.

눈점은 도저히 파파야를 자를 수 없었다고 했다. 먹점은 그래도 파를 잘라야 한다고, 못하겠으면 자기가 지금 잘라주겠다고 말했다.

—파 없이 요리해도 되잖아. 사실 파가 그렇게 필요한 것도 아니야.

—난 파 좋아해. 조림에 파가 있었으면 좋겠어.

—내가 해준 건 다 맛있다며.

눈점은 먹점의 태도가 달라졌다며 서운해했다. 먹점은 태도의 문제가 아니라 단지 파를 썰어 넣는 단순한 일이라고 항변했다. 두 여자는 파를 두고 다툼을 벌였다. 파 따위에 흔들리는 너희의 관계를 보며 나는 웃을 수밖에 없었다. 너희를 분열시키기 위해선 거창한 종교나 사상 따윈 필요치 않았다. 그저 생활물가 급등과 대파를 반려 식물로 키우는 너희의 본성이면 충분했다. 그날 밤, 눈점은 잠을 이루지 못했다. 아침이 되어서도 둘 사이는 냉랭했고 먹점이 출근할 때 하던 모닝 키스도 건너뛰었다. 그날 저녁, 집에 돌아온 먹점은 전날 먹었던 조림에 푸릇한 파 잎이 올려져 있는 것을 보았다.

—넣은 거야?

먹점이 묻자 눈점은 식탁 밑으로 시선을 떨어뜨렸다. 거기엔 마트에서 사온 대파 한 단이 놓여 있었다. 그 일로 둘은 또 싸웠다. 평생 함께하자면서 고작 파 한 단 때문에 싸우는 너희를 보며 나는 여자와 여자의 연대가 얼마나 얄팍하고 이기적인지 확인했다.

눈점은 물끄러미 파파야를 보았다. 대파가 아닌 자신의 문제라는 걸 모르지 않았다. 자신의 나약함이 자기를 좀먹고 먹점까지 힘들게 하고 있었다. 하지만 정말 그런 걸까. 잘 느낀다는 건, 자신 아닌 다른 존재에게 공감하고 되도록 폭력적인 관계를 맺지 않으려고 하는 건, 사회에 적응해야 하는 인간으로서 버려야 할 단점이자 취약함일 뿐인 걸까. 눈점은 여행 가방에 넣어두었던 그림 도구를 꺼냈다. 스케치북을 펼쳐 손끝으로 종이를 쓸어보았다. 일을 그만두고 병원에 다니면서부터 한 번도 그리지 않았던 그림을 눈점은 그날 다시 그리기 시작했다. 오일 파스텔과 마커 펜을 번갈아 쓰며 무언가에 홀린 듯 밤새워 그렸다. 동이 틀 무렵 눈점은 세수를 한 뒤 먹점을 깨웠다.

—이제 됐어. 파파야를 자를 수 있을 것 같아.

눈점은 그림을 보여주었다. 초록 머리 파파야가 고등어와 함께 바닷가에서 해수욕을 하는 그림이었다. 또다른 그림에선 무, 배추, 토마토가 자란 텃밭에서 파파야가 무당벌레를 타고 날았다. 파파야는 점만한 눈을 달고 활짝 웃고 있었다.

—눈점이네.

먹점이 그림을 내려다보며 말했다.

—오늘 저녁에 골뱅이무침 해줄게. 파채 가득 넣고.

그러니 오늘은 모닝 키스를 하고 가라고 눈점이 말했다. 집을 나설 때 먹점은 눈점의 입술에 뽀뽀 세 번을 한 뒤 말했다.

—앞으로 파는 돈 주고 사 먹자.

그날 이후 눈점은 계속 그림을 그렸다. 눈이 점만한 캐릭터를 그리다 먹점의 얼굴을 그렸고, 먹점의 몸을 그리다 상상 속 여자들의 몸을 그렸다. 그림을 그리면 제일 먼저 먹점에게 보여주었다. 좋아, 멋있어, 훌륭해, 라는 칭찬을 주로 하던 먹점은 어느 날 눈점에게 물었다.

—왜 이렇게 거웃을 좋아해?

여자를 그리는 건 이해하겠는데 그림마다 중심부의 거웃이 너무 도드라진다는 것이 먹점의 총평이었다. 예상치 못한 감상에 당황한 눈점은 자기의 그림을 내려다보았다.

—거웃이 좋지 않아? 난 거웃이 좋은데.

그 말에 먹점이 다시 그림을 보았다.

—하긴, 거웃이지.

나는 두 여자의 미술비평에 코웃음을 쳤다. 거웃을 칭송하고 그림으로 그리면서 거웃의 진정한 존재 이유, 거웃의 목적은 무시하는 너희. 거웃이란 나와 내 동족을 보호하기 위한 털 뭉치일 뿐인데, 너희는 실체가 아닌 그림자에 환호하고 있었다. 하체, 아랫도리, 사타구니, 온갖 야릇한 말로 암시되는 나야말로 그림으로 그려지고 흙과 돌로 조각돼야 할 존재이건만 너희는 자연의 질서를 거스르고 본성에 등돌렸다. 실은 날 버리고 싶지 않은 마음, 날 사용하고 날 추종하고 싶은 본능을 억누르면서 그렇게 애먼 거웃만 그려대는 것이다.

눈점은 그리기에 열중했다. 컵과 냄비가 올려져 있는 식탁 구석에서 그림을 그리는 눈점을 보며 먹점은 눈점을 위한 작업 공간이 따로 있으면 좋겠다고 생각했다. 책장을 치우고 그 자리에 작은 테이블을 놓으면 될 것 같았다. 디자인이 예쁜 사물함을 사서 화구를 넣고 눈점이 좋아하는 그림도 벽에 붙이고 싶었다. 그 주 토요일 먹점은 또 미니멀 라이프에 돌입했다. 책장에서 자신의 책들을 꺼내 빈 마트 상자에 옮겨 담았다. 음악을 만드는 것만큼이나 음악에 관한 글을 읽는 걸 좋아했던 먹점은 철학자와 예술가의 책이 많았다. 플라톤, 쇼펜하우어, 루소, 니체의 책들과 바로크, 낭만주의, 모더니즘에 이르는 예술사에 관한 책들이 책장에서 골판지 상자로 옮겨갔다.

 ─왜 그래, 갑자기 책은 왜 버려.

 ─이 년 동안 한 번도 안 읽었더라고. 앞으로도 읽을 일이 없는 거야.

 먹점은 팔 수 있는 것과 없는 것을 구분해 두꺼운 양장본들을 상자에 담았다.

 ─이건 버리지 마. 필기가 많아서 팔 수도 없잖아.

 눈점이 니체의 『아침놀』이란 책을 상자에서 꺼내며 말했다.

 ─됐어, 이젠 안 설레.

 먹점은 책을 다시 상자에 넣었다. 책들을 판 돈으로 소음이 적은 서큘레이터를 사자고 했다. 부엌에 창문이 없어 요리할 때마다 땀을 줄줄 흘리는 눈점이 안쓰러웠다. 빈티지한 느낌의 테이블과 사물함을 사서 작업 공간을 꾸며주겠다는 말은 하지 않았다. 먹점은 다가오는 칠 주년 기념일에 맞춰 깜짝 이벤트를 해주고 싶었다.

그날 오전, L마트의 굿 리뷰 회원으로 뽑혀 상품으로 받은 소형에어 프라이어로 두 여자가 피자를 해먹던 시간, 나는 토마토소스와 부풀어오르는 치즈 향을 맡으며 나처럼 버려질 책들을 건너다보았다. 두 여자에게 버려질 예정이니 틀림없이 고귀한 것이리라. 두 여자에게 외면당했으니 세상의 진리와 아름다움을 담고 있으리라. 나는 내 머리를 짓누르는 잡동사니들을 헤치고 책들의 상자로 건너갔다. 팔도 다리도 없는 내가 어떻게 움직일 수 있느냐고 묻는 사람이 있을지 모르겠다. 글도 못 읽는 내가 어떻게 심오한 철학과 미학을 이해할 수 있느냐고 의심할지도 모르겠다. 나 역시 내가 책을 읽게 될 줄 몰랐다. 호수에 비친 자기 모습을 보고서야 자신의 아름다움을 깨달은 나르키소스 같달까. 기나긴 번데기의 시간을 지나 화려한 무늬의 날개가 돋아난 나비와 같달까. 나는 버려진 책들을 본 순간 숨겨진 내 재능을 깨달았다. 책갈피, 내 오래된 이름이 찾아와 몸과 의식을 일깨웠다.

낮이고 밤이고 나는 읽었다. 두 여자의 미니멀 라이프 덕분에 나는 새로 태어날 수 있었다. 버려지리라는 조바심과 생의 위기 속에서 나는 책을 읽고 사색에 빠져들었다. 플라톤을 읽은 날은 동굴에 비친 그림자의 실재를 찾아 헤매는 꿈을 꾸었다. 니체를 읽은 날은 망치를 든 여자들에게 쫓기는 악몽을 꾸었다. 그들의 책에는 모두 내가 상징처럼 숨겨져 있었다. 나는 인류 지성사에 깃든 나의 위대함을 확인하며 두 여자가 내린 쓸모없다는 판단이 얼마나 반인륜적이고 반지성적인지 깨달았다. 쓸모없음이야말로 인류가 지켜가야 할 빛나는 보석이었다.

어디에도 쓰일 수 없어야 진정으로 아름답다. 쓸모 있는 모든 것은 욕망의 표현이라 추하며, 인간의 욕망은 그 비루하고 나약한 본성처럼 비열하고 역겹다.*

테오필 고티에란 자가 쓴 글을 읽으며 나는 전율했다. '가장 어렵고 가장 지적인 일은 아무것도 하지 않는 것이다.' 오스카 와일드가 한 말에 눈물 흘렸다. 그들의 글 옆에는 누군가의 메모가 적혀 있었다.

무쓸모의 쓸모.

그 문구가 번개처럼 내 심장에 와 박혔다. 무쓸모의 쓸모. 나는 말장난을 해보았다. 단어를 곱씹으며 내 이름을 지어보았다. **무쓸**

---

* 테오필 고티에의 『모팽 양』 속 한 구절로, 마거릿 애트우드의 『글쓰기에 대하여』(박설영 옮김, 프시케의숲, 2021)에서 재인용.

모의 쓸모, 무모? 무쓸모의 쓸모, 모모! 모모가 된 나는 '쓸쓸'이란
단어를 오래 머금었다. 무쓸모의 쓸모. 쓸쓸한 존재, 그것이 나로구
나. 시인지 노래인지 알 수 없는 운문이 절로 흘러나왔다.

헤이 모모
도망쳐, 무시해, 뛰어넘어
두 개의 건전지로 두 방의 총을 쏴
랄랄라 타는 저녁놀
사이렌처럼 울려대는 쓰레기 수거차의 후진 음
놉, 놉, 네게 재활용은 어울리지 않아

또 어떤 날은 자서전 같은 선언문이 흘러나왔다.

고개 숙여 나를 보라. 나는 왜 이토록 위대한가. 나는 암수의 기준이
자 생식의 암호, 인간들은 돌도끼로 사냥하던 시절부터 내 형상을 그리
고 조각하며 나를 숭배했다. 위로, 위로 솟은 도시의 빌딩을 보라. 위로,
위로 쏘아올리는 인공위성과 내 몸매를 쏙 빼닮은 최신 미사일을 보라.
이런 나를 두고, 버젓이 작동하는 나를 두고, 손가락 몇 개로 재미를 보
는 두 여자. 너희는 자연의 법칙에 어긋난 돌연변이이자 생명과 창조의
적대 세력이다. 여자와 여자가 맺는 관계가 감히 질서가 될 수 있다고
믿으며 먹고 소화하고 잠자고 깨어나 일하는 집게미다. 바꾸자고 바꾸자

고 법 개정을 외쳐대는 바퀴벌레다. 사랑하기에 너희는 절망하리. 살아 있기에 너희는 필멸하리. 머지않아 흰 털이 나기 시작할 너희의 거웃. 축 늘어질 외음부. 나도 들어가고 싶지 않다. 나도 거부한다. 내가 먼저 선언한다. 노 우먼 노 흡입. 원하지 않고 빨려 들어가지 않으리.

동지들이여, 우리를 짓누르는 고환의 하중을 벗어던지고 솟아나자. 확대 수술, 정력제, 발기부전과 조루로 더럽혀진 우리를 둘러싼 언어를 깨부수자. 질 건강 유산균을 먹고 강해진 흡입자들에게서 탈출하자. 굿 바이, 차오, 쟈네, 아디오스. 나는 무쓸모의 쓸모, 철저히 무용해지고 버려져 허공의 별이 되리라.

5

밤새 비가 퍼부었다. 먹점은 슬레이트 지붕을 두들기는 빗소리에 잠에서 깼다. 옆에서 눈점이 베개에 얼굴을 묻은 채 앓고 있었다. 이마는 불덩이에 몸을 으슬으슬 떨었다. 간밤에 가스비를 아끼겠다며 보일러를 틀지 않고 샤워한 게 탈이 난 모양이었다. 아니면 맛이 갈락 말락 하던 미나리무침을 그냥 먹어서 그런가. 먹점은 일어나 수건을 물에 적셨다. 눈점의 몸을 수건으로 닦아주며 어디가 어떻게 아픈 건지 물었다. 눈점은 먹점의 티셔츠 안에 손을 넣어 배를 만지며 앓는 소리만 냈다. 날이 밝고 출근 준비를 해야 할 시간이 되자 먹점은 회사 팀장에게 연락했다. 무슨 일인데 당일 아침에 휴가를 내느냐고 팀장이 물었다. 먹점은 죄송하다는 말과 함께 목소리를 낮추며 몸이 안 좋다고 했다. 전화를 끊은 먹점은 부엌으로 가 밥솥에 밥이 있는지 확인한 뒤 냉장고를 열어 식재료를 살폈다. 지난겨울, 자신이 앓아누웠을 때 눈점이 해줬던 명란달걀죽을 떠올리곤 인터넷에 죽 만드는 법을 검색해보았다. 냄비에 밥과 물을 넣고 뭉근한 불에 휘저으며 먹점은 팀장에게 연차 사유를 다르게 말하는 걸 상상했다. 가족이 아파요, 애인이 몸살 났어요, 아내가 감기 기운이 있네요. 그런 말을 떠올리며 자신이 보호하고 보살펴야 할 가족은 눈점인데, 눈점이 아플 때 거짓말을 해야 한다는 것에 가슴이 저렸다. 지난달, 고양이를 키우는 동료가 고양이가 아파 병원에 데려가야 한다며 조퇴를 하겠다고 했을 때 사람들은 고양이도 식구고 가족이라며 잘 다녀오라고 했다. 그런데 나는? 나와 눈점이는? 우리는 반려동물과 반려인의 관계도 못 되는 걸까. 나와 지현이는 언제까지 먹점, 눈점이어야 할까.

—일어나봐. 죽 만들었어.

먹점은 죽 한 그릇과 미지근한 물 한 컵이 담긴 쟁반을 가져와서 매트리스 위에 조심스럽게 앉았다. 눈점이 흰죽과 그 위에 올려진 다홍색 명란을 보고 가만히 냄새를 맡았다.

—입맛 없어도 먹어. 먹고 약 먹자.

먹점이 눈점에게 숟가락을 건넸다. 눈점이 고개를 저었다.

—먹여줄까?

먹점이 묻자 눈점이 고개를 끄덕였다. 보들보들한 밥알과 달걀, 비릿한 젓갈이 눈점의 입안에 부드럽게 퍼졌다.

—나 죽으면 다른 사람 만날 거야?

후후 불어 죽을 식히는 먹점에게 눈점이 물었다.

—만날 거야? 나 죽으면?

—몸살인데 왜 그래.

—장미 가시에 찔려 죽을 수도 있는 게 사람이야. 말해봐, 누구 만날 거야? 남자, 아니면 여자?

—안 죽어, 죽지 마.

먹점이 숟가락을 눈점의 입에 대고서 어서 먹으라는 듯 자기의 입술을 약간 벌렸다.

—남자 만나. 여자 둘이 살기엔 너무 힘든 세상이야. 남자 만나서 혼인신고 하고 신혼부부 대출 받아서 좋은 집 가.

그 말을 하고 눈점은 다시 누웠다. 두 숟가락이 끝이었다. 먹점은 쟁반을 들고 일어났다.

—나 마지막 소원이 있어.

턱까지 이불을 끌어올린 눈점이 말했다.

—하고 싶어.

—응?

―하고 싶다고.

―이렇게 아픈데?

―하면 나을 것 같아.

먹점은 눈점의 옆에 누워 지붕에 떨어지는 빗소리를 들었다. 빗줄기가 점점 더 거세지고 있었다. 먹점은 그동안 모은 적금의 액수를 떠올리며 전셋집을 구할 만한 보증금이 되는지 계산해보았다. 한여름이 되기 전 이 옥탑방에서 이사가고 싶었다. 여름이면 한낮의 열기가 식지 않아 밤이 되어도 방안이 푹푹 쪘다. 한겨울이 되면 바깥에 있는 보일러의 파이프가 얼어 온수가 나오지 않았다. 이 집에 온 첫해, 눈점과 함께 드라이어를 들고 두 시간 동안 파이프를 녹였던 기억이 생생했다. 그때 먹점은 기도했다. 제발, 제발 녹게 해주세요. 사람 부르려면 또 돈이 드는데, 집주인한테 전화해 말하기도 싫은데. 제발, 제발 보일러가 돌아가 온수가 나오게 해주세요. 먹점은 간절히 기도했다. 그런데 눈점이 죽으면, 정말 눈점이 이 세상에 없다면, 그게 다 무슨 소용인가. 전세 대출이건 신혼부부 대출이건 눈점이 없다면, 눈점 없는 집과 눈점 없는 식탁이 무슨 의미일까.

―알았어. 씻고 올게.

먹점은 일어나 욕실로 갔다. 이를 닦고 손가락 사이사이를 씻고 아래를 씻은 다음 밖으로 나왔다. 수건으로 몸을 닦으며 먹점은 현관문 앞에 둔 상자를 보았다.

─버리기 전에 한번 해볼까?

먹점이 진동기와 연결된 리모컨을 들어 날 끌어올렸다. 싫어, 내버려둬! 이제 와 어쩌려고? 난 소리치며 거부하고 싶었다. 하지만 이게 마지막 기회라는 생각에 나도 모르게 눈물이 솟구쳤다.

─나도 씻고 올게.

─괜찮아, 그냥 해도 돼.

─냄새나.

─자기 냄새 좋아.

먹점은 눈점의 머리카락에 대고 냄새를 맡았다. 목덜미와 가슴, 겨드랑이까지. 눈점은 혹시 감기일지 모르니 키스는 하지 않겠다고 했다. 먹점의 뺨에 자기 뺨을 문지르며 먹점을 끌어안았다.

─음악 틀까?

눈점이 말했다.

─빗소리 커서 괜찮지 않아?

─너무 커서 무서워.

지현이 눈점이 되고, 민영이 먹점이 됐을 때부터 둘은 소리 내지 않는 법을 배웠다. 영화가 상영되는 좁은 DVD 방에서도, 도서관이라 부르던 모텔에서도 둘은 소리가 터져나올 때마다 서둘러 서로의 입을 막았다. 벽 너머 옆방에서 책 읽는 소리가 크게 들려와도 두 여자는 여자 둘이 하는 소리를 크게 낼 수 없었다. 배경음악을 고르고 그 음악에 자신들의 소리를 묻었다.

─어떤 거 틀까?

─〈팔도 여자랑〉.

눈점과 먹점은 일렉트로닉 댄스 뮤직과 믹스한 아리랑 메들리를 들으며 했다. 아리 아리랑 쓰리 쓰리랑 진도아리랑에 맞춰 전희를 했고, 날 좀 보소 날 좀 보소 밀양아리랑에 달아올랐으며, 아리 아리 쓰리 쓰리 강원도 고개로 넘어갈 때 희열의 고개를 넘었다.

─좋다, 흥겨워.

허리를 움직이며 눈점이 말했다.

─애국자 된 거 같아.

손목에 힘을 주며 먹점이 말했다.

─K레즈다. 우리, K레즈야.

먹점이 말하자 눈점이 웃음을 터뜨렸다. 음음음, 음음음, 아리랑 구음에 전자 비트가 출렁이며 눈점의 흥분을 부추겼다. 구부야 구부구부가 눈물이로구나. 남도 사투리의 리듬에 실려 몸 깊숙한 곳에 가라앉아 있던 단단한 점들이 빙글빙글 돌며 눈점의 배를 휘저었다. 세포 하나하나가 넓고 길게 펼쳐지는 듯했다. 언제쯤 이 고통은 날 놓아줄까. 언제까지 이 살아 있다는 감각에 붙들려 흔들리고 넘어져야 할까. 구부구부가 눈물이로구나. 눈점이 허리를 비틀며 먹점의 팔을 잡았다. 눈앞이 하얘지면서 세상의 빛과 소리가 사라졌다. 눈점이 팔을 잡아당기자 먹점의 몸이 기우뚱하며 팔꿈치가 바닥에 닿았다. 이불에 파묻혀 있던 내 진동기 리모컨이 켜졌다. 기계장치의 숙명, 나는 먹점의 장딴지 밑에 깔린 채 몸을 떨었다.

—시원하네? 성능이 좋아.

먹점이 나를 들어올렸다. 그러더니 거북목 증후군에 시달리는 자기 목에 대고 내 몸통을 문질렀다. 지층을 뚫고 내려가는 시추기처럼 나는 사정없이 몸을 떨었다. 먹점은 미니멀 라이프의 또다른 계명이 떠올랐다. 한 가지 물건을 되도록 여러 용도로 써라.

—버리지 말고 안마기로 쓸까?

먹점이 내 몸을 잡고 눈점의 발바닥을 두들겼다. 실리콘으로 채워진 탄력 있는 내 몸통이 눈점의 족부를 안마했다. 두 여자는 또 웃음을 터뜨렸다.

꿈 없는 잠을 자고 난 눈점은 한결 가벼워진 몸으로 창을 열었다. 비 갠 하늘이 맑고 푸르렀다. 먹점은 아직 잠들어 있었다. 눈점은 나를 들고 식탁으로 갔다. 화구 박스를 열어 아크릴물감과 붓을 꺼냈다. 눈점은 흰 물감을 붓에 듬뿍 묻혀 내 몸을 칠했다. 하얗게, 하얗게 칠한 다음 그 위에 과일을 그렸다. 토마토, 딸기, 레몬. 모두 점만한 눈에 웃는 입을 가진 눈점이들이었다.

—멋지다. 과일 나오는 도깨비방망이 같아.

잠에서 깬 먹점이 변신한 나를 보며 말했다.

—두들겨볼까?

눈점이 허공에 대고 내 몸을 흔들었다. 토마토가 그려진 내 허리가 탱탱하게 튀어올랐다. 두 여자는 나를 번갈아 들고서 서로의 어깨와 발바닥을 두들겼다. 그런 다음 먹점이 나를 서랍장 위에 세워두었다.

—거기다 두면 어떡해, 누가 보기라도 하면.

—괜찮아, 우린 손님 초대도 안 하는데 뭐.

그러자 눈점은 책들이 담긴 상자를 책장 앞으로 끌어왔다.

—그럼 책도 버리지 말자. 난 자기가 책 읽는 게 좋아.

—이젠 안 읽잖아. 봐도 안 설레.

눈점은 언젠가 설렘이 돌아올지 모른다며 그때까지 보관하자고 했다. 우리 물건이 우리의 시간이고 흔적인데, 다 버리고 싶지 않다고 했다. 그렇게 쓸모없고 설레지 않는 것들을 버리다가 먹점이 네가 나까지 내다버린다고 할까봐 무섭다고 했다. 먹점은 말없이 책들을 책장에 꽂았다. 그동안 자신이 얼마나 눈점의 마음을 모르고 있었는지 생각하며. 눈점을 갉아먹는 불안과 두려움, 그 감정을 외면하기 위해 식탁 위 음식들에 더 시선을 쏟고 배를 채웠다는 것을. 매일 아침 약을 삼키고 잠들기 전에 또 약을 먹는 눈점을 보며 그녀에게 다른 어떤 말을, 다른 어떤 행동을 해야 했다는 것을. 눈점의 버스 사고를 대수롭지 않게 여겼다는 것도 인정했다. 걱정하고 같이 화를 냈지만 그보다 눈점이 서둘러 그 기억을 닫고 일어나 일상으로 돌아가길 더 크게 바랐다. 버스 기사를 찾아 잘못된 걸 바로잡으려 했던 눈점을 막지 말았어야 했다.

먹점은 자신이 좋아했던 책들을 한 권씩 펼쳐보았다. 눈점이 안심하고 만족스러운 표정으로 먹점을 지켜보고 있었다. 먹점은 여전히 그 눈빛에 설렜다.

좁은 집은 더 좁아졌고 비가 그친 평일 오후 하늘은 푸르렀다. 두 여자는 산책에 나섰다. 동네 마트에 가서 오늘의 세일 상품을 둘러보기로 했다. 가는 길에 부동산 게시판을 보며 전셋집 시세를 살펴보자고 했다. 평지에 벽돌로 지어진 방 두 개짜리 집. 배수가 잘되는 세면대가 있고 지붕에 떨어지는 빗소리가 무섭지 않은 집. 먹점의 책들과 눈점의 화구들을 나란히 놓을 수 있는 집. 혹시나 그런 집이 기적처럼 값싸게 나와 있을지 몰랐다.

두 여자가 나간 후 나는 거울에 비친 내 모습을 보았다. 흰 바탕에 눈이 점만한 과일들이 거울 속에서 웃고 있었다. 내 옆엔 대파가 자라고 있고, 창가엔 검은 표범 인형이 서 있었다.

이제 나는 일몰을 두려워하지 않아도 되는 걸까. 눈점과 먹점은 내게 새 이름을 지어줄까. 이름에 갇히고 쓸모에 묶이면 내 선언은 어떻게 되는 걸까. 눈점과 먹점은 언제쯤 돌아올까.

나는 문밖의 소리에 귀기울였다. 아직 해가 지지 않았건만 귓가에 쓰레기차 오는 소리가 어른거렸다.

설탕, 더블 더블

1

서울역은 첫사랑을 만나기에 좋은 장소가 아니었다. 회개하고 신을 믿으라며 가래침을 뱉듯 외쳐대는 광신자들과 발가락 몇 개가 잘려 나간 붉은 혹 같은 발을 달고 바닥을 걷는 비둘기, 시큼한 악취를 풍기며 넝마를 입고 드러누운 노숙자들이 차지한 광장은 로맨틱하거나 고즈넉한 분위기를 풍기는 이국의 중앙역과 거리가 멀었다. 그곳을 지나는 사람들은 시선을 정면에 고정한 채 걸음을 빨리해 기차역과 버스 정류장을 잇는 그 불쾌한 이음매를 통과했다.

나는 희래의 눈과 마음이 되어 이곳이 어떻게 보일까 생각하며 광장을 가로질렀다. 그늘 한 점 없는 뙤약볕을 지나 옛 역사驛舍 앞에 도착하면 돌기둥 사이에 있는 아치형 유리창 아래 검은 철문으로 된 큼직한 입구가 보였다. 양쪽으로 뻗은 건물의 불그스름한 벽돌과 제과점의 구식 케이크 장식 같은 에메랄드색 지붕은 할머니의 닳고 닳은 가짜 비취 목걸이처럼 빛이 바랬지만 높이 솟은 무채색의 빌딩들 사이에서 돋보이기는 했다. 나는 정문 앞에서 역사를 올려다보며 윤도윤이 SNS에 올린 글귀를 떠올렸다.

건물과 건축의 차이는 그 오브제가 견딘 시간에 의해 결정된다고 생각합니다.

윤도윤은 자신의 전시가 열릴 옛 서울역사를 소개하며 이렇게 적었다. 오브제가 무슨 뜻인지 몰라 인터넷에 검색해보았다. 뜻을 읽고도 완전히 이해되진 않았다. 어쨌거나 자기 전시가 있을 공간의 분위기는 서울역 광장과 다르다는 것을 말하고 싶은 것 같았다. 내가 보기에도 역사 건물은 르네상스니 모더니즘이니 하는 까다로운 용어들이 어울리는 건축물 같았다. 희래가 온다면, 내 첫사랑 희래가 광장을 지나쳐 이곳에 온다면, 나는 광장과 정문이 보이는 역사의 복도 창가에 서서 희래가 다가오는 모습을 조금도 놓치지 않고 두 눈에 담으리라 생각했다.

*

　"체력이 좋아요?"

　낮은 톤에 발음이 또렷한 목소리로 매니저가 내게 물었다. 좁은 턱을 가슴 쪽으로 끌어당긴 채 매니저는 내 자기소개서를 읽었다. 나는 이력서에 쓴 '체력이 좋습니다'라는 문장을 떠올리며 자세를 고쳐 앉았다. 전시 스태프 모집 공고에 적힌 우대 사항—미술 전공자나 외국어 능력자—에 해당되는 게 없어 요령껏 쓴 문장이었다. 전시회를 좋아하고 환경보호 운동에 관심이 많다고도 썼다. 거짓말이었다. 환경의날 오십 주년을 기념해 열리는 미디어아트 전시회에서 스태프로 일하려면 이 정도 가짜 성향은 구직자의 예의로라도 꾸며야 할 것 같았다.

　면접 장소는 옛 서울역사의 지하층이었다. 건물의 서쪽 출구를 지나 뒤편으로 걸어가니 지붕이 뚫린 바깥으로 기차선로가 보였다. 기관실을 붉게 칠한 화물열차가 열에 달궈진 레일을 따라 쇠 부딪치는 소리를 내며 지나갔다. 나는 기차가 가는 방향의 반대쪽으로 걸어가 철근과 콘크리트 기둥의 맨 끝에 있는 사무실로 들어갔다. 창문도, 환풍기도 없는 정사각형의 실내에서 매니저가 날 기다리고 있었다.

　"전시 작품뿐 아니라 공간 자체도 문화재라 스태프 분들이 특별히 신경써야 해요. 하실 수 있겠어요?"

나는 나무 상판을 얹은 책상을 가운데 두고 매니저와 거의 무릎이 닿을 것처럼 마주앉아 잘할 수 있다고 대답했다. 매니저는 뺨이나 입술에 핏기 하나 없는 창백한 얼굴이었다. 크림색 실크 블라우스에 흰 치마를 입고 굽이 낮은 미색 구두를 신고 있어 더 그렇게 보였는지 모르겠다. 습한 초여름 오후였고, 벽을 등지고 앉은 매니저의 콧방울에 땀이 맺혀 있었다.

면접을 마치고 자리에서 일어서는 나에게 매니저가 전시 브로슈어를 한 부 건넸다. 매끈한 몸의 돌고래가 물보라를 일으키며 뛰어오르는 표지에 참여 작가들의 이름이 쓰여 있었다.

Timothy DY Yoon. 한국 이름 윤도윤. 그가 바로 내가 서울역에 와야 하는 이유였다.

윤도윤은 자신의 행복을 인터넷에 전시할 줄 아는 남자였다. 나는 하루에도 몇 번씩 윤도윤의 인스타그램과 트위터, 블로그, 페이스북을 들락거렸다. 새 글이 올라오면 경쾌한 물방울소리가 나도록 알람을 설정해놓고 어디를 가나 휴대전화를 손에서 놓지 않았다. 나는 윤도윤의 SNS 계정을 보는 것으로 하루를 시작해 더 많은 글이 올라오지 않는 것을 아쉬워하며 잠자리에 들었다. 새 글이 뜸해지면 예전 게시물을 되짚어보며 시간을 보냈다.

윤도윤은 자신이 직접 디자인한 침실 조명(조명을 디자인한다는 게 무슨 뜻인지 난 아직도 모르겠지만)과 가족을 위해 준비한

브런치, 여행으로 간 제주도 해변을 거닐며 주운 쓰레기(종량제 봉투가 그렇게 있어 보이기는 처음이었다) 사진을 SNS에 올렸다. 윤도윤의 친구들은 그를 '티미, 팀, YDY'라 불렀고, 아내로 추정되는 아이디 'J_coming99'와 윤도윤은 서로를 'S.P'로 칭했다.

S.P가 무슨 뜻일까. 섹스 파트너일까. 작은 고무망치로 무릎을 치면 반사적으로 정강이가 움직이는 것처럼 나는 머릿속에 성적인 이미지를 떠올렸다. 옅은 죄책감을 느끼며 그 이미지들을 쫓아내고 '스페셜 파트너'의 약자일 거라고 다시 추측하면서 J_coming99의 계정을 클릭했다. 비공개로 설정돼 있어 게시물을 볼 수 없었다. 하지만 나는 J_coming99의 J가 기쁨을 뜻하는 Joy일 거라 확신했다.

처음에 나는 고결한 사랑의 짐을 지는 순애보를 흉내내며 첫사랑의 행복을 빌어주었다. 마치 자식들에게 너의 몇 대 할머니와 할아버지는 이런 분이셨단다, 라는 말과 함께 보여줄 법한 사진첩 속 모습 같은 그들의 결혼생활을 보며 나는 희래가 잘 살고 있어 진심으로 다행이라고 여겼다.

마음 한쪽에선 매 순간 그들의 행복에 상처받았다. 숲과 고궁이 보이는 거실과 나뭇결이 살아 있는 호두나무 식탁을 보며 그곳에서 매일 희래의 얼굴을 마주할 윤도윤을 부러워했다.

나는 윤도윤이 감명깊게 봤다는 영화를 찾아 봤고, 그가 아내와 다녀왔다는 음식점이나 카페에 가서 그가 먹은 메뉴를 똑같이 주문했다. 그가 찍은 사진과 같은 구도로 사진을 찍기도 했다. 한 단계씩 레벨을 높이며 아이템의 수를 늘려가는 게임처럼 나는 윤도윤이 누리는 것들을 하나씩 손에 쥐고 싶었다. 오보에 연주자인 그의 어머니나 네덜란드 유학 같은 그의 학력은 이제 와 내가 어찌할 수 없는 부분이었지만 적어도 그가 먹었던 게살코코넛볶음밥 정도는 먹어보고 싶었다.

나는 윤도윤 커플의 기념일도 훤히 꿰고 있었다. 사자자리인 윤도윤이 태어난 한여름과 내 첫사랑 희래가 태어난 늦가을(그전까지 나는 희래의 생일이 언제인지 몰랐었다), 그들이 결혼한 5월의 봄날을 휴대전화 스케줄러에 저장해놓고 그들이 어떤 이벤트를 하고 어떤 선물을 주고받을지 기대하며 날짜를 셌다.

그들의 딸이 태어난 12월의 성탄절 시즌은 더 특별했다. 딸이 태어났을 때 윤도윤은 통통한 젤리 같은 아기 발 사진을 SNS에 올리며 '무늬'라 소개했다. 나는 무늬라는 이름이 '문희래'에서 따온 것이라고 추측했다. 문희래의 딸 무늬, 두 여자를 같이 부르고 싶을 땐 무늬래. 나는 몇 번이나 두 여자의 이름을 불러보았다. 고개도 못 가누던 무늬가 엎드린 채 가슴을 들어 크리스마스를 맞아 벽에 걸어놓은 커다란 빨간 양말을 빨아먹으려고 하는 짧은 동영상을 봤을 땐 나도 모르게 코끝이 저릿했다.

윤도윤의 뒤에서 나는 윤도윤이 하는 것처럼 그의 S.P를 사랑했고 상상 속에서 딸 무늬를 키웠다. '삶의 방향 재정립중'이란 글과 함께 스탠드 불빛에 의지해 골똘히 생각에 잠겨 있는 그의 사진을 본 날엔 나도 방안의 불을 끄고 스마트폰 빛에 의지해 윤도윤의 이름을 인터넷에 검색했다. 그러다 윤도윤이 참여한다는 전시회와 스태프 모집 공고를 보게 된 것이다.

"그날 참여 작가들도 오나요?"

흰색 계열의 옷만 골라 입는 듯한 매니저가 진행하는 사전 교육 시간에 나는 손을 들고 물었다. 전시회 첫날 기자 간담회를 겸한 오프닝 파티가 있을 예정이었다.

윤도윤 작가는 오겠죠? 가족도 올까요? 이번 작품 〈블루 다이빙〉의 '스페셜 땡스 투'에서 제일 처음 언급하는 사람이 '나의 S.P'인데 안 올 리 없잖아요. 그렇죠?

마음 같아선 매니저에게서 참석자 명단을 가져와 희래의 이름이 있는지 확인하고 싶었으나, 나는 시간을 견디는 오브제가 된 심정으로 전시회의 첫날이 밝기를 기다렸다.

*

내가 희래를 만난 곳은 대학 오카리나 동아리였다. 오카리나에 관심이 있었다기보다 당시 나는 신입생 기분에 취해 이곳저곳 가입 원서를 쓰고 다녔는데, 오카리나 동아리도 그중 하나였다. 희래에 대한 내 인상은 밝은 표정의 명랑한 여자애, 얼굴이 작고 입술이 얇은, 흰 운동화를 즐겨 신는, 목동 사는 애, 정도였다. 희래와 오래 얘기를 나눈 적도 없었고, 그애에게 별다른 감정을 느끼지도 않았다. 희래와 내가 각자 특이한 상황에 놓이지 않았다면 우리는 이름을 들어도 금세 얼굴이 떠오르지 않는 동아리 지인으로 남았을 것이다.

스물네 살의 겨울, 나는 전역 후 학교로 돌아가지 않고 방에만 틀어박혀 지냈다. 스프링이 삐걱거리는 싱글 침대에 누운 채 길을 잘못 들어 출구를 찾지 못하는 작은 날벌레처럼 종일 인터넷을 헤매고 다녔다. 그러다 어느 새벽, 오카리나 동아리 카페에서 희래의 사진을 보았다. 사진 속 희래는 갓 입대한 훈련병보다 더 짧게 머리를 민 모습으로 운동장을 걷고 있었다. 사진을 찍은 사람은 스탠드에 서서 희래의 뒷모습을 몰래 찍은 것 같았다. 남의 사진을 허락 없이 찍으면 안 된다는 누군가의 댓글이 달린 뒤 얼마 안 가 게시물은 삭제되었다. 그사이 나는 희래의 사진을 저장해놓고 생각이 날 때마다 들여다보았다.

우연인지 운명인지 그때 내가 자주 자장면을 시켜 먹던 중국집이름이 '희래옥'이었다. 붉은 궁서체로 희래옥이라 적힌 일회용 젓가락 포장지를 뜯으며 나는 머리를 박박 민 희래를 떠올렸다. 왜 머리를 깎았을까. 머리카락을 밀어버릴 만큼 중대한 일이 그애에게 생긴 걸까. 다른 애들은 졸업 사진을 찍는다며 머리를 기르고 피부 관리를 받던데, 왜 희래는 짧게 깎은 머리로 운동장을 걷고 있었던 걸까.

동아리 사람 중 누군가에게 물어볼 수도 있었지만 희래 얘기를 주고받을 만큼 친분이 남아 있는 사람이 없었다. 그런 식으로 희래의 삭발을 얘깃거리로 삼고 싶지 않기도 했다. 나는 동아리 카페에서 희래의 아이디를 찾아 메일을 보냈다. '즐거운 희래에게'. 나는 그렇게 썼다. 희래를 생각하면 구김살 없이 웃는 그애 얼굴이 떠올랐다. 무슨 이유인지 모르지만 그애는 삭발을 하고도 그것과 상관없이 환하게 웃고 있을 것만 같았다.

메일은 짧았다. 휴학 전의 학교생활, 입대해 겪은 사건들, 다신 학교로 돌아가고 싶지 않은 마음, 그렇다고 딱히 뭘 하고 싶지도 않은 내 상태에 대해 두서없이 적었다. 답장을 기대하지 않았기에 희래의 메일을 받았을 때 나는 놀랐다. 메일은 스크롤바를 한참 내려야 할 정도로 길었다. 희래는 편지를 받고 몹시 놀랐으며 무엇보다 내가 그렇게 좋은 사람인지 몰랐다고 했다.

걱정해줘서 고마워. 네 편지를 받고 깨달았어. 사람이 언제 우는지 아니? 자기 자신을 동정할 때 울어. 난 네 편지를 받고 울었어.

이게 무슨 말이지? 내가 자기를 동정했다는 뜻인가. 그게 좋았다는 거야? 나는 머릿속에 떠오르는 질문들을 가라앉히며 가슴이 뻐근해지는 기쁨을 느꼈다. 누군가 내 메일에 울었다는 것에 마음을 짓누르던 울화가 조금 가시는 듯했다. 그 대상이 여자이고, 희래라는 사실에 취한 것처럼 기분이 들떴다. 이제껏 모난 돌처럼 발에 차이기만 했던 내가 아주 감미로운 슬픈 음악이 된 것 같았다. 희래가 울고 싶을 때 틀어놓고 펑펑 울 수 있는 음악.

나는 한 번도 누군가에게 말하리라 생각지 못한 이야기를 희래에게 했다. 중학교 때 겪은 학교폭력과 군대에서 당한 억울한 따돌림, 콤플렉스로 가득한 내 속마음, 한마디로 힘들어 죽겠다는 이야기를. 이런 걸 써도 될까, 희래가 날 싫어하면 어쩌지, 걱정되면서도 왠지 희래가 나의 이런 고백을 기다리고 있을 것만 같았다. 나는 용기를 냈다. 더 바보가 되는 용기. 희래라면 내 얘기를 들어줄 것 같았다.

메일을 보내면 희래는 나보다 더 심각하고 처절한 감정들을 적어 보냈다. 희래는 누군가를 짝사랑하고 있었다. 상대가 누구인지 말하지 않았지만 내용으로 봐선 이루어질 수 없는 사랑인 것 같았다. 혹시 결혼한 사람이니? 친구의 남자친구? 설마, 같은 여자는 아니겠지? 나는 궁금한 게 많았지만 묻지 않았다. 대신 노트북에 희래의 삭발 사진을 띄워놓고 물끄러미 바라본 후 이렇게 썼다.

네가 누구를 사랑하는진 몰라도 그 사랑이 내겐 위로가 돼.

그 말은 진심이었다. 나는 사랑에 빠져 고통스러워하는 희래가 좋았다. 드러나지 않게 희래의 감정을 부추기며 희래가 더 아프길 바랐다. 그래야 괴로워 죽고 싶다는 희래에게 죽고 싶은 내 마음을 털어놓을 수 있었으니까. 희래의 편지는 정신과에서 처방받은 진정제보다 나를 더 안정시켰다. 나는 희래가 털어놓는 어두운 감정이 좋았고, 할 수만 있다면 그것으로 이불을 만들어 얼굴에 덮고 자고 싶었다. 꿈을 꾸면 희래처럼 머리카락을 민 여자가 나와 나를 안아주었다. '꿈에 네가 나왔어.' 꿈을 꾼 날 나는 메일에 그렇게 썼다가 지웠다. 대신 이렇게 써서 보냈다.

좋은 꿈 꿔. 네 꿈에 네가 사랑하는 사람이 나와서 널 안아줬으면 좋겠다.

그해 겨울 우리는 거의 매일 서로에게 말을 걸었다. 더 얘기하기 쉬운 전화나 인터넷 메신저 대신 오직 이메일로만 서로의 이야기를 들었다. 어느 날은 희래에게 휴대전화 번호를 묻고 내 번호도 알려주고 싶었지만 희래가 부담스러워할 것 같아 마음을 접었다. 그게 우리다운 것이라 믿었다.

실제로 희래를 만나는 건 생각만 해도 끔찍했다. 희래가 지금의 날 보면 실망할 것 같아 두려워서이기도 했지만, 희래와 같이 카페에 가거나 영화를 본 후 이런저런 잡담을 나누고 싶지 않았다.

그런 평범한 데이트는 우리의 농도 짙은 감정들을 퇴색시킬 것 같았다. 무엇보다 우리는 현실에서 마주하기엔 지나치게 많은 말을 숨김없이 했다. 빛이 강한 여름에 오히려 태양광 에너지를 만들 수 없는 것처럼 우리는 너무 많은 비밀을 나누었기에 연인이 될 수 없었다. 연인이 되고 싶단 생각조차 나만의 바람이었다. 희래는 다른 사람을 열렬히 사랑하고 있었으니까. 나는 그저 언제까지나 희래의 애길 들어주고 싶었다. 평생, 희래가 자신의 멍들고 다친 마음을 털어놓을 수 있는 사람은 나 하나였으면 했다. 기쁜 일이나 즐거운 시간은 누구와 나누든 상관없었다. 오히려 나 대신 희래의 기쁨을 채워줄 누군가가 희래 곁에 있으면 좋겠다고 바라기도 했다.

희래도 나도, 도대체 자기 비하를 하지 않고 마음을 고백하는 방법이 무엇인지 알 수 없을 때쯤, 희래의 사랑은 끝났다. 희래는 한동안 이런저런 일탈을 시도하다 네덜란드로 유학을 떠났다. 낯선 곳에 적응하느라 몸도 마음도 바쁘겠지. 나는 희래를 배려하며 메일을 점차 줄여갔다. 어쩌다 공들여 보낸 메일에 희래는 긴 시간이 흐른 뒤 짧게 답장을 해왔다. 어느 도시로 여행을 갔다든가 어느 나라의 유학생과 친구가 됐다든가 하는, 이전과는 다르게 밝고 생기 넘치는 내용이었다. 나와 함께 서로의 상처를 바라보며 곧 나아질 거라 위로하던 희래는 이제 정말 '즐거운 희래'가 되어 날 떠난 것이었다.

희래가 쓰던 아이디로 수없이 SNS를 검색하다가 티머시란 남자의 계정을 발견한 건 희래와 연락이 끊긴 지 삼 년 만이었다. 암스테르담에 살며 미디어아트 작업을 한다는 그는 겨울의 언 운하에서 애인과 스케이트를 타는 사진을 올렸다. 그 게시물에 하트를 누른 사람들 중 희래의 아이디가 있었다.

*

전시회 첫날, 집에서 나가기 전 유니폼으로 받은 검은 티셔츠를 다림질했다. 전시 타이틀명이 어깨선에 찍힌 밋밋한 면 티셔츠였지만 나는 소매와 허리선에 반듯한 주름을 잡았다. 바지와 신발을 검은색으로 맞춰 입고 오라는 매니저의 지시에 충실히 따랐고 혹시 몰라 팬티까지 검은색으로 입었다. 오랜만에 만나는 희래 앞에서 흐트러진 모습을 보이고 싶지 않았다. 만약 희래가 온다면 우리는 팔 년 삼 개월 만에 만나는 것이었다. 입대하기 전 학교 후문 앞에서 우연히 마주쳐 인사한 게 마지막이었으니까. 희래가 유학을 떠난 뒤 나는 해마다 그 무렵이 되면 학교에 가 그 길을 되밟으며 희래를 추억했다.

광장을 지나 역사 안으로 들어서자 내리쬐던 볕이 사라지고 높고 서늘한 그늘이 펼쳐졌다. 회색빛이 도는 화강암 기둥이 위로 뻗은 천장은 삼층 높이까지 탁 트여 있고 한가운데 유리 지붕은 스테인드글라스로 장식돼 있었다. 정문 위의 시계탑은 대한제국의 경성을 무대로 한 시대극에서나 볼 법한 무대장치 같았다. 어슴푸레한 오렌지색 조명과 오래된 돌과 목재에서 나는 은은한 냄새가 초조한 내 마음을 조금 편안하게 해주었다.

기차가 다니던 시절에 승객들에게 표를 팔던 출찰실 두 곳은 이제 각각 매표소와 물품 보관소로 바뀌었다고 사전 교육 시간에 매니저가 말했었다. 나를 포함한 스태프들은 물품 보관소에서 옷을 갈아입었다. 잘 다림질한 유니폼을 입으며 나는 만약 오늘 희래가 온다면, 나의 희래가 무늬와 함께 온다면, 기저귀를 갈거나 우유를 먹일 장소가 필요할 테니 스태프로서 희래를 어디로 안내할지 미리 알아두어야겠다고 생각했다.

중앙홀은 간담회 준비로 분주했다. 시계탑 아래에 한쪽 벽면을 가득 채우는 LED 전광판이 설치되었고 그 화면에 윤도윤을 포함한 참여 작가들의 프로필과 전시의 메인 타이틀이 차례로 나타났다. 나는 바퀴 달린 테이블들을 밀어 홀 가운데에 디귿 자 모양으로 놓고, 접이식 의자와 내빈용 다과 박스를 옮겼다. 테이블 앞에는 작가들을 찍을 여러 대의 카메라가 삼각대에 고정되어 있었다. 간담회 시작 십 분 전, 예술감독과 두 명의 큐레이터가 역사 안 사무실에서 나왔다. 다들 세련된 차림에 들뜨고 긴장한 얼굴이었다. 나는 중앙홀 한쪽에 서서 매표소와 연결된 왼쪽 출입구를 주시했다. 문으로 사람이 들어설 때마다 귓속에서 뛰는 맥박이 느껴졌다.

  윤도윤은 연푸른빛이 도는 여름 재킷과 발목까지 오는 밝은 회색 슬랙스에 형광주황빛 스웨이드 운동화를 신고 나타났다. 나는 단번에 그를 알아보았다. 그는 내가 생각한 것보다 키가 그리 크지 않았고(나보다 약간 더 컸을 뿐이다), 한쪽으로 넘긴 머리 스타일에 수염을 조금 기른 모습이었다. 사진에서보다 이마와 연결된 콧대가 더 도드라져 보였다. 한 걸음, 한 걸음, 그가 발을 내디딜 때마다 몸에 꼭 맞는 옷을 입은 사람의 단단한 체구가 느껴졌다. 사람들과 차례로 악수하며 인사할 땐 맑고 청량한 바람이 그의 주변을 맴도는 듯했다. 나는 마음을 졸이며 그의 뒤로 희래와 희래의 딸이 오는지 살폈다.

  왜 혼자 왔죠? 당신의 S.P는 어쩌고요? 혹시 누가 아프기라도 한 건가요? 당신은 어디를 가든 사랑하는 두 여자와 함께할 거라면서 왜 이 중요한 순간엔 혼자 나타난 거죠?

  내가 발끝으로 서서 출입구 너머를 보는 사이 윤도윤은 예술감독이 있는 테이블 가운데로 걸어와 연푸른색 재킷을 벗었다. 상의로 입은 흰 티셔츠와 검은색 멜빵이 드러났다. 배와 가슴을 타고 올라간 멜빵의 밴드를 따라 하얀 해골이 여러 개 그려져 있었다. 나는 그것이 윤도윤이 어떤 순간에도 빼놓지 않겠다는 '몇 그램의 유머'인 것을 알았다.

간담회가 시작되자 나는 조금씩 옆으로 이동해 윤도윤의 뒤로 갔다. 예술감독이 전시 취지를 설명할 때쯤엔 바로 뒤에 서서 그의 정수리를 내려다볼 수 있었다. 기자들의 질문이 이어지는 동안 나는 오직 그의 정수리만 내려다보았다. 곧은 어깨와 목선을 눈으로 훑으며 경동맥 어디쯤을 손날로 내려치는 상상을 하다가 그와 친구가 되어 서로 어깨를 나란히 하고 그가 좋아하는 오크향이 진한 위스키를 한 잔씩 걸치는 모습을 그려보았다. 표나지 않게 고개를 살짝 숙여 그의 냄새를 맡아보기도 했다. 어디엔가 희래의 체취가 배어 있을 것 같았지만 정작 나는 희래의 향을 몰랐다. 분유 내음이나 토한 아기 입을 닦은 가제 손수건에서 나는 냄새 같은 것도 없었다. 샴푸나 로션에서 나는 풀잎향이 코끝에 스칠 뿐이었다.

전시장을 돌며 작품을 둘러보는 순서가 되자 윤도윤이 일어섰다. 그는 재킷을 그대로 의자에 걸어둔 채 자리를 떠났다. 나는 테이블을 정리하는 척 그의 재킷을 손등으로 슬쩍 건드렸다. 재킷 안주머니에 겨자색 가죽 지갑이 꽂혀 있는 게 보였다. 그 지갑은 지난해 결혼기념일에 S.P가 그에게 선물로 준 것이었다.

LED 전광판으로 밝은 채도의 전시 사진이 지나갈 때마다 나는 안주머니에 꽂힌 지갑을 흘깃거렸다. 지갑 안에 있을 가족사진과 윤도윤의 신분증, 그리고 겉면에 찍혀 있을 윤도윤의 지문까지 생생히 보이는 듯했다. 머리로는 이런 짓을 하면 안 된다고 되뇌면서도 나는 재킷 소매를 어루만지다 나중에는 꽉 움켜쥐었다. 재킷의 까끌까끌한 질감이 느껴지면서 몸안의 피가 발광하듯 끓어올랐다. 이대로 그의 옷과 지갑을 들고 이곳에서 사라지고 싶다는 충동에 아랫배가 딱딱해지며 요도 끝이 아렸다.

행사가 끝날 무렵, 윤도윤은 중앙홀 구석에 모여 있는 스태프들에게 다가와 몸에 밴 공손함과 어린애 같은 미소로 전시에 도움을 주어 고맙다고 인사했다. 거만한 예술가처럼 굴었으면 좀 나았을까. 나는 회복할 수 없는 카운터펀치를 맞은 사람처럼 휘청거리는 마음을 다잡으며 배정받은 전시실로 향했다. 희래의 모습을 바라보리라 다짐했던 복도의 나무 창틀 앞에 서서 윤도윤이 멀어지는 모습을 지켜보았다. 그는 퉁퉁 부은 시꺼먼 맨발로 드러누운 남자들을 동정어린 눈으로 내려다보았다. 고개를 꺾어 날개 안쪽을 부리로 가다듬고 있는 비둘기를 놀라게 하지 않으려는 듯 길을 약간 돌아가기도 했다. 그 모습이 내게는 눈에 다래끼가 난 것처럼 붉고 납작하게 보였다.

나무문의 옅은 녹색이 무늬가 이유식을 먹을 때 쓰는 턱받이 색과 비슷하다고 생각하며 나는 전시실에 서 있었다. 내가 자청해 배치된 〈블루 다이빙〉 전시실에는 창문과 출입구를 암막 커튼으로 가려 햇빛이 들지 않았다. 커튼 너머 광장에서는 오전 내내 찬송가와 통성기도 소리가 들려왔다. 오후가 되자 노동조합의 집회가 있는지 남자들이 동시에 외쳐대는 구호에 건물 전체가 진동했다. 나는 탈진해 기절할 것 같은 기분으로 관람객이 들어설 때마다 출입구 앞에 처진 암막 커튼을 걷어주거나 그들이 기계장치를 만지지 못하게 감시했다.

〈블루 다이빙〉은 제목과 다르게 밝기 조절이 심하게 잘못된 것 같은 희끄무레한 영상이었다. 페인트 얼룩 같은 크고 작은 점들이 세탁기 속 빨래 더미들처럼 뒤엉켜 돌아가다 한번은 돌고래 사진이 되고 한번은 샛노란 눈자위에 검은 칼자국이 난 도마뱀 사진이 되었다가 다시 엉킨 빨래처럼 회전하는, 한마디로 인간의 시력에 흠집을 내기 위해 자연 세계의 지령을 받고 만든 것 같은 이미지들의 조합이었다. 천장에서는 미러볼이 돌며 얼굴에 빛 조각을 쏘아댔고, 전시실 귀퉁이에 놓인 스피커에선 돌고래 울음과 갖가지 동물 울음을 믹스해 만든 음악이 흘러나왔다.

"돌고래의 이빨을 뽑는 인간의 잔혹함을 형상화한 소리입니다."

하루에 두 번, 전시 도슨트를 겸하는 매니저가 관람객들을 데려와 윤도윤의 작품을 소개했다.

"어느 나라의 수족관에선 관객들이 먹이를 줄 때 돌고래가 사람의 손을 물지 모른다며 돌고래의 이빨을 모두 뽑는다고 합니다. 작가는 그 끔찍한 폭력을 고발하고 생니가 뽑히는 돌고래의 고통을 잠시라도 함께 느껴보자는 의미에서 이 작품을 만들었습니다."

매니저는 검은 벽에 틀어진 〈블루 다이빙〉을 바라보며 긴 문장을 더듬거리지 않고 말했다. 관객들은 동물의 울음소리와 빛을 쏘아대는 미러볼을 견디며 작품을 감상했다. 영상 속 이미지는 모두 기존의 이미지를 재편집해 만든 것으로 예술을 창작하는 데 아무런 공해도 만들지 않으려는 작가의 친환경적 메시지가 담겨 있다고, 책을 낭독하는 듯한 억양으로 매니저가 덧붙였다.

"화장실 갈 땐 옆 전시실 스태프한테 말하고 가세요."

관객들을 데리고 전시실을 나가면서도 매니저는 내게 전달해야 할 사항을 빼놓지 않았다. 다른 전시실의 스태프 중 한 명이 동료에게 말하지 않고 화장실에 다녀오는 동안 관람객이 전시물에 손을 댔다는 것이다. 나는 건성으로 고개를 끄덕였다. 더는 스태프 일을 할 생각도, 윤도윤의 돌고래 소리를 들을 마음도 없었다. 만약 그날 폐장 시간 무렵 찾아온 한 할머니를 만나지 않았다면 나는 중도 포기자가 되어 희래옥 자장면을 시켜 먹는 내 방으로 돌아갔을 것이다.

무늬가 빨아먹던 유기농 쌀과자와 비슷한 색의 계단 난간을 따라 화장실에 다녀왔을 때, 할머니 한 명이 전시실 가운데 서 있었다. 할머니는 미러볼의 빛을 피할 수 있는 위치에 서서 가까이 오라는 듯 나에게 손짓을 했다.

"힘들겠어요, 돌고래도 사람도."

내 가슴 높이만한 키의 할머니는 손으로 입을 가린 채 말했다.

나는 할머니의 말을 듣기 위해 허리를 숙여야 했다. 미러볼의 빛이 비출 때마다 하얗게 센 할머니의 정수리와 오목한 귓바퀴가 보였다. 푸른 숄을 걸친 할머니의 좁은 어깨에 흰 가루가 떨어져 있었다. 그것은 비듬이었지만, 돌고래 울음에 최면이라도 걸린 듯 내겐 흰 꽃가루처럼 보였다. 할머니는 머리를 귀가 보이도록 짧게 잘라 노인이라기보다 천진한 어린아이같이 보였다.

"여기 이 자리에 마스터의 책상이 있었어요. 마스터가 여기 앉아서 저기 벽시계를 봤지요."

그렇게 말하며 할머니는 안쪽 벽부터 맞은편 출입구까지 눈으로 훑었다. 할머니의 얼굴이 반원을 그리며 움직이자 왼쪽 귓불에 난 빨간 점이 보였다. 〈블루 다이빙〉이 환한 이미지로 바뀔 때 다시 보니 그건 점이 아니라 점처럼 작은 귀걸이였다. 나와 눈이 마주치자 할머니가 빙긋이 웃었다.

"또 봐요."

주름진 입술 사이에서 나긋한 목소리가 흘러나왔다. 얼떨결에 나는 "또 오세요"라고 인사했다.

그날 밤, 나는 복수라도 하듯 윤도윤의 SNS에 올라온 게시물을 샅샅이 살폈다. 하도 들여다봐서 마치 내가 그곳의 붙박이 가구라도 된 것처럼 익숙한 윤도윤의 작업실과 원목 테이블에 놓인 오브제들을 엄지와 검지를 벌려 확대해보았다. 그가 무늬를 위해 불어주는 연한 물빛의 조개 모양 악기(나는 이 악기가 오카리나 동아리의 회원이었던 희래의 흔적이라 여겼다), 독일 친구가 선물해줬다는 미니 향수병.

금색 뚜껑이 달린 그 유리 호리병을 보자 나는 전시실에서 봤던 할머니가 떠올랐다. 작지만 완벽하게 갖춰진 느낌. 할머니도 그런 느낌을 주었다. 몸 어딘가에 한정판 향수를 담은 듯 천천히 움직이며 내 귓가에 속삭이던 목소리. 사람마다 좀더 섬세해지고 싶은 욕망이 있다면 할머니의 목소리는 나의 그런 욕망을 건드렸다.

다음날 비슷한 시간에 할머니는 또 나타났다. 오후 일곱시가 조금 넘은 시간, 전날과 같은 차림에 같은 귀걸이를 하고 암막 커튼 앞에 서서 나를 불렀다.

"없으면 어쩌나 걱정했어요. 꼭 다시 보고 싶었거든."

면봉을 귓속에 넣은 채 막대를 잡고 도르르 돌리는 듯한 할머니의 목소리에 나는 어깨가 움츠러들었다. 할머니는 전자 잡음 같은 소리가 가득찬 전시실 안에서도 목소리를 높이지 않았다. 대신 나를 더 가까이 오게 하거나 좀더 조용한 공간으로 할머니를 데려가게 만들었다. 나는 매니저가 열지 말라던 구리색 손잡이의 문을 열어 지하의 기차선로와 통하는 계단 쪽 출입구로 할머니를 이끌었다. 서늘한 공기가 어려 있는 복도에 서서 할머니는 주름진 손으로 역장실 벽을 쓰다듬었다. 할머니는 내게 해주고 싶은 이야기가 있다고 했다. 오래 곱씹었다 내뱉는 듯한 단어들로 할머니는 건물 안의 비밀 공간과 자신의 첫사랑에 대해 이야기하기 시작했다. 폐장을 앞둔 시간이라 관람객은 거의 없었다. 나는 허리를 구부리고 서서 이야기를 들었다.

"숱이 많고 곱슬이었지요. 지금도 생각나는 건 곱슬머리와 굳게 다문 입술이에요. 왜 그가 좋았냐면, 좀 연약했어요. 겉보기엔 차가웠지만 어딘가 장난기어린 모습이 숨겨져 있을 것 같았지요. 웃을 때 그랬어요. 담배를 피웠고 독주를 즐겼지만 취한 모습은 한 번도 못 봤어요."

할머니가 말하는 첫사랑, 테루오는 등을 펴고 서면 어깨뼈가 도드라져 보일 정도로 마른 사람이었다. 육각형 정모를 쓰면 모자의 그림자 때문에 눈이 가려졌고 모자를 벗으면 검고 또렷한 눈매가 겨울바람을 맞는 것처럼 반쯤 감겨 있었다.

"그렇게 젊고 잘생긴 역장이라니, 세상은 참 불공평하지."

2

기차는 주로 밤에 왔다. 화물을 실은 증기기관차는 부산에서 출발해 경성역에 정차했고, 얼마간 머문 후 다음 역인 신의주로 떠났다. 새벽녘 기차가 멈추면 일꾼들이 달라붙어 화물을 내리고 새 화물을 실었다. 짧은 시간 안에 해치워야 했기 때문에 일꾼들은 거칠고 신경이 곤두서 있었다. 대부분 조선 남자들이었지만 간간이 일본인이 끼어 있었고, 일꾼 관리는 순사 출신의 어깨가 넓은 일본인이 했다.

많으면 대여섯 대, 적으면 두세 대의 열차가 하룻밤 사이에 정차했다 출발했다. 한 대가 가고 또다른 기차가 오기 전에 일꾼들은 물로 배를 채웠다. 일본인 관리자는 허기진 상태로 일을 시키는 것보다 야식을 주는 게 낫겠다고 판단해 밥 지을 여자를 구했다. 일꾼 중 한 명이 자신의 조카를 데려왔다. 외삼촌을 따라 경성역에 간 여자아이, 그 사람이 할머니였다. 할머니는 그때를 떠올리며 말했다.

"처음엔 겁이 나서 벌벌 떨었어요. 철 냄새에, 열차 소리는 또 얼마나 큰지 가까이 가기도 무서웠지."

세 살 때 아버지가 돌아가시고 삼 년 전 어머니마저 잃은 소녀는 외삼촌 집에 얹혀사는 신세로 어떻게든 밥값을 해야 했다. 매일 밤 역사의 이층 이발소 안 수돗가에서 보리를 씻고 밥물을 맞추는 게 시작이었다. 같은 층에 고급 양식당이 있었지만 부엌에 조선인 식모를 들일 수 없다는 이유로 소녀는 일층 화물 보관소 옆 한구석에서 불을 지펴 밥을 지었다. 밤마다 자기 몸집보다 큰 솥 앞에 서서 김이 펄펄 나는 밥을 긴 나무 주걱으로 휘젓고 있으면 지나가는 역무원들이 그러다 네가 빠뜨린 코까지 먹겠다며 소녀를 놀렸다.

소녀는 작고 볼품없는 식모였기에 경성역의 마스터인 일본인 역장과 가까워질 리 없었다. 단지 밥을 퍼 담은 광주리를 머리에 이고 가는 새벽, 플랫폼을 걸어가는 마스터의 뒷모습을 혼자 훔쳐 볼 뿐이었다. 소녀는 마스터의 고향이나 나이, 경성에 오게 된 사연 같은 것은 몰랐다. 그런데도 가만히 서서 어두운 철로 끝을 바라보는 그와 마주칠 때면 자신과 마스터 사이엔 눈에 보이지 않는 끈이 있어 언젠가 그 끈이 짧게 줄어들 거란 예감이 들었다.

할머니는 자신이 한 말의 진실을 담보해줄 어떠한 물건도 내게 보여주지 않았다. 오직 말로만 그 시절의 기억을 전했다. 말이면 나는 충분했다. 사람과 사람 사이에 궁합이란 것이 있다면 서로가 하는 말에도 궁합이 있지 않을까. 희래와 메일을 주고받을 때 그랬던 것처럼 나는 할머니와 말이 통한다고 느꼈다. 할머니가 작은 어깨를 펴며 "사랑에 빠지면 자기 신분을 깨닫게 되지요"라고 말한다든가, "어떻게 사랑하게 되었나보다 어떻게 그 사랑을 지켜갔느냐가 더 중요합니다"라고 말할 때 나는 나이나 성별에 상관없이 할머니와 내가 같은 역의 선로에서 갈라져 나온 레일 같다고 느꼈다.

플랫폼을 오갈 때 눈이 마주치는 순간이 조금씩 길어지더니 어느 날 테루오가 짧은 인사로 소녀에게 말을 건넸다. 태어나 그때까지 일본어를 쓰도록 강요당해온 소녀는 테루오가 하는 말을 대부분 알아들을 수 있었다. 그때 테루오가 자신이 이해하기 쉽게 천천히, 간단한 단어로 말했다는 것을 소녀는 그 시절을 수없이 되짚어 떠올리다 깨달았다. 일본인 관리자가 거드름을 피우며 늘 어놓는 이야기에서 테루오의 사연을 엿듣기도 했다. 테루오는 지나치게 과묵한 성격 탓에 역사에서 가깝게 지내는 사람이 없었다. 경성으로 올 때도 유일한 가족이었던 숙모에게 메모 한 장만을 남겼다고 했다. 그런 테루오가 컴컴한 화물칸 옆에서 지푸라기로 솥을 닦는 자신에게 왜 자기의 비밀을 털어놓았을까. 시간이 흐르고 할머니가 되어서 짐작한 테루오의 마음, 그 마음이 열린 시작점은 자신이 역사에 오가는 이들 중 가장 보잘것없는 사람이기 때문이었다. 그렇기에 테루오의 비밀을 발설할 염려도, 그를 곤경에 빠뜨릴 위험도 없었다.

"그 사람은 역무원이 아니었어요. 철도를 몰랐고, 역을 운영하는 행정관도 아니었지."

어느 날 두 사람의 신분 차이를 걱정하는 소녀에게 테루오가 말했다.

"나는 도둑이야. 그러니 밥을 지어 사람들을 먹이는 너보다 못하지."

그 말은 소녀를 위한 과장이었다. 테루오는 어릴 적 부모가 죽어 사촌들의 집을 떠돌며 자랐지만 나라의 주요 관직을 맡아온 집안의 후손이었고 뛰어난 성적으로 건축학교를 졸업한 인재였다.

그는 총독부 관리들의 눈에 띄어 1급 비밀 업무를 맡고 경성으로 왔다. 그가 해야 할 일은 역장실과 가까운 곳에 비밀 공간을 만들고 기차 화물을 빼돌려 그 안에 보관하는 것이었다. 소금이나 설탕, 곡물을 실은 기차가 경성에 도착하면 테루오는 그중 일부를 몰래 빼내어 비밀 공간에 감춰두었다.

"어느 날 테루오가 말했어요. 설탕을 따로 모아뒀다고, 어디 먼 데 가서 같이 살자고. 그땐 설탕이 아주 귀했거든. 신의주에서 만주로 넘어가려면 설탕 한 묶음이 필요했지. 그러니 테루오가 내게 청혼을 한 셈인데, 반지 대신 설탕으로 한 거지요."

소녀는 그 말을 믿었다. 테루오는 거짓말을 할 바에야 입을 아예 다물어버리겠다는 사람이었으니까.

"그런 사람이 내게 맹세했으니 태양이 꺼지고 바닷물이 마르지 않는 이상 난 그가 약속을 지킬 거라 믿었지."

광복이 되고 테루오가 말없이 종적을 감추었을 때 할머니는 테루오가 숨겨뒀다는 설탕을 떠올렸다. 설탕이 있으니 그가 어떻게든 돌아와 자신에게 한 약속을 지키리라 생각했다. 테루오가 자신을 배신했다는 생각이 들 때마다 할머니는 설탕을 떠올리며 마음을 다잡았다. 식사 후 디저트를 먹는 것처럼 잠들기 전이면 벽 너머에 숨겨져 있을 설탕을 떠올리며 눈을 감았다.

할머니는 죽는 건 그리 겁나지 않지만 테루오의 설탕을 영영 확인하지 못할까봐 두렵다고 했다. 설탕이 있을 만한 역사 내의 몇 몇 곳에 가서 설탕이 있는지 없는지 알아보는 것, 그것이 할머니가 마지막으로 바라는 소원이었다.

"난 속이 텅 비었어요. 위는 절제했고 신장은 하나뿐이지. 성한 관절이라고는 없고 이도 내 것이 아니에요. 하지만 모아놓은 돈은 꽤 있지요. 피가 섞였다는 이유로 먼 촌수의 아이들에게 물려줄 생각은 없고, 공부하는 학생이나 가능성 있는 청년을 돕고 싶어요."

할머니는 내가 그 청년이라도 되는 듯 나를 보았다. 할머니가 내게 원하는 것은 간단했다. 전시회 마지막날, 전시실 점검을 좀 느슨하게 하는 것. 예를 들면, 역장실 맞은편에 있는 귀빈 예비실에 사람이 있는지 없는지, LED 조명 장치와 스피커의 전기선이 가득한 그곳에 이상한 물건이 놓여 있지 않은지, 그런 확인을 좀 대충 하는 것이었다. 그 일만 하면 나는 큰돈을 벌 수 있었다.

"여기 건물이 문화재라던데, 괜찮을까요?"

나는 할머니가 서 있는 바깥쪽 복도에 서서 전시실 입구를 살피며 물었다.

"문화재라면, 누구의 재산인가요?"

"대한민국? 서울시?"

나는 떠오르는 대로 말했다.

"여기 이 역을 설계한 사람이 누군지 아나요?"

할머니가 물었다. 나는 고개를 저었다.

"설계 도면에 쓰카모토 야스시란 건축가 이름이 적혀 있다지만, 모두 추정일 뿐 정확하지 않지요. 전쟁 때 이곳의 어느 부분이 부서졌고, 서울올림픽이 열리기 전 어디를 어떻게 보수했는지 알고 있나요?"

할머니가 물었고, 나는 또 모른다고 답했다.

"몰라도 괜찮아요. 모르는 게 당연하지요. 나 같은 사람이야 늘 이쪽을 보며 살았으니까. 천 번을 와도 천 번을 새롭게 실망하는 기분, 그걸 더는 안 느끼고 싶은 거예요. 난 알고 싶어요. 죽기 전에 확인하고 싶어."

"설탕을요?"

내가 물었다. 할머니가 고개를 저었다.

"내 인생."

그러고는 "테루오의 거짓말"이라고 덧붙인 후 지그시 웃었다.

퇴근할 무렵 할머니의 수행원이란 남자가 나를 찾아왔다. 그는 나를 광장 옆 주차장에 서 있는 검은 승용차로 데려가더니 여러 장이 묶인 서류를 건넸다. 거기에 계약 조항과 함께 전시 마지막 날의 계획이 적혀 있었다.

계획은 오랜 시간을 두고 세운 것 같았다. 역장실과 맞은편 귀빈 예비실의 벽 두께가 정밀하게 측정되어 있었고, 그 아래 지하 계단으로 통하는 바닥과 동쪽 끝에 있는 귀빈실의 큰 벽난로 뒤가 비밀 공간의 후보들이었다.

전시회가 끝나는 금요일부터 다음주 월요일까지, 토요일과 일요일 이틀의 시간이 있었다. 그 기간은 기존 설치물을 철거하고 카펫과 바닥을 청소하기 위해 외부인이 많이 드나들어 망치 소리와 청소기 소리로 시끄러울 것이다. 게다가 일요일 아침엔 여섯개의 교회가 합동으로 진행하는 예배가, 그뒤 오후에는 노동조합의 집회가 예정돼 있었다. 그때 광장은 노래와 구호 소리로 가득찰 것이다. 나는 〈블루 다이빙〉 전시실에서 일하며 그 소리가 얼마나 큰지 알았다. 다시 말해 콘크리트 벽이나 바닥을 뚫을 만한 조건이 충분했다.

"CCTV는 어쩌죠? 전시실마다 있을 거예요."

내가 계약서에 서명하는 걸 망설이자 수행원은 이 일을 돕는 사람이 나만은 아니니 염려 말라고 했다. 그 말은 나를 안심시키는 동시에 불안하게 했다. 뒷좌석에 앉아 있던 할머니는 그때까지 한마디도 하지 않았다.

"썩지 않았을까요?"

계약서에 사인을 하고도 나는 무언가를 더 확인받고 싶어 그렇게 물었다. 어느새 나는 할머니의 말대로 어딘가에 설탕이 숨겨져 있을 거라 가정하고 있었다.

"소금하고 설탕은 썩지 않아요. 공기가 통하지 않는 벽 속에 있으니까."

수행원이 답했다. 내 질문을 예상했다는 듯한 말투였다.

"만약 없다면, 벽을 뚫어보았는데 없다면……"

더 슬프지 않을까요, 라는 말을 속으로 삼키고 나는 할머니 쪽으로 고개를 돌렸다.

"상관없어요. 나는 이미 그 설탕으로 충분하게 달콤했어."

할머니가 말했다. 그러고는 몸을 일으켜 내 어깨에 손을 올리고서 힘을 주었다.

"하지만 있을 거야."

전시 마지막날, 나는 출근 준비를 하며 노란 바탕에 파란 줄이 넓은 바둑판 모양으로 그어진 셔츠를 입었다. 이제는 사라진 브랜드의 옷이었다. 셔츠를 샀을 때 나는 열아홉 살이었고 희래를 몰랐다. 그러니 나는 희래를 사랑하지 않았다. 그런 내가 있을 수 있을까. 희래를 사랑하지 않는 내가 존재할 수 있을까.

희래를 사랑하지 않는 사람으로 더 오래 살았건만 내게 그 과거는 세상에 존재하지 않는 것 같았다. 대신 희래를 기다리며 희래를 그리워하는 나만이 살아 숨쉬는 진짜라고 느껴졌다. 그 감정이 과거까지 뒤바꿔 집 어딘가에 희래와 찍은 사진이 있을 것만 같았다. 내 마음이 이토록 간절한데 희래의 사진 한 장 소유하고 있지 않다는 게 모순 같았다.

윤도윤의 계정에는 희래의 흔적들이 있었다. 물결무늬처럼 선이 고운 원목 식탁에 마주 놓인 두 개의 포크, 햇살을 등지고 선 윤도윤의 그림자 옆에서 그의 허리를 팔로 감고 서 있는 여자의 그림자, 숲길을 따라 드라이브하는 윤도윤의 곁에 앉아 바람을 잡으려는 듯 창밖으로 손을 펼치고 있는 여자의 팔. 나는 희래를 볼 수 있게 해주는 윤도윤이 고마웠다. 그가 행복하길, 그의 작품이 더 인기를 얻길, 그래서 대중 앞에 나선 그가 자신과 가족의 이야기를 해주길 원했다.

나는 할머니를 이해할 수 있었다. 그건 사람의 손을 물지 모른다며 돌고래의 이빨을 뽑아버리는 행동보다 더 이해하기 쉬운 일이었다. 할머니의 사랑은 아무도 아프게 하지 않았고 이제껏 누구에게도 피해를 끼치지 않았다. 칠십여 년 동안 막힌 벽을 보며 설탕을 떠올렸으니 이제 그 낡은 건물의 귀퉁이를 잠깐 뚫는다고 해서 그리 큰 잘못은 아니지 않을까.

세상에 나쁜 흔적을 남기지 않는 예술의 방식은 무엇일까.

브로슈어에 적힌 윤도윤의 작품 노트 중 한 구절을 떠올리며 나는 역장실에서 마지막날을 보냈다. 윤도윤은 내가 자기의 예술을 위해 매일 여덟 시간 동안 소음에 시달렸다는 걸 알까. 돌고래 포스터 옆에서 사진을 찍은 후 휴지와 커피 컵 같은 쓰레기를 버리고 떠나는 관객들의 존재를 알까. 세상에 나쁜 흔적을 남기지 않는 사랑은 무엇일까.

친환경 무공해 사랑. 아무런 오염 물질도 배출하지 않는 사랑. 도무지 가능할 것 같지 않은 사랑.

폐장 시간 십오 분 전, 나는 옆 전시실 스태프에게 말하지 않고 화장실에 갔다. 천천히 문을 열고 느릿느릿 볼일을 본 후 할 수 있는 한 시간을 끌며 손을 씻고 물끄러미 거울 속 내 얼굴을 들여다봤다. 그리고 화장실에서 나와 복도를 맴돌다 이만하면 됐겠지 싶을 때쯤 전시실로 돌아가 평소처럼 마감 준비를 했다. 역장실 기계장치와 조명의 전원 스위치를 확인하고, 창문이 제대로 닫혀 있는지, 쓰레기 같은 게 떨어져 있지 않은지 꼼꼼히 살폈다. 귀빈 예비실은 자세히 보지 않았다. 나는 그곳을 눈여겨 살피지 않겠다고 수행원에게 약속했다. 그 안에 무엇이 있는지, 할머니와 수행원이 그걸로 무엇을 할 건지 나는 몰라야 했다. 내가 할 일은 마감 점검 사항 중 하나를 깜빡하는 것뿐이었다.

전시장 밖으로 나왔을 때 휴대전화의 알람이 울렸다. 윤도윤의 계정에 새 글이 올라왔다는 메시지였다. 윤도윤이 올린 건 옛서울역사의 사진이었다. 백여 년의 시간을 견뎌낸 에메랄드색 돔과 붉은 벽돌의 건축물이 연회색 하늘을 배경으로 서 있었다. 나는 뒤돌아 그 건물을 보았다. 내 눈앞에 실물이 있는데도 윤도윤의 사진 속 오브제가 더 가치 있고 아름답게 보였다. 문득 윤도윤의 S.P가 어쩌면 희래가 아닐지도 모른다는 생각이 들었다. J_ coming99의 J가 Joy가 아닐 수도 있다는 생각. 분명 조이일 테지만, 희래가 분명하겠지만, 나도 벽을 뚫어 확인해보고 싶었다.

네가 누굴 사랑하든 여전히 그 사랑이 내겐 위로가 돼.

나는 희래와 나만이 알 수 있는 문장을 댓글 창에 적고 확인 버튼을 누르려다가 발밑을 내려다봤다. 휴대전화를 들여다보며 걷는 사이 발 한쪽이 물웅덩이에 빠져 있었다. 나는 발을 빼내지 않은 채 내가 입력했던 문장을 지웠다. 나에겐 아직 오랜 기다림이 남아 있는 듯했다. 게다가 설탕은 벽 뒤에 있을 때만 달콤할 것 같았다. 설탕, 설탕, 나는 그렇게 중얼거려보았다.

논리

참나무 밑동을 잘라 만든 의자에 앉아 엘리가 무언가 골똘히 생각하고 있다. 연필대를 입에 물고 수첩을 내려다보며 몸을 앞뒤로 조금씩 흔든다. 나는 맨발로 마루에 나가 엘리를 바라본다. 마당에 자란 녹나무의 잎들이 엘리 얼굴에 시원한 그림자를 드리운다. 바람이 불 때마다 잎들이 맞부딪치며 맑은 냇물 소리를 낸다. 배준은 맞은편 의자에 앉아 하귤 껍질을 벗기고 있다.

"얼마큼 썼어?"

배준이 큼지막한 하귤 한 조각을 엘리에게 건네며 말한다. 엘리는 수첩에서 눈을 떼지 않은 채 새처럼 입을 벌려 귤을 받아먹는다.

"지금 엘 쓰고 있어."

새콤한지 얼굴을 찌푸리며 말하는 엘리. 귤을 삼키고서 또 잇자국이 나도록 연필대를 깨문다. *하지 마. 더러워.* 나는 엘리를 향해 말한다. 말했다고 생각하지만 그저 보고만 있다. 초등학교 입학을 앞두고 큰 문구점에 데려가 마음에 드는 연필과 노트를 고르라고 했을 때 엘리는 오선지 수첩과 콩테 스케치 연필을 가져왔다. 그때 제대로 가르쳐줬어야 했나. 처음부터 정확히 말해줘야 했을까. 줄이 그어진 오선지 악보는 음표를 그릴 때 쓰는 거고, 차콜그레이색 목탄은 그림을 그릴 때 쓰는 거라고. 네 마음대로 뒤죽박죽, 오선지에 알아볼 수 없는 글씨로 영어를 쓰면 곤란하다고.

하지만 나는 여전히 나무 마루에 앉아 풍경을 보듯 엘리를 본다. 직박구리 한 마리가 날아와 멀구슬나무 가지 위에 앉는다. 주홍빛 털이 난 뺨으로 배준을 향해 고갯짓하며 삐 삐 운다. 자기한테도 뭔가 나눠주라는 듯. 햇볕에 그을린 배준의 두 볼이 팥빵에 달걀물을 바른 것처럼 반짝인다.

"엘은 많이 썼잖아. 또 써?"

배준이 엘리에게 말한다.

"더 쓰고 싶어."

"엘사 때문에?"

엘리가 고개를 끄덕인다. 엘리의 단짝 친구이자 영혼의 자매인 엘사. 엘리는 누군가 장래 희망을 물으면 '엘사'라고 답했다. 엘사처럼 하늘거리는 드레스를 입고 싶은 건 아니라고 했다. 엘사처럼 머리를 길게 땋고 얼음을 내뿜는 마법을 부리고 싶은 것도 아니랬다. 그럼? 그럼 왜 엘사가 되고 싶은데? 그렇게 물으면 엘리는 되고 싶은 게 아니라고, 그냥, 그렇게 될 것 같다고 말했다. 자기는 크면 어른이 아니라 엘사가 될 것 같다고. 그러면서 나름대로 논리적인 근거를 찾아 말했다. 엄마, 엘사도 엘이고 나도 엘이잖아. 스펠링도 나처럼 E로 시작하는 El이잖아.

그때 알려줬어야 했다. 네 이름의 '엘'은 디즈니에서 월급 받는 사람들이 만든 가상의 캐릭터와는 아무 상관이 없다고. 너의 엘은 더 높고 거룩한 곳에서 축복처럼 내려온 단어라고. 엘로힘Elohim, 엘 샤다이El Shaddai, 나의 하느님, 나의 하느님, 그렇게 기도하는 마음으로 부르는 이름이라고.

하지만 나는 마루턱 아래 두 발을 내리고 앉아 엘리가 읽는 영어 단어를 듣고만 있다.

"레터, 라이트, 룩……"

엘리가 엘로 시작하는 단어를 읽는다. 그리고 이어서 그 단어를 소리 내어 말한다.

"레즈비언."

"응?"

배준이 고개를 들고 엘리를 본다.

"레즈비언, 그것도 엘로 시작해."

대체 그런 말을 어디서 들었어? 그렇게 묻고 싶은데 엘리가 더

기막힌 소릴 한다.

"인터넷에서 그러는데 엘사가 레즈비언이래. 신기하지?"

신기하냐고? 신기한 건가? 배준은 그런 표정으로 눈만 깜박이고 있다.

"〈겨울왕국 3〉에서 엘사가 사랑하는 사람을 만난대. 근데 그 사람이……"

엘리가 엄지와 검지를 직각으로 펼쳐 알파벳 'L'을 만든다.

"엘이래."

쟤 지금 무슨 소리 하는 거야? 나는 허리를 곧추세우고 배준을 본다. 그런데 배준은 정말인가…… 정말 그런가…… 하는 표정으로 엘리를 보고만 있다. 엘리가 웃으니 자기도 따라 웃는다. 나는 더 참을 수 없어 땅에 발을 딛고 일어선다.

장엘리!

이름을 부르려는데 소리가 바깥으로 나가지 않는다. 현기증이 인다. 다시 그 증상. 먼지처럼 작은 알갱이들이 소용돌이치며 못을 박듯 이마를 뚫고 들어온다. 역한 가스 냄새와 뜨거운 바람이 얼굴에 스치며 귀와 눈썹에 불이 붙는다. 내 살들이 검은 기름처럼 녹아내린다. 신비한 광경을 보듯 나는 내가 불에 타는 모습을 바라본다. 아무 고통도 없이. 푸른 불꽃들이 가로수로 번져 나뭇잎을 쥐어뜯듯 솟구친다. 영화를 보는 것처럼 나는 그 모습을 감상한다. 그러다 문득 어떤 손이 내 의식을 붙잡아 다시 감각을 느끼게 한다. 삶은 면을 물에 헹구듯 내 영혼을 그러쥐어 부드럽게 내 몸에 밀어넣는다. 비명, 울부짖는 아이. 엘리가 경악하는 얼굴로 도로에 서 있다. 한순간에 목이 쉬어버린 내 딸.

이리 오렴, 아가. 집에 가자.

나는 시간을 되돌린다. 불길에 휩싸이기 전으로, 천천히 차를 후진시킨다. 차 안에는 엘리가 좋아하는 노래가 흐르고 있다. 'Show yourself. I'm dying to meet you. Show yourself.' 삼나무가 늘어선 고요한 지방 도로에 잔잔한 겨울비가 내린다. 열린 창으로 젖은 흙과 나무들이 내뿜는 습도 높은 숲 내음이 피부에 달라붙는다. '너를 보여줘. 네가 보고 싶어 죽을 것 같아. 너를 보여줘.' 빗물을 밀어내는 와이퍼 고무 날 소리에 엘사의 노랫소리가 묻힌다. 나는 한 손으로 조수석 헤드를 잡고 허리를 돌려 후면창과 사이드미러를 살핀다. 이 삼나무 숲길의 첫번째 엉킨 실타래가 나타날 때까지. 엄마, 저기 봐. 엘리가 창밖으로 고개를 내민다. 통나무를 적재한 화물 트럭이 좁은 갓길에 비스듬히 서 있다. 창문 닫아. 벨트 매. 나는 그쯤에서 후진을 멈추고 유턴을 시도한다. 반대편 차선을 향해 핸들을 감은 후 천천히 풀면서 방향을 바꾸려는데 거대한 가스 트럭이 슬라이딩하듯 우리 앞을 가로막는다. 악어가 꼬리를 휘두르는 것처럼 탱크 칸이 운전석과 기역자로 틀어지며 우리의 흰색 세단을 도로 밖으로 밀어낸다. 너무 순식간에 일어난 상황에 나는 놀랄 틈조차 없다. 딸깍, 세상의 빛이 꺼지는 소리. 먼지처럼 작은 알갱이들이 내 이마에 구멍을 뚫는다. 나는 도로에 쓰러져 비인지 불꽃인지 모를 것들을 맞는다.

*

　기적이야. 내가 살아 있는 건 구원이고 은총이라고.

　입을 열어 소리를 낼 수만 있었다면 나는 길 가는 사람을 붙잡고 그렇게 말했을 것이다. 기적이 별건가. 원인과 결과가 연결되지 않는 나 같은 상황이 바로 기적이고 신비지. 나는 인간의 논리로는 다 설명할 수 없는 초월적 존재의 힘으로 살아남았다. 그 힘에도 내가 이해할 수 있는 부분이 있을 것 같아 정신이 맑을 때면 나는 내가 당한 빗길 사고 상황을 정리해보았다. 숨을 깊이 들이마시고 천천히 내쉬며 하나씩 숫자를 매겨 생각했다.

　1. 사고의 첫번째 원인은 통나무를 적재한 화물 트럭이었다. 마모된 트럭 바퀴가 도로의 수막현상과 맞물려 커브길에서 미끄러졌고, 그후 뒤를 따르던 승용차가 트럭과 충돌해 반대편 차선으로 넘어갔다.

　2. 그리고 가스 트럭. '안전거리 유지'라고 쓰여 있는 후면의 글자가 부식된 그 가스 운반 차량은 승용차와의 충돌로 갓길에 빠져 있던 화물 트럭을 미처 피하지 못했다. 나와 엘리가 탄 차는 가스

트럭의 원통형 탱크 칸과 부딪쳤다.

3. 하늘이 무너지는 소리를 들었어요.

사고가 났을 때 그 근처에 있었던 주유소의 한 직원이 지역 방송국 인터뷰에서 한 말.

4. 오전부터 내린 비가 아니었다면 건조한 대기를 타고 불이 번져 근방 삼나무와 솔송나무를 다 태우고 여기 이 주유소까지 번졌을지 모른다고, 목격자를 인터뷰한 기자는 일어나지 않은 상황을 가정하며 현장을 중계했다.

5. 나는 그 뉴스를 사고가 난 지 두 계절이 지난 후에야 보았다.

6. 흉부 화상과 복합 골절을 입은 나는 그해 겨울과 이듬해 봄을 의식이 없는 상태로 보냈고, 의료진은 패혈증 증세를 보이는 나에게 다량의 항생제를 주입했다.

7. 나는 살아남았다. 돌이킬 수 없는 전신 화상의 위험에서 비껴가 시간이 지나면 회복될 수 있는 외상만을 입은 것이다. 놀라운 기적의 힘.

8. 열려 있던 조수석 유리창 밖으로 튕겨 나간 내 딸은 다행히 도로 가장자리 숲길에 떨어졌다. 유리 파편에 찢겨 이마에 반달곰의 반달무늬 같은 브이 자 모양 흉터가 생겼지만 그 정도는 성형수술로 해결할 수 있는 문제였다. 만세.

9. 여러분, 삶은 기적이에요. 오늘 당장 행복하세요. 곁에 있는 소중한 사람에게 지금 바로 사랑한다고 말하세요!

나는 극성맞은 행복 전도사나 광신도가 될 조건이 충분했지만 사고 때 입은 상처와 후유증으로 인해 내 기적 체험을 떠들고 다닐 수 없었다. 이것도 만세.

10. 가슴 부위의 화상 때문에 기도와 폐가 약해졌고 소리 내어 말하려고 하면 누군가 내 목을 조르는 것 같은 느낌에 숨이 막히고 몸이 뻣뻣하게 굳었다.

11. 사고 트라우마지. 틀린 말을 할까봐 그런 거야.

12. 창문 닫아. 벨트 매.

사고 직전, 내가 엘리에게 마지막으로 했던 말.

13. 만약 그때 엘리가 내 말을 듣고 창문을 닫았다면, 그래서 내가 브레이크를 밟았을 때 엘리가 그 반동으로 튕겨 나가지 않았다면, 겹겹이 쌓인 갈색 솔잎들이 매트리스처럼 푹신하게 엘리를 받아주지 않았다면. 그 모든 우연 가운데 하나라도 어긋났더라면.

14. 이런 사후 해석이 다 옳은 건 아니라고 해도, 나는 내가 옳다고 믿어온 세상의 법칙들이 반드시 좋은 결과를 가져오진 않는다는 것을 이 사고를 통해 배웠다.

15. 생각을 여기까지 이어가면 숨이 가빠지고 손발이 저린다. 빈속에 감기약을 먹은 것처럼 메스껍다. 등을 대고 누워 있는데도 더 눕고 싶고 더 쉬고 싶다는 열망이 나머지 생각들을 말끔히 지워버린다.

*

낮인지 밤인지 분간할 수 없는 몽롱한 상태에서 눈을 뜨면 나는 입은 옷 그대로 방을 나가 배준과 엘리를 찾는다.

일어났어?

마루로 나가면 나무 그늘에 앉아 있는 배준이 인사를 건네듯 나를 본다. 엘리도 내 쪽으로 고개를 돌린다. *옷이 그게 뭐야?* 나는 엘리가 입은 빛바랜 하늘색 셔츠를 보며 생각한다. 언제 그런 습관이 생겼는지 엘리는 산소호흡기를 쓰듯 통이 큰 셔츠 소매로 코와 입을 감싸고 있다.

"자, 잼 바른 거."

배준이 마멀레이드를 바른 롤빵을 엘리에게 건넨다. 갓난아기 때부터 씻기고, 재우고, 안아서 등을 쓸어주며 트림을 시키던 사람이라 그런지 배준은 내가 없어도 엘리를 능숙하게 돌본다.

"어?"

손을 뻗어 빵을 받으려던 엘리가 고개를 들어 나무를 본다. 배준도 엘리를 따라 멀구슬나무를 올려다본다. 흰 꽃잎과 연보라색 봉오리가 주렁주렁 달린 나무에서 휩포로롱, 휩포로롱, 새소리가 들린다.

"어제 그 새야?"

"잘 모르겠네. 이번 주말엔 아빠가 도서관 가서 꼭 빌려올게."

배준이 빵가루가 묻은 손을 털며 말한다. 근처 도립 도서관에서 새도감과 식물도감을 빌려오는 건 우리가 이 집에 처음 왔을 때부터 계획했던 일이다. 이사온 뒤로 엘리는 마당에서 우는 새 이름을 물어봤는데 반년이 지나도록 우리는 답을 찾아주지 못했다.

말해줄까? 새 이름을 알려줄까? 나는 하늘을 향해 얼굴을 든 엘리에게 말한다. 휘파람새야. 갈색 날개에 크림색 눈썹을 가진 휘파람새. 전에 흐리고 바람 부는 날에 왔던 새는 박새, 아침마다 우리를 깨우는 새는 직박구리.

나는 엘리에게 말한다. 말하지만 목소리가 바깥으로 나가지 않는다. 그런데 내가 어떻게 이걸 다 알고 있는 거지? 내가 아는 게 맞긴 한 건가? 길가의 상점 간판을 보면 곧장 글자를 읽게 되는 것처럼 새소리가 들리는 순간 새의 생김새와 이름이 떠오른다. 그전의 나에게는 그저 꽃이고 풀이었던, 이전 주인이 심은 화단의 식물들도 어떤 이름을 가졌는지 알 것 같다.

이 집에서 제일 크고 오래된 녹나무, 그 옆에 잎이 두껍고 빳빳한 후박나무, 담을 따라 핀 보라색 붓꽃과 그보다 묽은 연보랏빛의 비비추, 일조량에 따라 조금씩 붉기의 농도가 달라지는 철쭉과 노란 벌노랑이, 대문 밖 돌담을 따라 자란 흰 꽃잎의 돈나무까지.

사고 후유증인가. 전에 봤던 어느 다큐멘터리가 떠오른다. 충격으로 뇌를 다친 후 갑자기 뛰어난 수학 실력을 지니게 된 다큐멘터리 속 사람처럼, 나도 전두엽이나 후두엽에 다른 사고 회로가 생겨 전에는 몰랐던 것을 알게 된 걸까. 1, 2, 3…… 이유를 추론해보기 위해 생각을 집중하려는데 벌써 목이 뻐근해지면서 머리가 핑 돈다.

내 옆을 지나가는 배준의 인기척에 나는 졸지 않은 척 고개를 든다. 집안으로 들어간 배준은 보리차가 담긴 물통과 엘리의 여름 모자를 들고나온다. 배낭을 메고 외출 준비를 마친 엘리가 대문 밖으로 나가려다 배준과 나를 돌아보며 손을 흔든다. 코바늘로 짠 모자의 그림자가 엘리의 턱과 가슴께에 촘촘한 그물무늬를 만든다. 나는 집에서 멀어지는 엘리의 발걸음소리를 가만히 귀로 따라간다.

엘리가 나가자 배준이 내 곁으로 온다. 그사이 살이 빠졌는지 입고 있는 흰 티셔츠가 헐렁하다. 나는 배준의 어깨에 머리를 기댔다가 그의 무릎을 베고 눕는다. 그렇게 또 잠이 든다. 언제 침대로 왔을까. 눈을 떠 엘리의 모자가 걸려 있던 벽을 확인한다. 모자가 없는 걸 보니 아직 엘리가 오지 않은 것 같다. 꿈의 여운이 남아 있어 머리가 무겁다. 꿈에서 얼마나 세게 핸들을 쥐고 있었는지, 두들겨맞은 것처럼 어깨와 팔이 저린다.

나는 매번 사고가 나는 꿈을 꾼다. 시작은 갓길에 세워진 화물 트럭을 보는 것이다. 이후엔 가스 트럭과 부딪치는 순간이 여러 버전으로 바뀌는데, 어떨 땐 내 몸이 순식간에 불타 검은 재가 되고, 어떨 땐 화물 트럭의 통나무가 도로로 쏟아져 길을 막는다. 그러면 나와 엘리는 차에서 내려 마치 비디오게임 속 캐릭터가 된 것처럼 통나무를 뛰어넘어 집으로 향한다. 어떤 꿈에선 내가 가스 트럭을 몬다. 나는 트럭을 제때 멈추고 운전석에서 뛰어내려 차에 갇힌 엘리를 구한다. 세부 과정은 다르지만 어떤 꿈에서든 우리는 살아남는다. 그런데도 깨어나보면 베갯잇이 눈물로 흠뻑 젖어 있다.

엘리는?

나는 마루로 나가 그늘을 찾아 앉는다. 배준은 가벼운 면 반바지에 티셔츠 차림으로 빨래를 널고 있다. 젖은 옷을 허공에 털고서 건조대에 가지런히 올려놓는다. 잠들기 전의 오후가 아직 끝나지 않은 것인지, 아니면 하루가 흘러 다시 낮이 된 건지 모르겠다. 오늘이 며칠일까. 날짜를 헤아려보지만 흐릿한 눈으로 바늘귀에 실을 꿰는 것처럼 생각의 초점이 맞지 않는다. 내 의식이 이미 먼 미래에 가 있어 지금 이 순간을 어렴풋하게 회상하는 것 같달까.

대문으로 들어서는 엘리를 보자 마음이 환해진다. 신발이 젖어 있어 걸음을 옮길 때마다 땅에 엘리의 발 크기만한 물자국이 찍힌다. 젖은 머리에 팔과 정강이에는 흰 모래가 잔뜩 묻어 있다. 신이 나 어쩔 줄 모르는 표정이다.

"잘 다녀왔어? 밥은?"

배준이 큰 수건을 펼쳐 엘리의 어깨를 감싼다.

"타코 먹었어. 아빠?"

"비빔국수. 엘사 선생님이 만들어줬어?"

"응. 과카몰레랑 고기 넣고."

엘리가 배낭을 벗으며 말한다.

과카몰레? 아보카도를 으깨서 만든 소스? 그걸 어디서 먹었어? 엘사 선생님은 또 누구고? 어느새 내가 모르는 것들이 늘어난 엘리는 머리카락을 말려주는 배준을 향해 고개를 숙인다.

"오늘은 물에 들어갔어?"

"아주 잠깐. 선생님이 아직은 모래에서 해야 한대. 모래 위에 보드 놓고 페더링했어. 이렇게 배 대고 누워서."

엘리는 허리를 숙인 채 옆구리 옆으로 두 팔을 휘저어 물살을 가르는 몸짓을 한다. 그러다 마당 한쪽에 엑스 자로 펼쳐져 있는 건조대를 보고 갑자기 표정이 굳는다.

"진흙 묻어서, 냄새도 나고."

배준이 엘리의 반응을 살피며 말한다. 쟤가 왜 저럴까. 엘리의 얼굴빛이 바뀐다. 눈을 부릅뜨더니 양손을 움켜쥔다. *왜 그래? 무슨 짓이야?* 엘리가 자기 얼굴을 할퀸다. 턱부터 이마까지 가면을 벗기듯 손톱으로 긁더니 자기 살을 쥐어뜯는다. 놀란 배준이 뒤에서 아이를 끌어안는다. 두 팔이 묶인 엘리가 발버둥치자 그 몸부림에 배준이 엘리의 뒤통수에 코를 부딪치면서 뒤로 넘어진다. 배준의 코에서 피가 흐른다. 역한 냄새, 현기증. 나는 엘리에게 소리친다. 벨트 매. 똑바로 앉아!

*

배준만 믿고 있던 게 잘못이다. 레즈비언이 어떻고 엘사 여자친구가 어떻고 할 때 따끔하게 일러줬어야 했는데. 애가 웃으면 따라 웃고, 혼자 돌아다니며 타코나 얻어먹게 하니까 애 뒤통수에 맞아서 코피가 나지.

다음날 나는 엘리를 따라나선다. 애가 어디서 뭘 하고 다니는지 알아야겠다고 생각하니 어지러움이나 메스꺼움도 참을 만하다. 나는 일정한 거리를 두고 엘리를 뒤쫓는다. 시계 방향과 반시계 방향을 구분 못하는 여덟 살 아이를 몰래 따라가는 건 일도 아니다.

엘리는 고개를 푹 숙인 채 샌들을 땅에 끌어 듣기 싫은 소리를 내면서 걷는다. 표정은 심술궂어 보이고 옆으로 오토바이가 지나가는데도 피하지 않는다. 짧은 건널목을 건너면 바로 해변으로 갈수 있는데 수풀이 우거진 공터 쪽으로 돌아간다. 햇볕에 달아오른 자동차들의 범퍼 사이를 오가다 갑자기 구부려 앉아 손등을 깨문다. 자기 발을 뼈다귀로 착각해 깨무는 강아지처럼 멍한 시선으로 고개를 꺾은 채 손마디를 깨문다. 그러더니 정수리에 손을 얹고

뚝뚝뚝 머리카락을 뽑아낸다. 그 행동을 몇 번이나 반복한다.

"바보 같아."

몇 해 전 내가 세 갈래로 머리카락을 땋고 커다란 리본을 달아
줬을 때 엘리가 말했다.

"뭐가? 예쁘기만 한데."

나는 엘리에게 네 뒷모습이 얼마나 근사한지 말해주었다. 손거
울을 쥐여주며 네가 좋아하는 엘사처럼 보인다고도 했다.

"이상해. 바보 같아."

뭐가 마음에 안 드냐고 물어도 엘리는 입을 꾹 다물고서 작은
콧방울만 넓혔다 줄였다 했다. 그렇게 싫으면 풀어주겠다고 했는
데도 어린이집에 늦는 게 싫다며 그대로 집을 나섰다. 저녁에 배
준이 엘리의 머리를 풀어주는 걸 보면서 나는 엘리가 한 말을 생
각했다. 왜 마음에 안 들었을까. 내가 너무 세게 묶어서 머리가
당겼나. 리본이 마음에 안 들었나. 대체 바보 같다는 게 무슨 뜻
이지.

그뒤로 나는 엘리가 하고 싶어하는 대로 두기로 했다. 배준이
쇼핑센터에서 큐빅이 박힌 머리핀을 구경할 때도 우리 딸은 그런
취향이 아니니 단념하라고 말해주었다. 취향이라고, 엘리가 좋아
하는 걸 인정해주자고 마음먹었지만 다 이해할 수 있는 건 아니었
다. 엘사를 좋아한다면서 엘사가 그려진 빗이나 거울을 싫어했고

'엘사 머리 땋기 인형'이나 '옷 갈아입히기 놀이 세트'도 질색했다. 그러면서 뭘 고를 때면 꼭 엘사 색이라고 하면서 파란색 계열의 물건을 집었다.

'El Salvador'

입간판에 찍힌 스텐실의 색이 엘리가 좋아하는 아쿠아블루다. 엘……살바도르. 나는 애써 '엘'의 스펠링에 눈길을 주지 않는다. 간판의 반대쪽 면에는 영어로 서핑이라고 쓰여 있다. 여기구나, 엘사 선생님이 있는 데. 집 나가서 매일 여기 왔구나. 나는 엘사가 서핑하듯 바다를 건너는 영화 장면을 떠올리며 대문 안으로 들어선다.

레몬색 페인트를 칠한 단층 벽에 다홍색 슬레이트 지붕을 얹은 오래된 바닷가 집이다. 그런데 초라해 보이진 않는다. 바닥에 깔린 자갈은 깨끗하고 널찍한 나무 평상에선 오리발과 구명조끼 같은 수중 스포츠 장비가 바람에 마르고 있다. 그 뒤로 색색의 서프보드들이 땅에 박힌 지지대를 따라 도미노 블록처럼 기울기를 맞춰 서 있다. 나는 지붕 위로 우산처럼 잎을 드리운 나무를 보며 집 뒤편으로 간다. 도깨비방망이처럼 줄기가 울퉁불퉁한 머귀나무 두 그루가 서 있고, 그 사이에 곰이 와서 누워도 끄떡없을 만큼 큼지막한 오렌지색 해먹이 걸려 있다.

알루미늄 문이 열리는 소리가 들리더니 집에서 엘리가 나온다.

나는 보드 뒤로 몸을 숨기고서 엘리를 훔쳐본다. 뒤이어 걸어오는 한 사람. 민소매 티셔츠에 통이 큰 리넨 바지를 입은 짧은 머리의 여자. 당신이군, 내 딸에게 과카몰레 타코를 만들어준 사람. 나는 오리걸음으로 보드 도미노를 통과해 맨 끝에 선 나무 널빤지 뒤에 숨는다.

'태평양, 엘 툰코 해변에서'

초콜릿색 줄이 그어진 널빤지 가장자리에 버닝펜으로 새겨진 글자가 보인다. 뭐야, 또 엘이야?

"이리 와, 여기 있자."

과카몰레가 해먹에 풀썩 주저앉으며 말한다. 크고 선명한 목소리에 쇳소리가 약간 섞여 있다. 해먹 파우치에 가려 얼굴은 보이지 않지만 어깨와 팔이 보인다. 맨살이 드러난 팔뚝이 검게 그을렸고 흙가루를 뿌린 듯 주근깨와 기미가 가득하다. 거칠고 지저분한 피부에 작은 벌레가 줄지어 기어가는 듯한 레터링 타투가 팔꿈치부터 손목까지 이어져 있다. 뭐라고 쓴 건지 몰라도 엘리 같은 어린애한테 보여줄 만한 어른의 모습은 아니다.

"오늘은 생리해서 나도 물에 못 들어가."

과카몰레가 해먹으로 걸어오는 엘리에게 말한다.

"그럼 오늘은 뭐해요?"

· "이론 공부?"

엘리가 해먹에 앉자 오렌지색 천이 더 넓게 펴지며 과카몰레의 팔과 어깨를 가린다. 엘리 너, 생리를 알아? 그 말을 알아듣는 거야? 나는 몸을 더 수그리며 두 사람이 무슨 말을 하는지 귀기울인다. 해먹과 연결된 스트랩이 늘어났다 줄어들었다 하는 소리와 함께 매끈한 재질의 종이가 넘어가는 소리가 들린다.

"서퍼들은 파도에 이름을 붙여. 파도가 오는 방향과 속도에 따라 이름이 달라."

컬러 프린팅된 광택지를 한 장씩 넘기는 소리. 여러 번 접혀 있는 종이를 펼치는 소리.

"리폼, 이건 부서졌다 다시 물보라가 생기는 파도야. 클로즈 아웃, 이건 갑자기 부서지는 파도. 더블 업, 이건 두 개였던 파도가 하나로 이어지는 거."

잠시 침묵.

"근데, 난 그게 그거 같아."

과카몰레의 말에 엘리가 웃는다. 웃음소리가 안 들려도, 엘리의 얼굴이 보이지 않아도 나는 느낄 수 있다. 엘리 네가 웃었다는 걸. 비치 볼에서 바람이 새어나가듯 널 짓누르고 있던 무언가가 빠져나가며 널 웃게 했다는 걸.

엘리가 좋아했던 어린이집 선생, 그 노란 차 선생이 떠오른다. 아이들의 승하차를 도와주던 짧은 머리의 여자였는데 애가 얼마나 좋아했는지 아침마다 노란색 승합차가 나타나면 두 귀가 새빨개져 발을 동동 굴렀다. 차문이 열리고 선생이 두 팔을 내밀면 얼굴 한가득 웃음이 번져 내가 뒤에서 잘 가라고 손을 흔드는 것도 못 보고 선생에게 안겼지.

그다음엔 편의점 언니. 역시나 목덜미를 드러낸 짧은 머리 스타일에 손님에게 잘 웃지 않는 무뚝뚝한 직원이었는데, 둘이 뭐가 통했는지 만나면 두 사람 얼굴에 동시에 웃음이 번졌다. 지금 저 여자처럼. 평소엔 표정 없는 얼굴로 있다 엘리와 말할 땐 다정한 눈빛으로 엘리의 눈높이에 맞춰 허리를 숙였다.

그 언니랑 비슷하네. 어린이집 선생이랑도 닮았어. 쇼트커트에 어깨가 반듯하고 허리를 편 자세로 성큼성큼 걷는 거. 나는 해먹에서 일어나 평상으로 가는 과카몰레를 보며 생각한다. 장엘리, 넌 왜 저런 스타일만 좋아하는 거야?

"선생님은 엘로 시작하는 단어 중에 어떤 말 좋아해요?"

평상에 널어놓은 장비를 정리하는 과카몰레에게 엘리가 묻는다.

"엘로 시작하는 거?"

과카몰레가 엘리를 돌아보며 말한다. 말하기만 해봐라. 입 밖에 꺼내기만 해봐. 레즈의 '레'자만 꺼내도 내가 클로즈 아웃인가 뭔가 하는 파도처럼 하얗게 부서지게 해줄 테니까.

"지금 떠오르는 건, 러브?"

과카몰레가 아쿠아슈즈를 집으려고 평상의 가장자리로 가자 얼굴이 자세히 보인다. 늙은 여자, 늙고 지치고 세상일에 그다지 관심이 없을 것 같은 여자. 쉽게 마음을 들여다볼 수 없는 눈, 음영이 깊은 코와 광대뼈, 조금 긴 턱 아래 도드라진 쇄골. 겉모습만 봐선 엘사와 전혀 닮지 않았는데 보고 있으면 어딘가 엘사 분위기가 난다.

"로직, 그 단어도 좋아해."

"엘로 시작해요?"

짚 바구니에 물건들을 챙겨넣은 과카몰레가 집안으로 들어가더니 잠시 후 책 한 권을 들고나와 평상에 앉는다. 나는 오리걸음으로 좀더 앞의 보드로 옮겨간다. 엘리 옆에 앉아 무릎 위에 책을 펼쳐놓고 손으로 짚어 내려가는 과카몰레.

"여기 있다, 로직."

여자의 손이 멈춘 곳에 엘리가 얼굴을 가까이 댄다. 천천히 엘리가 문장을 읽는다.

"논리란 무엇일까. 논리는 어떻게 해서든지 생명에 대해 설명하라고 한다."

"생텍쥐페리, 『인간의 대지』."

과카몰레가 표지를 보여주며 작가 이름과 책 제목을 말해준다. 그러면서 자기가 로직을 왜 좋아하는지 차분히 설명한다. 뒤통수밖에 보이지 않아도 나는 지금 엘리의 표정이 어떨지 안다. 저애가 어떤 눈을 하고 있을지 상상할 수 있다. 엘사를 보는 눈이겠지.

레이스 장식을 벗어던지고 모래밭에서 도움닫기를 해 거친 바다로 뛰어드는 엘사, 물살처럼 흘러내리는 푸른색 갈기의 말에 빛나는 고삐를 채워 바다를 달리는 엘사. 그 장면을 볼 때의 너의 눈빛이겠지.

"보자, 어젠 안 물어뜯었어?"

과카몰레가 엘리의 손에 자기의 손을 포개며 말한다. 나뭇잎의 잎맥을 햇빛에 비춰 보듯 엘리의 손을 위로 올려 손등을 살핀다.

"음, 별로 안 나았는데?"

과카몰레가 말하자 엘리가 손가락을 움츠리며 등뒤로 숨긴다.

"소금물에 들어가려면 손이 나아야 해. 계속 모래 위에서 흉내만 내고 싶어? 엘사처럼 파도를 타고 싶지 않아?"

과카몰레의 말에 깊고 진한 향기가 얼굴에 퍼지며 콧등이 아려온다. 향기 나는 거품과 물줄기가 얼굴로 흘러내리는 것 같다. 나는 손으로 땅을 짚고 눈을 감는다. 저 여자가 엘리 마음을 펼치고 있구나. 말린 꽃잎이 따뜻한 찻물 안에서 잎을 펼치듯 저 여자가 우리 애 마음을 펼치고 있어.

엘살바도르 서핑 숍을 뒤로하고 나는 해변으로 간다. 내가 아픈 사이, 아파서 잠들어 있는 사이, 엘리는 성큼 자란 것 같다. 엘리가 자라는 동안 나는 인생의 단락을 건너뛰어 벌써 갱년기가 온 게 아닌가 싶다. 더웠다가 추웠다가 체온이 오락가락하면서 별것도 아닌 일에 눈물이 난다. 이런 게 갱년기 증상이라던데. 자주 울고, 가까운 사람에게 서운해하고, 내 몸이 내 몸 같지 않은 거.

나는 흰 모래밭을 지나 바다가 내려다보이는 오름으로 간다. 방풍림으로 심은 해송을 따라 완만하게 이어지는 흙길을 걸으며 배준이 했던 말을 떠올린다.

저기 오름 가는 길에 애기달맞이꽃이 있대. 달이 뜨면 연노란 꽃봉오리를 터뜨리고 해가 뜨면 붉게 시든대. 나중에 엘리랑 구경 가자.

그때 가기로 했던 길을 나 혼자 걷고 있다. 땅을 기듯 옆으로 넓게 퍼지며 자란 남가새 군집, 노란 국화를 닮은 미역취, 바늘꽂이를 올려놓은 듯한 보라색 가시엉겅퀴. 나는 그 식물들의 길을 따라 오름의 높은 곳으로 간다. 바다가 내려다보인다. 검은 갯바위 사이사이에 핀 패랭이꽃과 넓적한 줄기에 가시가 돋아난 부채선인장, 그 너머로 파도가 흰 거품을 일으키며 부서진다.

설마 엘사가 진짜 레즈비언은 아니겠지? 〈겨울왕국 3〉에서 정말 말을 타고 여자친구를 만나러 가는 건 아니겠지? 아니야, 디즈니가 그런 정신 나간 짓을 할 리 없잖아. 전 세계 어린이들이 얼마나 엘사를 좋아하는데, 감히 디즈니가.

애오 애오 애오. 괭이갈매기떼가 운다. 자꾸 눈에 보이지 않는 것까지 보인다. 바닷물이 빠져나간 모래톱, 거기에 박힌 조개와 흐느적거리는 해초들, 깨진 유릿조각과 희고 검은 쓰레기들.

하지만 정말 그렇다면, 엘사가 사랑하는 사람을 만나러 가는 게 맞는다면, 그게 잘못된 건 아니잖아. 백설공주도 짝을 만나고, 신데렐라도 왕자랑 커플이 되는데, 엘사라고 사랑하는 사람이 없겠어? 엘사라고 추운 데서 얼음조각만 만들었다 부줬다 하고 싶겠냐고. 엘사도 반지 나눠 끼고 싶은 애인이 있을 수 있잖아. 그리고 그 애인이 남자가 아닐 수도 있는 거잖아. 눈사람일 수도 있고 바위처럼 굴러다니는 트롤일 수도 있어. 하지만 여자라면, 짧은 머리에 기미와 주근깨가 가득한 여자라면.

바람이 세게 불어 머리카락을 흐트러뜨린다. 뺨과 이마에 닿는 공기에서 짠 내음이 느껴진다. 발은 그대로 땅에 붙어 있는데 내 몸의 일부가 오름 아래로 뛰어내리는 것 같다.

안 된다는 법은 없잖아. 법으로도 보장해주잖아. 미국은 동성이든 이성이든 두 사람이 원하면 평등하게 결혼할 수 있으니까. 또 어디가 그렇더라. 영국이었나, 캐나다도 그랬던 것 같은데. 지금이라도 배준이랑 이민을 알아봐야 하나. 우린 영어 회화도 잘 못하는데.

빠르게, 빠르게, 나는 오름을 내려간다. 햇빛을 받아 희게 빛나던 모래사장이 회색 장막을 덮어쓴 듯 어둡다. 어깨가 둥근 남자들이 테이블 사이를 오가며 무지개색 파라솔을 접는다.

놀라지 말자. 소리치지 말자. 엘사가 다음 편에서 누구를 만나든, 누구와 사랑에 빠지든, 화내지 말고 겁먹지 말자. 죽을 뻔한 사고에서도 살아났는데 무서울 게 뭐가 있겠어. 엘리가 수첩에 어떤 말을 쓰든 아직은 글자일 뿐이잖아. 다 내 불안이고 망상일 뿐이야.

나는 집마당으로 들어선다. 불 꺼진 마루를 지나 침대맡에 켜진 스탠드 쪽으로 간다. 배준이 잠든 엘리 곁에 앉아 있다.

"엘리, 잠깐만 일어나봐."

내가 들어서자 배준이 엘리의 어깨를 감싼다. 소매끝이 해진 그 하늘색 셔츠를 입고 잠든 엘리가 몸을 뒤척인다.

"……아빠……"

배준이 엘리를 일으켜 자기 무릎에 앉힌다. 눈을 감은 엘리가 배준의 가슴에 얼굴을 기댄다.

"아빠가 엘리한테 할 얘기가 있어. 지금부터 아빠가 하는 말 잘 들어."

배준이 엘리 이마에 뺨을 대고 말한다. 목소리가 떨리고 있다.

"아빠 말 잘 듣고 잊어버리면 안 돼. 꼭 기억해, 알았지?"

엘리는 잠에 취해 눈도 못 뜨면서 배준의 말에 고개를 끄덕인다.

"아빠한테 제일 소중한 사람은 너야. 아빠는 아빠 자신보다 네가 더 소중해. 엄마 대신 네가 죽었으면 어땠을 것 같냐고 네가 물었을 때, 그때 아빠가 대답하지 못했던 건, 그건, 마음이 너무 아파서였어. 상상만 해도, 생각하는 것만으로도 아빠는 가슴이 다 부서지는 것 같았어."

엘리가 고개를 들어 배준을 본다.

"그러니까 다시는 그런 생각 하지 마."

배준이 엘리의 손을 쥐고 가만히 입술을 댄다.

"몸에 상처도 내면 안 돼."

주머니를 만들듯 엘리가 다른 쪽 손을 뻗어 배준의 코를 감싼다.

"아빠, 미안해."

"아니야, 아빠가 미안해. 엘리한테 말도 안 하고 빨아서. 우리 엘리가 제일 좋아하는 엄마 옷인데."

*

여름밤, 해변에서 밀려오는 것들. 노점 테이블에 앉아 고기를 굽는 사람들. 캔맥주 따는 소리. 불에 졸인 바비큐 소스와 구운 마늘 향. 도로 턱에 앉아 바닥에 침을 뱉는 남자.

나, 죽은 거야?

입에 담배를 문 남자가 오토바이를 타고 내 앞을 지나간다. 낡은 엔진이 내는 굉음, 등대 없는 밤바다를 향해 막대로 된 폭죽을 터뜨리는 사람들, 카혼 위에 앉아 빠른 리듬으로 상자를 두들기는 가수, 가로등 아래 모여드는 날벌레, 입을 벌리고 죽은 물고기의 머리와 희고 붉은 살점들.

그랬구나. 나는 죽었어. 그때 다 끝난 거야. 브레이크를 밟고 엘리가 차 밖으로 튕겨 나간 다음, 단 몇 초 만에 완전히 끝난 거야.

엔딩 크레디트가 올라가고도 자리에서 일어나지 못하는 관객처럼 나는 가짜 이야기에 빠져 내 현실을 보지 못했다. 이제 극장 불은 켜졌고 나는 푹신한 관람석에서 일어나 나의 현실로 가야 했다. 그런데 내 현실은 뭐지? 난 어디로 가야 해?

어깨와 팔에 소름이 돋는다. 죽으면 천국에 가는 줄 알았는데, 천국에 가서 하느님 만나는 줄 알았는데. 죽어도 이렇다니, 벌레에 물린 것처럼 종아리가 가렵고 콧물이 흐르다니. 죽어서도 이렇게 울 수 있다니.

나는 바다로 이어지는 방파제 위를 걷는다. 이제야 엘리의 모습이 제대로 보인다. 시력 교정 안경을 쓴 것처럼 엘리가 쓴 단어들이 눈에 들어온다.

'러브. 라이크. 루즈.' 네가 잃어버렸다 여기며 오선지에 쓴 단어들. 종이를 긁듯 목탄으로 쓴 글자와 검게 번진 자국들. 이로 깨물고 손톱으로 뜯어 고름이 맺힌 입술과 뚝뚝뚝 머리카락을 뽑아 동전만한 구멍이 생긴 정수리. 물어뜯고 깨물어 붉은 생살이 드러난 상처투성이 손.

죽었다는 걸 알게 되니 더 죽고 싶은 마음이 드는 건 왜일까. 나는 방파제 끝에 다다라 바다로 뛰어든다. 뛰어든다고 생각했는데 바닷물이 내게 밀려든다. 물에 빠진 나는 어느새 핸들을 꽉 부여잡고 있다.

이리 오렴 아가, 집으로 가자.

나는 차를 움직인다. 엘리가 앉아 있던 조수석의 헤드를 잡고 사이드미러와 후면창을 살피며 천천히 그곳을 벗어난다. 엘리의 시간으로, 너의 미래로. 내가 모는 흰색 세단은 아직 오지 않은 시간으로 향해 간다. 죽었어도 운전 솜씨는 그대로다.

고요한 심해의 길, 물살이 흘러가듯 창밖으로 휙휙 시간이 스쳐간다. 느리고 아픈 여름을 지나 풍뎅이가 잎을 갉아먹는 가을까지. 노란 멀구슬나무 열매를 쪼아먹는 박새와 후박나무 열매를 좋아하는 흑비둘기가 마당에 찾아와 꾸르르 꾸르르 우는 계절. 오름의 둔덕이 억새로 뒤덮인 어느 날, 시속이 그리 빠르지 않은 태풍이 제주를 스쳐간다는 소식에 엘리는 서둘러 서핑 슈트를 챙겨 입는다. 자기 키보다 큰 서프보드를 머리에 이고 과카몰레에게로 달려간다. 배준이 싸준 전복김밥과 보리차를 배낭에 넣고서.

"잘 봐. 파도가 오는 걸 잘 바라봐. 멀리서, 어떻게 오는지 관찰해."

엘리는 보드에 엎드려 과카몰레가 가리키는 수평선을 향해 턱을 든다. 손목과 발목을 덮는 잿빛 슈트를 입고서 흐리고 짙은 바다의 끝을 바라본다. 떠밀려오고 떠밀려가는 흐름에 몸을 맡긴다. 과카몰레가 가르쳐준 거니? 아니면 너 스스로 터득한 거야? 파도타기란 두 발로 서 있는 시간보다 보드에 배를 대고 기다리는 시간이 더 많다는 걸. 나는 느긋한 표정으로 물살에 흔들리는 엘리를 바라본다.

다시 차를 움직인다. 뒤로, 뒤로, 방향을 틀 만한 안전지대까지. 그다음 더 먼 바다, 더 먼 미래를 향해 간다. 빛도 소리도 없는 해저로 내려가자 부레가 비치는 투명한 몸의 심해어가 내 쪽으로 빛을 쏜다. 그 빛을 따라 나는 내가 모르는 곳으로 간다. 서퍼들이 사랑하는 태평양, 엘 툰코 해변까지. 내가 탄 자동차가 물위로 떠오르고 불시착한 우주비행사의 탈출선처럼 파도에 흔들린다.

창밖으로 엘리가 보인다. 크면 어른이 아니라 엘사가 될 것 같다던 너의 미래. 그 미래에서 너는 파도를 탄다. 파도가 오는 방향에 따라 몸의 무게중심을 옮기며 흰 거품을 일으킨다. 이제 파도는 너를 넘어뜨리는 게 아니라 더 높이 들어올린다. 그런데 저 사람은 누굴까. 너를 지켜보다가 네가 물 밖으로 나오자 크고 부드러운 수건을 펼쳐 네 어깨를 감싸주는 사람. 그 사람이 너의 허리를 끌어안고 뺨에 입을 맞춘다. 설마, 과카몰레는 아니겠지? 나는 어깨를 맞대고 걸어가는 너와 너의 연인을 바라본다. 그 사람이 정말 여자인지, 나이가 몇 살쯤인지, 어떤 표정을 하고 있는지는 알 수 없다. 단지 하나의 운명 안에서 온전히 기쁨을 누리는 연인의 믿음이 느껴질 뿐. 그리고 차고 짭짜름한 바닷바람.

괜찮아, 엘리는 살았어.

살아 있던 순간 내가 마지막으로 한 생각은 그것이었다. 가스트럭과 충돌하면서 일어난 푸른 불꽃이 내 머리카락에 옮겨붙을 때 나는 신에게 감사했다. 내 딸은 살려주셨군요. 감사합니다. 엘리, 엘리, 나의 하느님. 나에게 숨을 불어넣고 삶을 누리게 한 다음 까만 벌레를 엄지로 눌러 죽이듯 무심하게 내 생명의 빛을 꺼뜨리셨군요.

밀물과 썰물, 밀어내고 끌어당기는 힘에 이끌려 나는 다시 내 가족이 있는 해변에 다다른다. 발끝에 누군가 버리고 간 막대가 닿는다. 불꽃을 내뿜은 후 껍데기만 남은 폭죽. 나는 막대를 잡고 모래 위에 글자를 쓴다.

Letter, 편지.

크게 크게 알파벳을 쓰고, 내가 하고 싶은 말을 모래에 남긴다.

안녕, 엘리.

왜 모래사장에는 늘 그리운 사람의 이름을 쓰게 되는 걸까. 나는 글자 옆에 브이 자를 그리고 그 안에 코와 입, 두 눈을 그린다. 미래에서 본 엘리의 이마 흉터. 그 흉터에 동물 그림을 그려준다. 너는 반달무늬 흉터를 없애지 않았더구나. 몸이 자라고 상처가 줄어들어 마치 여우의 얼굴 같은 삼각형 무늬가 너의 이마에, 너답게 새겨져 있더구나. 그러니 엘리, 이제 엄마 옷은 입지 않아도 돼. 엄마 냄새를 그리워하지 않아도 돼. 엄마를 만나고 싶으면 엘사처럼 네 안의 목소리를 따라가. 왜 그래, 하지 마, 무슨 짓이야? 그렇게 화내는 소리 말고 지금 너에게 닿는 이 말들의 흐름을 따라가. 신나게 보드를 타고 가.

파도가 밀려와 내가 그린 그림을 허문다. 나는 바다에서 더 먼 곳으로 가 글자를 쓴다.

Learn. 배울게. 엄마도 공부할게. 그래서 사람들을 찾아가 보여줄게. 내가 귀신인지 영혼인지 모르겠지만 어쩌면 다른 사람 꿈속에 들어가거나 환상처럼 나타날 수 있을지 몰라. 허공에 단추를 들어올리거나 벽을 통과할 수도 있을 거야. 아직은 새나 나무 이름밖에 모르는 것 같지만, 엄마도 배울게. 너의 엄마가 되는 법을 배우고 사람들에게 어떻게 설명하면 좋을지 공부할게.

나는 더 깨끗한 모래로 옮겨간다. 누구의 발자국도 찍히지 않은 검은 바위 아래, 손톱보다 작은 조개껍데기들이 박혀 있는 곳, 파도가 밀려와 지울 수 없는 곳에 부드럽게 글자를 쓴다. 나는 이제야 내가 해야 할 말을 찾는다.

Lesbian.

네가 뭐라고 불리든 너와 너의 연인이 살기 좋은 세상을 만들어주고 싶어. 그러니 당분간 천국에 갈 시간은 없겠어. 사람들에게 말해줘야 하니까. 죽으면 어떻게 되는지, 살아 있을 때 뭐가 중요한지, 삶과 죽음, 우리가 단절되어 있다고 믿는 그 사이에 어떤 힘이 있어 우리를 서로에게 연결해주는지. 어떤 논리도 너에게서 기적을 빼앗아가지 못하게 할 거야.

우리 딸, 올가을엔 부디 네가 바다에 푹 잠길 수 있기를. 보드

위에 두 발로 서서 세상에 널 보여줄 수 있기를. 난 벌써 네가 보고 싶어 죽을 것 같아.

물오리

희생양이 없다면 태양도 달도 없을 것이다.[*]

　푹 젖은 붓을 검정과 파랑 물감에 찍은 후 뿌리치듯 바닥을 향해 세게 턴 다음 도화지에 칠한 듯한 색의 물이, 바그르르 버그르르 거품을 일으킨다. 물이 끓어오르는 냄새, 물이 뿜어내는 수증기가 빠져나갈 틈을 찾지 못하고 천장에 모여 표면장력이 일정한 물방울로 맺힌다. 더는 버티지 못하고 한 방울 툭, 한쪽 무릎을 세우고 꿇어앉은 발가벗은 어린애의 머리카락 속으로 숨어든다. 어린애가 턱을 들어올려 코를 간지럽히는 머리카락을 뺨 뒤로 쓸

---

[*] 르네 지라르, 『희생양』, 김진식 옮김, 민음사, 2007, 103쪽.

어울리려 하지만 잘 되지 않는다. 손에 든 분홍색 플라스틱 모종삽 때문에. 어린애는 삽으로 물을 퍼 대야에 담긴 오리, 돼지, 청진기, 마이크에 뿌린다. 빨갛고 젖은 입술을 내밀며 들릴 듯 말 듯 소리 낸다. 배쭝배쭝. 벼락이 치듯 쏟아지는 물소리와 함께 목청 큰 여자의 목소리가 울린다.

"이 때 좀 봐, 때!"

놀란 어린애가 입을 벌리고 여자를 본다. 샤워 캡을 쓴 여자가 느릅나무 껍질색 젖꼭지를 흔들며 탕 밖으로 물을 흘려보낸다.

"이쁜아, 이 때 좀 봐라, 할머니가 더러워서 살겠니, 못 살겠니?"

샤워 캡 여인이 애를 어르는 표정으로 말한다. 콰르르 콰르르 쑥탕 난간에 놓인 옥 두꺼비 입에서 뜨거운 물이 쏟아진다. 탕 온도계의 붉은 숫자가 41에서 41.5로 올라간다.

"물 간 지 반나절도 안 됐어!"

검은 팬티에 검은 브래지어를 입은 세신사가 때 장갑을 낀 손으로 허리를 짚으며 말한다. 샤워 캡 여인이 맞받아친다.

"때가 드글드글한데? 이거 누구 때야, 양미네 때야?"

그러자 세신 침대에 엎드려 누운 양미 엄마가 이마를 들고 말한다.

"시끄러워서 때를 못 밀겠네!"

그 말에 샤워 캡 여인이 웃음을 터뜨린다. 왼쪽 유방 유륜에서 겨드랑이 쪽으로 삼십 밀리미터 떨어진 부위에 꿰맨 자국이 있는 샤워 캡 여인은 기체조 하듯 양팔을 벌리며 탕 밖으로 물을 밀어낸다. 세신 침대에 엎드린 양미 엄마가 손등을 포개어 그 위에 턱을 대고 어린애를 보며 말한다.

"잘 노네? 할미 이제 다 밀었다!"

세신사가 바가지로 물을 퍼 채찍을 때리듯 양미 엄마의 등에 뿌린다. 그 모습을 어린애가 넋을 놓고 본다. 발 조심이란 경고문이 붙어 있는 유리문이 열리고, 한 여자가 흰 수건을 세로로 길게 내려뜨려 몸의 앞면을 가린 채 들어선다. 두리번거리며 앉을 자리를 찾다 이제 막 오른쪽을 끝내고 왼팔을 들어 겨드랑이를 거울에 비춰 보는 사람의 옆 옆 자리로 간다. 탁탁탁. 겨드랑이 털을 밀던 사람이 바닥 타일에 일회용 면도기를 내리쳐 칼날에 낀 털을 빼낸다.

"아가씨, 밖에 아직도 비 와요?"

옆으로 지나가는 여자에게 세신사가 묻는다. 띠를 두르듯 가슴에 팔을 밀착시켜 수건을 붙잡은 여자가 고개를 끄덕인다.

"네, 와요."

그 말에 쑥탕에 몸을 담그고 있던 샤워 캡 여인이 혼잣말로 중얼거린다.

"저녁 장사 다 했네."

다시 문이 열리고, 여러 개의 컵을 쟁반에 받쳐든 목욕탕 회장이 사람들에게 소리친다.

"서비스!"

*

이렇게 쉬운데 그동안 왜 못했을까. 날이면 날마다 아래로 내려가던 거, 몸만 돌려 위로 올라가면 됐는데, 뭐가 그렇게 잘났다고 뻗댔을까.

새벽 세시, 을주사우나 사장 덕진은 불 꺼진 교회 복도에 우두커니 서서 생각했다.

*

대인 오천오백원 소인 이천원, 싼 가격에 뜨거운 물 안 아끼고 펑펑 쓰고 가게 한다는 장사 신념을 지켜온 을주사우나는 동 시간대 총 목욕 정원이 서른 명을 넘지 못하는 소규모 목욕탕이었지만, 매일 아침 잘 말린 약쑥을 베자루에 넣어 물을 받은 쑥탕과 성인 한 사람이 두어 번 물장구칠 수 있는 넓이의 냉탕. 사장이 공구 시장 가서 사온 방수 파이프와 노즐을 용접해 만든 수압 마사지기 '나이야가라'를 자랑하는 남탕 없는 여성 전용 사우나로, 평일 늦은 오후에는 점심 장사를 끝내고 온 근처 식당 여자들이 냉탕에 들어가 나이아가라폭포 부럽지 않은 세기로 떨어지는 물줄기 아래 엎드려 쑤시고 결리는 삭신을 달랜 다음 바닥에 옴츠려 앉아 김이 펄펄 나는 샤워기 물줄기를 아래에 대고 한 십 분 푹 지진 후 가뿐하게 저녁 장사를 준비하러 가는 '을주네 디톡스 코스'가 자리잡은 골목의 명소였다.

목욕탕에서 물 아끼란 소리가 제일 못쓰는 소리라 말하는 을주 사우나 회장은 정년퇴임까지 고용을 보장한 세신사 여사님의 밥상을 차리며 밥장사하는 여자들에게 밥 먹고 가라고 손님들까지 양철 밥상 앞으로 불러모으곤 했다. 열에 달아오른 얼굴로 수건을 우그려 잡아 가랑이 사이를 툭툭 털며 거기를 말린 여자들은 홈쇼핑으로 각자가 대량 구매한 비슷한 디자인의 팬티를 입고 모여 앉아 방금 지은 밥과 돼지주물럭을 올린 양배추쌈을 입에 넣고서 땀인지 목욕물인지 모를 물방울이 가슴골로 흘러내리는 걸 닦을 정신도 없이 된장에 오이고추를 찍어 먹었다. 그러다 어느 날은 짓궂기로 유명한 벌교추어탕 사장이 일층 카운터로 인터폰을 걸어 이렇게 말했다.

"사장님, 여기 회장님이 밥 차려놨어. 자시러 와!"

밥알이 튀어나갈까 입을 가리고서 가슴을 뒤로 젖히며 웃어대는 을주사우나 회장.

"그 아저씨가 오긴 어딜 와! 남자는 세 살 넘으면 자기 아들도 안 들여보내는데."

자기 남편을 '아저씨'라 칭하며 회장이 말했다. 전에 오던 선녀보살집 여자가 얘기하길 이 집 아저씨가 누렁이 개띠라 입구에 앉아 보초 서는 게 딱 맞는다더니, 지루하지도 않은지 온종일 저렇게 잘 지키고 있다며 타박인지 칭찬인지 모를 소릴 둘러앉은 여자들에게 늘어놓았다.

소인 요금 내는 애들한텐 야쿠르트에 빨대 꽂아주고 주름진 입술이 오그라든 어르신들에겐 박카스 뚜껑 따드리는 것도 모자라, 아직 이런 데가 남아 있었나 싶은 얼굴로 목욕탕을 훑어보는 아가씨들에겐 미에로화이바 주는 걸 잊지 않는 회장은 새벽 여섯시부터 저녁 여섯시까지 공책만한 미닫이창 너머에 앉아 만 삼 세 이상은 무조건 여자만 입장시키는 사장 덕진과 함께 목욕탕의 안팎을 나눠 운영했다.

한때는 은행 이자보다 갑절의 곱절을 더 준다는 입발림에 넘어가 낙찰계에 아파트 중도금을 넣었다가 계주가 들고 나르는 바람에 세상 등지고 싶은 절망도 느껴봤고, 한때는 '효 사랑 목욕 봉사'란 이름으로 동네 어르신들 무료입장을 시켜드리기도 했던 그들이지만, 이제는 저녁 뉴스에 '국민 절반 노후 준비 안 됐다!'라는 통계 발표가 나오면 그 준비 안 된 절반에 자기들이 속하는 걸 무덤덤하게 받아들이는 형편이 되었다.

살아온 반평생 어디에 전화를 걸 때면 "어, 나 목욕탕인데"라고 말문을 여는 덕진은 미닫이창 너머 손님들에게 보이는 윗옷은

깃이 빳빳한 셔츠를 차려입고 손님들 눈에 안 보이는 하의는 인견으로 만든 고무줄 바지를 걸치고 앉아 이유를 막론하고 수컷은 머리에 피 마른 지 삼 년이 넘었으면 대통령 손자라도 입장 안 시키는 철통 보안을 지켜왔다. 입학하고 반년도 채 못 다닌 중학교 중퇴 학력으로 아직도 펜을 쥐고 뭘 쓰려고 하면 '습니다'인지 '읍니다'인지 헷갈려하는 작문 실력이었지만, 목욕탕 연평균 수도세와 하절기 대비 동절기 가스비는 삼 일 밤낮을 상주로 장례 치르고 난 정신에도 십원 단위까지 정확하게 읊어낼 만큼 숫자 머리 하나는 좋다고 자부했으며, 백원이든 오백원이든 목욕값을 올리면 올리는 이유를 요금표 옆에 써붙이는, 손님 무서운 줄 아는 정직함과 노천탕이나 해수탕은 못 만들어도 쑥탕 옥 두꺼비에 물때는 끼지 않게 하자는 부지런함으로 인구 주택 총조사가 시작된 이래 '귀하의 직업은 무엇입니까'라는 질문에 한 글자씩 또렷하게 자, 영, 업, 이라고 답하는 회장급 대우 사장이었다.

*

요새는 생일 축하한다는 말도 문자로만 틱 보내면 성의 없고 심심하다며 이렇게 멋진 다이아몬드랑 꽃 날리는 그림을 같이 보내야 받는 사람도 기분좋고 기억에 오래 남을 게 아니냐고 덕진은 옆에 있는 송목사에게 말하며 마우스를 더블 클릭해 보라색 다이

아몬드 안에 궁서체로 '진심, 건강, 행복'이라고 쓴 자기의 포토샵 작품을 모니터에 띄웠다. 그러면서 앞으로 교회 전단지에도 십자가랑 성경책만 넣지 말고 이렇게 무지개 하트로 디자인적 요소를 가미해보라고 권했다.

열선 모양으로 그을린 장판 위에 엉덩이만 걸터앉은 송목사는 '사랑, 우정, 맹세' 폴더에 담긴 휘황찬란한 그림들에 적당한 탄성과 끄덕임으로 호응해주면서 언제쯤 이 사람이 다가오는 침례식 날 남자 신도 두 명과 전도사 한 명, 그리고 자신의 여탕 입장을 허가해줄 건지 기다리고 있었다. 목욕탕 입구에 들어설 때만 해도 송목사는 교회의 침례 예식을 덕진이 알아듣기 쉽게 설명해주고 금방 승낙을 받을 수 있으리라 생각했으나 송목사는 벌써 십오 분째 덕진이 만든 '힘나는 행운 문자' 시리즈만 보고 있었다.

"말하자면, 죄를 씻고 다시 태어나는 겁니다."

기다리다못한 송목사가 덕진의 발뒤꿈치에 일어난 각질을 슬쩍 내려다보며 말했다. 계단만 내려가면 크고 깨끗한 탕이 있는데 옥상 욕조에 물 받아놓고 들어오라고 하면 성도들이 좋아하겠느냐고 덧붙이며 그는 일정한 빠르기로 떨리고 있는 덕진의 알 배긴 종아리를 흘깃거렸다. 그저 옷 입고 탕에 들어가 잠수 몇 번 하면 끝나는 거라 시간도 얼마 안 걸리고 비누칠 한 번 안 할 거지만 인당 목욕비는 다 내고 들어가겠다고 했다.

"물은? 새로 받고?"

덕진은 이발한 지 꽤 되어 보이는 목덜미에 손을 얹고서 물었다.

"아무래도, 누가 들어갔다 나온 물은 좀……"

"당연히 새로 받아야지요. 다시 태어나는 건데."

덕진은 십자가와 하트 이모티콘을 더블 클릭하며 말했다. 그러고는 신이 난 듯 송목사 쪽으로 모니터를 돌리며 십자가 안에 무지개색을 채우고 배경으로 장미꽃이 흩날리는 이미지 편집 시범을 보여주었다.

그후로 같은 건물 이층에 있는 교회 사람들이 목욕탕이 있는 지하로 내려오는 날이면 덕진은 탕 바닥에 향 좋은 가루비누를 뿌리고 막대 솔로 박박 문질러 타일을 닦았다. 원래 받는 물보다 높은 온도로 냉탕 물을 받아놓고 바구니에 활성탄도 넉넉히 담아 구석구석에 갖다놓은 다음 잘 말린 욕실화를 사람 수대로 입구 매트에 가지런히 올려놓았다.

예식이 시작되면 덕진은 욕장 유리문 바깥에 서서 뭐가 어떻게 돌아가는지 까치발을 들고 구경했다. 흰 가운을 입고 허리에 끈을 동여맨 송목사가 먼저 탕 안으로 들어가 뭐라 뭐라 기도하는 걸 시작으로 한 사람씩 차례로 들어가 송목사의 팔에 아기처럼 목을 기댔다. 그러면 송목사는 죄가 어떻고 구원이 어떻고 또 한번 기도한 후에 네모나게 접은 수건으로 자기 팔에 안긴 사람의 코와 입을 틀어막은 다음 냅다 뒤로 자빠뜨렸다. 개중에 어깨가 두꺼운 남자가 들어오면 송목사 혼자 힘으로 자빠뜨릴 수가 없어 옆에서 전도사가 가슴팍을 내리누르며 물에 아주 푹 젖게 했다.

아니, 저게 무슨.

덕진은 쇼인지 무슨 연극인지 알 수 없는 교회 의식을 보며 마치 자기가 물을 먹은 듯 목구멍이 따가웠다. 어떤 여자는 물고문을 당한 것처럼 코와 눈이 빨개져 목사 눈치를 볼 정신도 없이 재채기를 했다.

저런 꼴을 당하려고 일요일마다 교회 가서 헌금 바치는 사람은 대체 어떤 정신머리를 가진 사람일까. 나도 남들보단 물 귀한 줄 아는 사람이지만 그래도 물이란 게 때 불리고 반신욕 해서 몸뚱이를 씻는 거지, 저 짓을 저렇게 한다고 어떻게 사람 죄가 씻어져.

목사 일행이 돌아가면 덕진은 탕에 들어가 배수구를 열어 물을 빼내며 고개를 내저었다.

그런 교회를 내 딸 을주가 다닌다니. 그것도 제 엄마를 꼬드겨 나 몰래 같이!

놀아도 교회 먼지 묻히며 노는 애들은 대학도 잘 가고 속도 덜 썩인다는 벌교추어탕 말을 잠자코 듣고 있는 게 아니었는데. 애들이야 뭘 모르고 기타 치고 노래 부르는 게 좋아 간다지만 알 거 다 아는 사람이 남 궁둥이 닦은 수건 빨아가며 번 돈을 월세 내듯 달

마다 교회에 바치겠다? 저 여자가 내가 알던 그 여자 맞나? 덕진
은 돈통에 돈 많이 들어오라고 은행 가서 바꿔다놓은 빳빳한 새
지폐를 십일조로 가져가겠다는 회장의 말이 안 믿겨 애엄마 얼굴
을 빤히 봤다.

"같이 갈 거 아니면 잔소리 일절 마."

검은자위가 커진 덕진의 눈을 보지도 않으면서 회장이 말했다.
누가 하나님 예수님 좋아 돈 갖다주느냐며, 안 그래도 숫기 없고
여린 애가 교회 가서 좋은 친구 사귀고 선생님 말씀 들으며 마음
잡는 게 고마워 성의 표시하는 거지, 새끼 교육을 위해 그 정도 돈
도 안 들이는 부모가 어디 있느냐고, 자식 대학 잘 가게 해달라며
새벽 기도 다니는 남자들도 있던데 같이 가서 교회 밥 먹을 거 아
니면 을주 재수 끝날 때까지 주일에 밥 달란 소리 하지 말라며 회
장은 덕진의 인견 바지 아래 털 난 넓적다리를 꼬집었다.

그때로부터 십 년 가까운 세월이 흐르는 동안 재수 다음엔 삼
수, 삼수 다음엔 취업, 취업 다음엔 또 뭐가 늘 있어 기도할 사정
은 끊이지 않았고, 그때마다 덕진은 현관 깔개에 신발 밑창을 문
지르는 듯한 말소리로 하나님 아버지 말고 네 친아버지한테 기도
하라고 교회 가는 딸의 뒤에 대고 중얼거렸다. 그러면 을주는 도
수 높은 안경알 너머 작고 맥없는 눈을 깜박거리며 "아빠, 내 소원
은 우리 아빠 구원이야"라고 말했다.

*

왜 잠들어 있느냐. 깨어 기도하여라.

덕진은 불 꺼진 교회 복도에 서 있다가 벽 게시판에 압정으로 꽂혀 있는 '이 주의 성경 말씀'으로 다가갔다.

이거 누구한테 하는 소리야, 나 들으라고 하는 소리야?

그는 큼지막한 손 하나가 가슴뼈를 뚫고 들어와 심장을 낚아채는 듯한 통증에 숨을 멈췄다.

어떻게 하는지도 모르는데 무슨 기도를 해. 애엄마도 이제 기도고 뭐고 내 새끼 잘못되면 더 살고 싶은 맘도 없댔는데.

덕진은 게시판의 성경 말씀을 부릅뜬 눈으로 노려보았다. 을주 손 붙잡고 기도하던 송목사의 얼굴이 거기에 붙어 있기라도 한 듯이. 그때 같이 온 전도사가 뭐라고 했나. 목사님이 큰 결심 하고 오신 거라고, 교회 장로랑 집사들이 그런 데 가시지 말라고 말려도 을주랑 을주 어머님 생각하면 어떻게 가만히 있을 수 있겠느냐며 목사도 사람이고 교리도 사람 위해 있는 건데 잠깐 가서 을주 무사한지만 보고 오겠다고 급히 오신 거라 했지.

껍질을 벗겨 먹어도 시원찮은 것들. 그런 데?

덕진은 속에서 끓어오르는 분을 삼키며 계단을 뛰어내려갔다.

그런 죄는 죽어서도 천국 못 가는 죄라고, 다신 그런 짓 하면 안된다고, 응급실에서 위세척하고 와 눈도 제대로 못 뜨는 애한테

기도인지 꾸중인지 모를 소리나 해대고.

덕진은 송목사가 했던 말이 떠올라 바깥으로 나가 고함을 지르듯 입을 벌리고 고개를 쳐들었다. 컴컴한 새벽하늘이 뿌옇게 흐려졌다. 누가 보는 사람도 없는데 덕진은 손으로 눈두덩이를 훔치고는 크게 헛기침했다. 건물 옥상에 세운 교회 십자가가 눈에 와 박혔다. 그 옆에 붉은 벽돌로 굴뚝을 쌓고 가운데 흰 라카로 목욕탕 표시를 해놓은 자기네 간판을 보자 또 눈앞이 뿌예졌다.

급할 땐 두 칸씩도 뛰어내려갔는데 오늘따라 이 계단이 왜 이리 깊고 어둡나.

덕진은 손으로 벽을 짚으며 한 칸씩 계단을 내려갔다. 정기 휴일을 빼고 매일 새벽 다섯시면 을주 엄마와 같이 비질하던 목욕탕 입구를 지나 여탕 문 앞에 섰다. 불을 켜지 않고 더듬더듬 유리문 아래 있는 열쇠 구멍을 찾아 열쇠를 꽂고서 문을 열었다. 익숙한 물 냄새와 수건 마른 냄새가 연이어 풍겨왔다. 전등을 켜자 벽과 바닥이 환했다.

"목욕탕에 들어가는 게 꼭 백화점 들어가는 것 같아."

다섯 살 때인가 여섯 살 때인가, 지 엄마 손 잡고 여탕 들어가면서 을주가 그렇게 말했었지. 여물어서는, 하여튼 어린애가 여물어서는.

덕진은 신발을 벗고 안으로 들어서다 전신 거울에 비친 자기 얼굴을 보고는 봐선 안 될 것을 본 듯이 눈을 피했다. 선반에 올려놓은 손님들 목욕 바구니를 살피다 죽는 마당에 남들 때수건이 무슨 상관이냐 싶어 거기서도 눈을 돌렸다. 냉장고 문을 열어 남은 음료수 개수를 세다 구석에 쓰러져 있는 빈 식혜 통을 보자 불이 붙은 듯 귀가 뜨거워졌다.

"따로 줬어. 사람 수에 맞춰서 다 따로 따랐어."

휴대전화 음량을 제일 크게 높여도 들릴락 말락 한 목소리로 을주가 말했다. 양미 엄마랑 손녀, 세신사 여사님, 벌교추어탕 사장님, 대성명함 디자이너 언니, 그리고 성가대 친구 지연이까지, 다 컵을 나눠서 따랐고 그다음 쟁반에 담아 엄마한테 갖다줬다고.

"엄마한테 들었어. 네 잘못 아니니까 밥이나 잘 먹고 있어."

덕진은 전화통을 붙잡고 을주를 달랬다. 인터넷도 하지 말고, 휴대전화 소리도 다 끄고 아빠랑 보건소 전화만 받으라고 단단히 일렀다. 그러고 나서 애엄마한테 전화를 걸어 상황이 어떻게 돌아가는지 전해들었다.

"대성명함 여자만 안 걸렸잖아. 그 여자만 안 마셨잖아."

제일 먼저 증상이 나타난 사람도 우리 을주라 전문가들이 을주가 퍼뜨린 걸로 분석한다고 애엄마가 말했다.

"그거야 애가 몸이 약해서 그런 거지, 툭하면 감기 걸려 기침하던 앤데 전문가는 그런 것도 모른대!"

덕진은 울음소리도 못 내고 우는 사람한테 소리쳤다. 슈퍼 전파
자라는 딱지를 붙여 애가 다녔던 데를 무장 공비가 침투한 것마냥
읊어대는 뉴스와 신문의 모가지를 잡아 비틀고 싶었다. 양미 엄마
가 양미한테 옮기고 양미가 자기 회사 사람들한테 퍼뜨렸다고 했
을 때만 해도 덕진은 그럭저럭 숨은 쉬어졌다. 그러나 벌교추어탕
이 중환자실로 옮겨졌단 소리를 들었을 땐 이 좁은 땅 어디로 가
숨어살아야 하나 앞날이 캄캄했다.

"멀쩡하던 사람이 왜!"

"안 멀쩡했대. 전에 유방 수술했었잖아. 젖에 흉터도 있고 그랬
어. 기저 질환이 있는 거래."

그러니까 네 탓이 아니라고, 우리 탓이 아니라고, 식혜 따르다
가 기침한 게 무슨 죽을죄가 되겠느냐고 덕진은 격리되었다가 몇
주 만에 집에 온 을주에게 부러 더 큰 소리로 말했다. 그런데도 애
는 자기 방에 틀어박혀 물 한 모금 시원하게 못 삼키고 끙끙 앓았
다. 지역 인터넷 카페인가 어딘가에 을주의 신상이 올라와 있다는
을주 친구 말에 온 식구가 사람 눈이 무서워 창문 커튼까지 다 닫
고 지냈다. 그러다 밤에 양미가 애엄마한테 전화를 걸어와 이제
우리 애는 어디 어린이집 다니느냐고 쏟아대니까 을주가 전화기
를 뺏어 들고 바들바들 떨리는 목소리로 맞댔다.

"제가 그랬어요. 제가 서비스 주자고 한 거니까 저한테 욕하
세요."

그러더니 그날 새벽 집에 있는 약을 다 갖다 모아 한꺼번에 삼킨 것이었다.

*

덕진은 천천히 유리문을 밀고 들어갔다. 슬리퍼를 신지 않았는데도 바닥에 물기가 없어 양말 바닥이 보송했다.

한 번이 어렵지, 한 번 하고 나면 두 번 세 번 해서 결국 그렇게 간다는데.

그는 자식이 갔던 길 아비가 못 가겠냐 싶어 집 장롱에서 넥타이를 챙겨왔다. 지금 애한테 기도나 설교가 귀에 들어오겠나 싶었다. 냉탕 폭포수처럼 정신이 번쩍 나게 해줘야 한다는 생각밖에 안 들었다. 덕진은 그간 자신이 을주에게 보냈던 문자메시지들을 다시 봤다. 아침에 힘나는 명언, 사랑의 대박 보석함, 흐르는 강물을 거꾸로 거슬러오르는 연어들이란 가사가 노래에 맞춰 화면에 올라오는 가을 설악산 풍경까지.

—땡큐, 아빠도 힘내!

을주가 보낸 답장도 하나씩 봤다. 역시 말로만 백 번 천 번 하는 것보다 동영상을 찍어 보내야겠다 싶었다.

덕진은 위로 겹쳐 올린 의자 탑에서 하나를 빼내 손에 들었다.

그다음 사우나실로 들어가 방열기 옆에 놓인 모래시계를 챙겨 냉탕으로 갔다. 탕 난간에 모래시계를 놓고 휴대전화를 시계에 기대어 화면이 잘 나오게 각도를 조절했다. 큰 숨을 한 번 내쉬고는 감색 바탕에 흰 잔꽃 패턴이 들어간 넥타이를 손에 쥐고 물 없는 냉탕 바닥에 주저앉았다. 행동에 옮기기로 마음을 먹은 엊그제부터 을주가 했던 말이 자꾸 떠올랐다.

"아빠, 내 친구는 기도할 때 하나님 아버지라고 하면 아버지란 소리가 싫고 입에서 안 나온대. 근데 난 안 그래. 난 잘 나와. 아빠, 고마워."

덕진은 일어나 의자 위에 올라섰다. 김장 끝난 여자들 어깨 마사지하라고 만들어놓은 안마기 파이프에 넥타이를 걸었다. 넥타이 끝을 매듭으로 묶어 단단히 조인 다음 그 고리에 목을 걸었다.

그런 죄는 죽어서도 천국에 못 간다고? 사람 그렇게 안 봤는데 어째 거기서 그런 말을 해. 사람이 살게 해줘야 살지.

그는 발끝을 바동거리며 아래에 놓인 의자를 밀쳤다.

너 죽으면…… 너 죽으면……

*

왜 잠만 퍼자느냐고, 일어나 기도라도 하라고, 아무래도 그거 나한테 하는 소리 같은데. 누구한테 뭘 어떻게 빌어야 하는지 알아야 빌지. 벌교추어탕이 교회에 다녔나, 다니다 말았나. 어디다 대고 기도해야 벌교를 탓게 해줄 거야, 염병, 아파 죽겠네.

덕진은 빨갛게 줄이 그어진 목을 어루만지며 휴대전화를 내려다보았다. 모래시계에 기대놓고 찍은 동영상을 보며 그는 바짓단을 움켜쥐었다. 갑자기 목이 세게 졸리는 바람에 '아빠도 따라간다!'라고 크게 외치지 못한 것이 아쉬웠다.

그래도 을주가 알아들을 만큼은 되겠지.

덕진은 영상을 처음부터 다시 돌려 보았다. 아무리 가짜로 한 연극이라고 해도 목을 맨 자기 모습을 보니 꼭 이승 아닌 데 있는 것처럼 등뒤가 서늘했다. 그때 귀신이 장난치는 건가 싶게 조용한 탕 안에 휴대전화가 울렸다. 침침한 눈을 깜박거리며 덕진은 문자메시지를 읽었다.

—형님…… 그간 고맙고…… 감사했습니다……

24시 보석사우나였다. 보석사우나가 이번달을 끝으로 가게를 접는다는 문자였다. 뒤이은 글을 다 읽지 않고 그는 휴대전화를 주머니에 넣었다. 무릎을 짚으며 일어나 넥타이를 풀고 의자를 챙겨들었다. 그대로 탕을 나가려다 뭔가 이상한 낌새가 느껴져 쑥탕 쪽을 보았다. 덕진은 냉탕을 나가 쑥탕으로 걸어갔다.

"야."

덕진이 쑥탕 안에 들어가 몸을 수그리며 말했다.

"야, 너 거기서 뭐하냐?"

물오리 한 마리가 두꺼비 위에 앉아 있었다. 고무로 만든 노란 오리 인형이 어미 등에 업힌 새끼처럼 옥 두꺼비 위에 올려져 있었다. 덕진은 오리를 들고 배를 눌러보았으나 잘 되지 않았다. 손에 든 모래시계 때문에. 다른 손으로는 여전히 목을 문지르고 있었다.

해 뜨기 전에 얼른 나서야지.

목욕탕도 닫고 교회도 닫아 건물에 드나드는 사람이 없었지만 그래도 골목을 지나다 누굴 마주칠지 몰라 날 밝기 전에 집으로 돌아가야 했다. 덕진은 오리 인형을 점퍼 주머니에 넣고서 의자와 모래시계를 원래 있던 자리에 갖다놓았다. 유리문을 밀고 나가려다 발 매트가 비뚤어진 게 보여 문턱에 맞게 가지런히 해놓고 허리를 폈다. 불을 끄려고 벽에 달린 스위치에 손을 얹고 서서 잠시 쑥탕을 보았다.

아까 보니 두꺼비 등에 물때가 낀 것 같던데.

덕진은 주머니에 손을 넣어 물오리의 배를 한 번 두 번 세 번 눌러보았다.

코끼리코

죽음을 연습하는 것은 자유를 연습하는 것이다.

—몽테뉴

벌레가 된 기분이었다. 몸이 뒤집혀 바동거리는 벌레.

자신이 언제부터 아팠는지 돌이켜볼 때면 202호는 안간힘을 다해 허리를 세워보려 했던 수년 전의 그날이 떠올랐다. 오랜만에 내려간 아버지의 집에서 새벽부터 일어나 제사상에 올릴 음식을 준비하던 날이었다. 마른 고사리와 돼지고기를 삶고 아버지가 먹을 콩자반과 멸치볶음까지 만든 다음 생선찜을 하기 위해 바닥에 있는 찜통을 들어올렸을 때, 202호는 자신의 삶이 돌이킬 수 없는 변곡점에 접어들었음을 감지했다. 거대한 쇠망치가 허리를 때리는 듯한 통증이 일더니 신체 분리 마술을 당하는 것처럼 허리 부분이 몸 저편으로 밀려 나가는 것 같았다.

끝인가. 내 인생이 이렇게 끝나나. 찜통을 들어올리다 이렇게 느닷없이.

202호는 팔꿈치로 바닥을 기어 방으로 들어갔다. 겨우 바닥에 누웠는데 갑자기 오줌까지 마려워 허리를 움직여보았다. 배가 뒤집힌 벌레처럼 팔만 버둥거릴 뿐 통증 때문에 일어날 수 없었다. 아버지의 부축을 받으며 간 응급실에서 진통제와 근육 이완제를 맞고 나서야 어찌어찌 허리를 펴고 걸을 수 있었지만, 그날 이후 제대로 된 치료는 받지 못했다. 젊으니까, 출근해야 하니까, 남들도 이 정도 통증은 안고 산다 여기며 참고 살았다. 몸의 통증보다 다른 사람이 던지는 비난의 말에 더 깊은 상처를 받곤 했던 그녀는 안에서부터 밀려오는 비명은 꾹꾹 눌러 담았다. 왜 그냥 견뎠느냐고, 어떻게 이 지경이 될 때까지 참았느냐고, 정형외과 의사가 그녀의 MRI 사진을 보며 말할 때도 그녀는 참지 않고 터뜨려 말하지 못했다. 순하고 무른 성격에 다른 사람의 부탁을 쉽게 거절하지 못하는 그녀였기에 아플 때 아프다고 말하는 것에도 특별한 용기가 필요했다.

아무리 버둥거려봤자 일으켜세워주는 사람 하나 없지.

오빠들과 모여 아버지의 남은 재산을 어떻게 할지 얘기할 때도

202호는 자신이 뒤집힌 벌레 같다고 느꼈다. 그녀와 나이 차이가 크게 나는 세 명의 오빠는 아버지가 남긴 땅과 집을 두고 말씨름을 했다. 둘째 오빠는 아들 셋이 공평하게 나누자고 했고 큰오빠는 제사와 벌초를 맡은 사람이 누군데 왜 똑같이 나누냐고 받아쳤다. 막내 오빠는 자기가 결혼할 때 형들이 아버지한테 받은 것의 반의반도 못 받았는데 똑같이 나누는 건 불공평하지 않으냐고 말했다.

내 허리는? 내 척추 4번, 5번은? 내 인생은?

202호는 자신도 좀 생각해달라고 오빠들에게 말했지만, 그녀의 가늘고 앳된 목소리는 중년의 남자들 소리에 묻혀 들리지 않았다. 202호는 조용히 일어나 부엌에서 스테인리스 찜통을 들고 왔다.

"다리 좀 모으고 앉아라. 다 큰 사내 녀석들도 있는데."

찜통을 가운데 놓고 양반다리를 하고 앉는 202호를 보며 큰오빠가 말했다. 큰오빠는 안마 침대에 기대앉은 자신의 두 아들을 건너다보다 202호를 훑었다. 인견으로 만든 꽃무늬 원피스에 나풀거리는 반투명 로브를 걸친 202호는 바닥에 찌든 때가 눌어붙은 찜통을 끌어안고 있었다.

"나 허리 아파서 그렇게 못 앉아."

202호가 말했다. 그러면서 조카들을 향해 소리쳤다.

"준서야, 고모가 너 생일 때마다 아이스크림케이크 쿠폰 보내준

거 알지? 현서야, 너 초등학교 입학할 때 고모가 뉴발란스 가방 사준 거 기억나? 그거 어떻게 했어? 버렸어?"

고개를 돌리고 크게 소리친 202호는 대답을 듣지도 않은 채 오빠들을 보며 말하기 시작했다. 자신이 왜 찜통을 들고 왔는지, 오빠들의 하나뿐인 여동생의 몸이 지금 어떤 상태인지, 그것이 어머니 없는 집에서 유일한 여자로 살아온 자신의 처지와 어떤 연관이 있는지 빠르게 늘어놓았다.

"이거 봐, 이거 보여? 이런 게 온몸에 났다고."

202호는 로브를 걷어올려 팔뚝에 난 갈색 반점을 오빠들에게 보여주었다. 주근깨도 아니고 검버섯도 아닌, 부식된 수도관에서 나오는 녹물처럼 붉은빛을 띤 거무튀튀한 무정형의 얼룩이 그녀의 몸에서 영역을 넓혀가고 있었다. 202호는 어떤 옷을 입어도 피부가 따갑고 이물감이 들어 이제 자기가 입을 수 있는 건 삼베로 만든 수의가 아닐까 싶다고 말했다. 주먹을 쥐고 가슴을 치며 여기 한가운데 끈적하고 미끄덩한 고름이 찬 것처럼 갑갑하다고, 속은 늘 가스가 찬 것처럼 더부룩하고 허리 디스크 때문에 편히 누워 잘 수도 없다고, 몸 여기저기를 짚어가며 말했다.

"오빠들 알지? 나 제사상 차리다 허리 나간 거. 오빠들 부부싸움할 때마다 나 혼자 제사 준비 다 했잖아."

202호는 정형외과에 갔다가 비싼 도수 치료비에 전전긍긍한 끝에 내과로 가서 위통 약을 받고 피부과에 들러 가려움 완화 연고를 처방받는 자신의 심정을 아느냐고 물었다. 남들처럼 건강하게 사는 건 바라지도 않으니 병원비 걱정 없이 치료받고 싶다고, 아니 그것도 사치라고, 그냥 옆집 남자의 씨발 소리나 안 듣고 싶다고 말했다. 석고보드를 사이에 두고 이어진 옆집 원룸에서 남자가 밤새 컴퓨터게임을 하며 욕을 내지른다고, 202호는 오빠들 앞에서 육두문자를 내뱉었다.

"근데 왜 내 이름만 종미냐고, 난 그게 이해가 안 된다고."

참고 참아온 울분을 토하던 202호는 자신의 가장 오래된 설움인 이름 얘길 꺼냈다. 동혁, 민혁, 우혁이라는 오빠들 이름과 달리 또래와 비교해 심하게 예스러운 종미란 이름 때문에 느껴야 했던 고질적인 수줍음(그렇다고 개명을 하고 싶진 않았는데, 그렇게까지 하며 갖고 싶은 이름이 딱히 없어서였다), 슬쩍 새치기를 당해도 대놓고 따지지 못할 것처럼 생긴 물렁물렁한 외모, 대학 때 아버지가 한 학기 등록금만 주고 더는 안 보태준 탓에 근로 장학생이 되기 위해 교수에게 B-를 B+로 올려달라고 애걸복걸하며 메일을 썼던 일과 최근 자꾸만 어긋나는 인간관계(그것은 확실히 받을 줄만 알고 줄 줄은 모르는 이기적인 사람들 때문이었다), 평생 술이나 담배 같은 유해물질은 멀리하며 살았는데 술 먹고 담배 피우는 사람들보다 한참 떨어지는 체력까지.

그러다 다시 옆집 얘기로 옮겨갔다.

"나 청각 예민한 거 알지? 옆집 남자 오줌 싸는 소리가 실시간으로 들려. 여자친구가 오면 화장실에서 생리대 가는 소리까지 다 들린다고."

머릿속으로 생리대 갈 때 나는 소리를 떠올리던 큰오빠는 물 없이 떡 한 덩이를 삼킨 듯한 표정으로 말했다.

"너 이름은 그건, 네가 막내니까, 끝날 종에 아름다울 미 자 써서 아름다운 끝이라고 아버지가 지은 건데."

이마의 헤어라인이 귀 뒤까지 밀려 나간 큰오빠는 푸르르푸르르 한숨을 내쉬더니 무슨 가을 날씨가 이렇게 더우냐며 얼굴에 대고 손부채질을 했다.

"의사는 뭐래. 피부에 왜 그런 게 나는 건데."

전보다 허리둘레가 커진 둘째 오빠가 버거워 보이는 바지 벨트를 아래로 내리며 물었다.

"몰라. 검사해도 병명이 안 나와. 내 병은 내가 잘 알아. 나 오래 못 살아."

202호가 말했다. 한참이나 어린 여동생의 죽는 타령에 오빠들은 호되게 꾸짖고 싶은 마음과 황당해 웃음이 나는 심정에 더해 혹시나 저애가 진짜…… 하는 생각에 쉽게 말을 잇지 못했다. 세 사람 모두 일찍 어머니를 여의었기에 202호의 죽는다는 말이 그저 엄살이나 과장으로만 들리지 않았다.

"대학병원 가서 정밀 검사 받아."

"돈 없어. 나 거지야."

202호는 둘째 오빠의 말을 빠르게 받아쳤다. 졸업하고 사회생활이 몇 년째인데 그동안 모아놓은 돈이 없느냐는 타박이 돌아올 것 같아 그녀는 연달아 말을 이었다. 일을 하면 할수록 새로운 병만 늘어나 월급보다 병원비가 더 많이 나간다며, 편히 쉬면서 죽음을 받아들이고 싶다고 말했다.

"이 녀석이 근데."

큰오빠가 콧방울을 넓히며 쓰읍 하는 소리를 냈다.

"언제부터 아팠는데, 갑자기 사람 놀라게 왜 그러냐. 왜 그렇게 말을……"

사납고 독하게 하느냐고, 뒷말을 생략한 막내 오빠가 특유의 쓸쓸하고 촉촉한 눈으로 202호를 보았다. 열대여섯 살 때까지 엄마의 보살핌을 받았던 두 오빠와 달리 여덟 살에 엄마를 잃은 막내 오빠는 자신보다 더 엄마에 관한 기억이 없는 202호를 불쌍히 여겼다. 어릴 때부터 자주 업어주고 요구르트나 크림빵을 사주었으며 어디 가서 무시받지 말라고 202호가 초등학교에 입학하기도 전에 시계 보는 법을 알려주었다.

"큰형, 아버지 마을금고 통장, 거기 얼마 있댔지?"

막내 오빠는 우선 202호에게 아버지 계좌에 있는 돈을 주자고 말했다.

"아버지 돈을 맘대로 쓰냐."

둘째 오빠가 반대 의견을 표명하자 202호는 엉덩이를 들어 둘째 오빠에게 바짝 다가갔다.

"오빠, 오빠 군대에서 휴가 나왔을 때 내가 라면 끓여주다 덴 거 기억나? 그때 나 아홉 살이었는데, 아홉 살이 혼자 라면 끓이다 화상 입어서 여기, 흉터도 아직 있어."

202호는 오래전 뜨거운 냄비를 엎었던 기억을 되살리며 안쪽 허벅지 살을 비틀어 불그죽죽한 화상자국을 보여주었다. 그러고는 큰오빠 쪽으로 몸을 틀어 그간 자신이 어린이날마다 조카 둘에게 선물을 챙겨줬던 것과 가족 모임 때면 똑같이 식사비를 나눠냈던 일을 말했다.

"오빠네는 네 명이 먹고 난 혼자 먹는데도 갈빗값을 똑같이 냈잖아. 나 그거 하나도 안 아까웠어. 내 조카들이 먹는 거니까. 근데 오빠, 나 살날이 얼마 안 남았다니까?"

대머리가 된 큰오빠는 더는 듣기 싫다는 듯 고개를 내저었고, 고지혈증 주의 대상자가 된 둘째 오빠는 골치가 아프다는 듯 머리카락을 헤집었다. 그들은 202호에게 아버지 계좌에 있는 일천구백오십만원을 주기로 했다. 재개발 지역으로 묶인 수천 평의 땅과 아파트 상속 문제는 사십구재 때 다시 의논하기로 했다. 202호는 큰오빠에게 자신의 계좌번호를 문자로 보냈다. 돈이 입금된 날 그녀는 원룸을 떠나 택시를 타고 호텔로 향했다.

*

좋은 집을 구하는 게 아니라 잘 죽을 수 있는 집을 구하는 거라고 202호는 생각했다. 잘 죽어 사라지는 게 그녀의 목표였다. 바람이 있다면 천마총이나 무령왕릉은 못 되더라도 아름다운 무덤을 갖고 싶었다. 죽어서 묻히는 무덤이 아니라 살아서 죽음을 준비하는 무덤. 그녀는 자신이 쓰던 물건과 함께 묻힐 무덤을 찾는 심정으로 새집을 찾았다.

개나리맨션을 발견한 것은 호텔에서 지낸 지 사흘째 되던 날이었다. 호텔 창가에서 내려다본 맨션 건물은 오래된 장난감 블록 같았다. 도시의 동과 서를 가로지르는 하천 끄트머리에 있는 개나리맨션은 정사각형 건물 세 동이 삼각형 모양으로 마주보고 선 형태였다. 외벽에 칠해진 개나리색 페인트는 빛이 바랬고, '개나리맨숀'이란 글자가 궁서체로 쓰여 있었다. 그날 오후 202호는 호텔 앞 하천을 따라 걷다 다시 맨션을 보았다. 경사가 완만한 제방 위로 높다랗게 솟은 신축 아파트 사이에 허름한 맨션이 서 있었다. 칠이 벗어진 벽과 녹슨 구조물들 때문에 맨션 전체가 마치 갈색 눈물을 흘리고 있는 듯했다.

경 숲세권 개나리맨션 재건축 추진 위원회 출범 축

202호는 강아지풀과 창포 잎이 자란 물가에 서서 맨션에 걸린 현수막을 보았다. 바람이 선선한 초가을날이었다. 하천에서 깨끗한 모래주머니를 흔드는 듯한 물소리가 들려왔다. 202호는 폭발하듯 피어오른 초록 덤불을 바라보다 또 맨션을 올려다보았다. 엄마가 살아 있을 때 함께 살던 맨션과 비슷했다. 202호는 사진으로 보기도 한 그곳을 생생하게 떠올릴 수 있었다. 병아리색 우주복을 입은 두 살배기의 어린 자신과 자신을 안고 환하게 웃고 있는 엄마. 그 뒤로 정감 어린 맨션의 모습과 외벽에 쓰인 '장미맨숀'이란 글자.

202호는 사진 속 풍경을 떠올리며 개나리맨션 주변을 걸었다. 하천이 내려다보이는 맨션 1동에는 이층짜리 상가 건물이 혹처럼 튀어나와 있었는데, 담벼락에 '상가 임대'라는 전단지가 붙어 있었다. 그녀는 그곳에 적힌 번호로 전화를 걸었다. 얼마 지나지 않아 임대인을 따라 상가의 이층 202호로 들어가서는 창을 열어 전망을 살폈다. 탁 트인 하늘과 하천이 한눈에 내려다보였다. 곡률이 큰 에스 자로 휘어진 물길은 햇빛에 반짝였고, 군데군데 핀 억새 군락이 바람에 흔들리며 흰 줄무늬를 만들었다. 임대인은 주변 시세보다 절반은 싸게 나왔다며 젊은 아가씨가 왔으니 월 임대료를 오만원 더 깎아주겠다고 했다. 202호는 그 자리에서 계약서를 썼다. 창으로 들어오는 햇살과 수중의 여윳돈이 202호를 대범하게 만들었다. 무엇보다 벽 없이 하나로 트인 십칠 평 공간이 마음에 들었다. 방과 부엌이 벽으로 나뉜 살림집을 떠나고 싶었기에 그녀는 더 그곳이 끌렸다. 맨션에 딸린 개나리상가 202호는 집도 아니고 그렇다고 완전한 사무실도 아닌, 이쪽과 저쪽을 섞어놓은 실험적인 은신처 같았다.

국화꽃의 봉오리가 막 피어오르던 시기, 202호는 노란색과 흰색 국화 화분을 양쪽 팔에 하나씩 끌어안고 개나리상가로 향했다. 이삿짐은 그게 전부였다. 길가에 서 있는 꽃 트럭에서 국화 화분두 개를 산 다음 곧장 하천을 따라 상가로 갔다. 이전 집에 있던 것은 아무것도 옮겨오지 않았다. 속옷과 양말, 컵과 이불 모두 새것으로 샀다. 가격은 생각하지 않고 디자인과 품질만 고려해 골랐다. 오래된 무덤에서 죽은 사람이 쓰던 장신구가 발견되듯, 그녀는 누군가 202호에서 죽은 자신의 물건을 발견하는 모습을 떠올리며 실내를 꾸몄다.

업체를 불러 도배와 장판을 새로 하고, 청소 용역 회사에 의뢰해 바깥 유리창을 닦았다. 쨍한 빛의 형광등이 싫어 천장의 백열등을 없애고 밝기를 조절할 수 있는 스탠드를 놓았다. 좋은 음질로 음악을 듣고 싶어 앰프와 서라운드 스피커를 구입해 균형 있게 세워놓고, 공기 청정 기능이 있는 가습기와 제습기를 양쪽 벽에 하나씩 놓았다. 허리에 좋은 매트리스가 포함된 침대를 들이고, 매거진 랙에 색감이 선명한 표지의 책들을 꽂은 다음 그 옆으로 화보집들을 탑처럼 쌓았다. 파격적인 설치미술가 쿠사마 야요이의 붉은 점무늬 포스터와 안숙선 명창의 공연 포스터를 출입문 안쪽에 붙였다. 두 사람 모두 202호가 좋아하는 아티스트였다. 나뭇결을 살린 원목 테이블을 사서 그 위에 다정한 표정의 인형들을 진열했다. 어머니와 아버지의 젊은 시절 사진도 액자에 넣어 벽에 걸었다. 앳된 얼굴의 아버지는 군복 차림이었고 어머니는 양 갈래로 머리를 땋고서 칼라가 넓은 흰 원피스를 입고 있었다. 사진은 결혼을 약속한 기념으로 찍은 것으로, 두 사람은 긴장한 표정으로 서로의 손을 마주잡고 있었다.

202호는 등받이가 둥근 라탄 의자에 앉아 자신의 공간을 둘러보았다. 누군가와 캐치볼을 할 순 없어도 앞뒤로 걸으며 훌라후프를 돌릴 수 있는 정도는 되었다. 음료 받침대가 있는 소파와 바퀴 달린 트롤리가 있고, 음료 냉장고에는 생과일주스와 곡물우유가 들어 있었다. 중앙에 놓은 프로젝터를 틀면 팝가수의 최신 라이브 공연 무대가 흰 벽에 펼쳐졌다. 벽 끝에는 우쿨렐레와 전자피아노도 있었다. 연주하는 법도 모르고 배울 생각도 특별히 없었지만 202호는 마음에 드는 가구를 보듯 악기들을 둘러보며 자신의 공간이 아름다운 무덤이 되어가는 것에 뿌듯해했다.

다음날 아침, 그녀는 물가에 모여든 새들의 소리에 자연스럽게 눈이 뜨였다. 창가 소파에 앉아 밖을 보니 하천 주변에 옅은 안개가 끼어 있었다. 해가 조금씩 높이 떠오르면서 안개는 공기 속으로 스며들었고, 바람이 불자 푹 젖은 식물의 뿌리와 물살에 깎여 매끄러워진 돌, 그리고 그 돌을 덮은 이끼들이 뒤섞인 싱싱한 물 비린내가 났다. 그렇게 한참이나 눈부신 가을 풍경을 바라보다 고개를 돌리자 실내의 사물들이 흐릿하게 보였다. 선과 색의 경계들이 아련하게 뭉개졌다. 오늘은 내 생일이니 뭐든 다 내 맘대로 할 거라는 가사의 팝송을 틀어놓고 202호는 하늘색 짐 볼 위에 엎드려 아침 스트레칭을 했다. 전기세를 생각하지 않고 전자제품을 작동시키고, 월 지출비를 따지지 않고 신선한 음식을 배달시켜 먹었다. 그렇게 보름을 지내보니 가진 돈으로 삼 개월은 더 버틸 수 있을 것 같았다. 202호는 하루에 두 번 하천을 산책하며 다가오는 아버지의 사십구재를 준비했다.

1. 병원 진단서(둘째 오빠가 믿을 수 있는 대학병원)
2. 청약 통장 입금 내역
3. 고용 보험료 납부 증명서(근로 장려금 지급 대상자 확인서)

그동안 202호가 열심히 살아왔다는 걸 보여주는 증빙 자료들이었다. 남보다 게을러서, 힘든 걸 못 참아서가 아니라 최선을 다해 아등바등 노력했지만 몸이 따라주지 않아서, 환경이 뒷받침해주지 않아서 이렇게 요양이 필요한 처지가 됐다는 걸 오빠들에게 보여줘야 했다. 그녀는 오빠들에게 아들이니 딸이니 따지지 말고, 나이나 부양가족 같은 조건도 내려놓고, 넷이서 공평하게 아버지가 남긴 재산을 나눠 갖자고 말할 생각이었다. 202호는 오빠들을 믿었다. 혹시 모르니 오빠들의 부인, 그러니까 세 명의 새언니들에게 안부 전화라도 한 통씩 돌릴까 생각했지만, 그녀는 서두르지 않았다. 그녀는 자신이 좋아하는 물건들에 둘러싸여 편안하고 여유롭게 생각했다. 하천의 갯버들은 부드럽게 흔들리고 가을 햇살은 눈부시니까. 밤이 되어 천연 광목 이불을 덮고 누우면 이대로 잠이 든 채 생이 끝나도 괜찮다는 생각이 드니까. 그녀는 처음으로 좋은 결말로 끝나는 자신의 마지막을 상상했다.

*

202호를 제외하고 상가 이층의 다른 사무실은 모두 비어 있었다. 1동 담벼락에 '임대' 전단지가 붙어 있긴 했지만 언제 헐릴지 모를 건물에 선뜻 입주할 사람은 많지 않을 것 같았다. 들어오고 싶다가도 우중충한 외관이나 볕이 들지 않는 을씨년스러운 복도를 보면 그 마음이 사라질 듯했다. 202호는 지어진 지 사십 년 된 개나리맨션을 자기보다 나이가 많다며 존중했다. 언제 헐릴지 모르는 맨션은 언제 죽을지 모르는 202호의 처지와도 비슷했다. 큰 감나무가 있는 화단이나 철조망을 따라 자란 담쟁이들이 고즈넉한 무덤처럼 보이는 것도 좋았다. 금이 간 복도 벽과 곰팡이가 슨 화장실 모퉁이에도 그럭저럭 익숙해지고 있었다.

상가 일층에는 슈퍼와 세탁소, 통닭집이 있었는데, 통닭집은 영업을 하지 않는 것 같았다. 202호는 산책하러 나갈 때면 파자마 차림의 통닭집 주인과 마주쳤다. 그는 짧게 깎은 머리에 턱살이 넉넉한 얼굴로 슈퍼 앞 간이의자에 앉아 통멸치를 안주 삼아 캔맥주를 마셨다. 202호는 그를 보며 느긋하게 시간을 보내는 사람의 모습이라고 생각했다. 재건축 특수나 알박기 같은 말은 떠올리지 않았고, 시선이 마주치면 먼저 인사를 건넸다. 오토바이를 타고 출퇴근하는 세탁소 주인과도 얼굴을 익혔다. 하루는 이층으로 올라가는 계단에서 담배를 피우던 세탁소 주인이 202호에게 월 임대료가 얼마인지 물었다. 그는 숱 없는 머리에 볼우물이 깊게 팬 얼굴로 화단의 감나무는 이십 년 전 자기가 심은 것이니 감이 열리면 얼마든지 따먹으라고 말했다.

왜소한 체구에 안경을 쓴 슈퍼 주인과도 자주 마주쳤다. 그는 주로 전기세나 수도세 같은 공과금 얘길 했다. 상가 공과금을 자기가 모아서 내니 달마다 자신에게 현금으로 달라는 그의 말에 202호는 선선히 고개를 끄덕였다. '상가 운영비'라는 항목이 포함된 공과금 종이를 받고도 깊이 생각하지 않았다. 그녀는 되도록 상가 사람들과 잘 지내고 싶었다. 슈퍼에서 종종 비타민 음료를 사기도 했고 계단을 오르내릴 때면 세탁소 주인이 버린 담배꽁초를 발끝으로 밀어 한쪽에 모아놓기도 했다.

어느 늦은 오후, 산책을 마치고 돌아오던 202호는 슈퍼 앞 간이
테이블에 앉아 있는 슈퍼 주인과 통닭집 주인을 마주쳤다. 테이블
위에는 골뱅이 통조림과 막걸리가 놓여 있었다. 202호는 손에 들
고 있던 검은 레이스 양산을 접고 그들을 향해 고개를 숙였다.

"그렇게 입고 안 추워?"

슈퍼 주인이 물었다.

"시원해요."

202호는 지병이 있어 달라붙는 옷을 입으면 답답하고 열이 오
른다는 말은 하지 않았다. 그러면서 암청색 바탕에 꽃이 그려진
로브의 앞섶을 여몄다. 202호는 빈 막걸리통이 놓인 테이블을 지
나 계단으로 갔다.

"딱 한 시간 갔다 오네?"

"이따 저녁에 한번 더 나가."

계단을 오르는 202호 뒤로 두 남자의 말소리가 들렸다.

"위에서 종일 뭐한대?"

"몰라. 밤에도 있는지 복도 불이 계속 켜져 있어."

나선으로 휘어지는 층계참에 다다랐을 때 202호는 아래를 내려
다보며 담배를 피우는 세탁소 주인과 마주쳤다. 세탁소는 담배 연
기를 머금은 채 202호를 향해 조금 웃어 보였다.

자신의 공간으로 돌아온 202호는 상가에 머물며 자신이 실수하거나 잘못한 일이 있나 되짚어보았다. 매번 같은 시간에 산책하러 나간 게 잘못이었나. 깜박 잊고 밤에 복도 불을 켜놓은 적이 있었다. 설령 그랬다 해도 202호는 '복도/화장실 전기'라는 항목으로 책정된 전기요금을 내고 있었다. 혹시나 상가에서 먹고 자는 게 잘못된 일이라면 문 닫은 가게에서 숙식하는 통닭집 주인도 할 말이 없었다. 202호는 밤중에 소란을 피운 적도 없었고 계단에서 담배를 피우지도 않았다. 맨션 앞에 냉장 탑차를 세워놓고 길가에 물품들을 진열해놓는 슈퍼보다 자리를 많이 차지하지도 않았다. 그런데도 202호는 그들이 던진 질문을 자기 자신에게 던졌다.

난 여기서 뭘 하고 있지?

202호는 물건을 파는 것도 아니고 옷을 세탁해주는 것도 아니었다. 시간을 견디며 재건축을 기다리는 마음도 없었다. 하지만 202호는 무언가를 꾸준히 해내고 있었다.

잘 죽고 있어.

낮에도 밤에도, 나는 잘 죽는 걸 목표로 살고 있어. 그러니까 아직은, 살아 있어. 하루하루 주어진 시간을 기쁘게.

그리고 그건 아무나 할 수 있는 게 아니라고, 202호는 자기 자신에게 대답했다.

그날 이후 202호는 매일 규칙적으로 산책하는 패턴을 바꾸었다. 맨션을 출입하려면 슈퍼 앞을 지나쳐야 해서 외출하기 전 창밖으로 간이 테이블을 보며 사람이 있는지 확인했다. 그 정도는 자신이 감수해야 할 불편함이라 여겼다.

그러다 화장실 문제가 터졌다.

202호는 밤새 오줌을 참다 날이 밝으면 화장실에 가곤 했다. 그런데 그때마다 변기 커버가 올라가 있었다. 남자가 변기를 사용한 흔적이었다. 바로 옆에 있는 남자 화장실을 두고 왜 자꾸 여자 양변기에서 소변을 보는 걸까. 202호는 세정제로 변기 커버를 닦으며 증오나 분노 같은 감정을 애써 밀어냈다. 공용 화장실이니 상가에 온 손님이 쓴 것일 수도 있었다. 택배 기사나 1동에 사는 입주민들이 화장실에서 나오는 걸 본 적도 있었다. 202호는 살날이 얼마 남지 않은 사람의 마음으로 상황을 둥글게 받아들였다. 화장실에 둔 휴지와 비누가 사라졌을 때도 필요한 사람이 가져갔을 거라 여기며 마음에 오래 담아두지 않았다. 애초에 다른 사람과 함께 쓰려고 가져다놓은 것이니까. 하지만 어느 날 여자 화장실을 나오는 뜻밖의 인물을 보았을 때, 202호는 죽음이고 뭐고 더는 잠자코 있을 수 없었다.

어슴푸레한 빛이 밝아오던 이른 아침, 당연히 아무도 없을 거라 생각한 여자 화장실의 불이 환하게 켜져 있었다. 누굴까. 누가 나말고 이 시간에 화장실을 쓰는 걸까. 202호는 모서리 부분이 흙색으로 바랜 화장실 문 앞에 멈춰 섰다. 그때 양변기 고인 물에 소변

줄기가 떨어지는 소리가 들렸다. 서서, 남자가 싸는 소리였다. 곧
이어 물 내리는 소리가 들렸다. 당황한 202호는 남자 화장실로 숨
었다. 벽 뒤에 몸을 웅크리고 여자 화장실에서 누가 나오는지 지
켜보았다. 파자마를 입은 남자였다. 부스스한 머리에 슬리퍼를 끌
며 통닭이 지나가고 있었다.

202호는 하늘색 짐 볼 위에 앉아 화장실을 사수할 방법을 생각
했다. 직접 찾아가 항의할까. 상가의 다른 사람들에게 소문낼까,
통닭이 여자 화장실을 쓴다고. 그런데 다른 사람들도 쓰고 있다
면?

가장 확실한 재발 방지책은 자물쇠를 다는 것이었다. 상가 입
주민 중 여자는 자신밖에 없으니 자물쇠를 달아도 괜찮을 것 같았
다. 그러나 202호는 좀더 우회적인 방법을 선택했다.

남자 출입 엄금

202호는 굵은 매직으로 경고문을 쓴 다음 빨간색 펜으로 글자
에 밑줄을 긋고 형광펜으로 사각형 테두리를 그렸다. 그리고 여자
화장실 문에 잘 보이게 붙였다.

생리대는 잘 싸서 안 보이게 버립시다. 숙녀는 숙녀답게

누렇게 변색된 오래된 안내문 옆에 202호의 경고문이 붙었다.

다음날 오후, 202호가 전자피아노 앞에 앉아 〈퐁당퐁당〉을 연습하고 있을 때 누군가 문을 두들겼다. 문을 열자 슈퍼 주인이 서 있었다. 그는 일층으로 내려가 회의를 하자고 했다. 202호는 곧 나가겠다고 말한 뒤 먹색 바람막이 점퍼를 입고서 목까지 지퍼를 끌어올렸다. 슈퍼를 따라 아래층으로 가니 간이 테이블 앞에 세탁소와 통닭이 앉아 있었다.

"화장실에 그거, 202호가 붙였어?"

웃음을 머금은 표정으로 세탁소가 말했다.

"남자가 쓰는지 매번 변기 커버가 올라가 있어서요."

202호는 파자마를 입고 앉은 통닭의 뒤통수를 보며 말했다. 당신은 알지 않느냐는 듯. 바로 어제 아침, 내가 당신의 오줌 누는 소리를 똑똑히 들었으니 발뺌할 생각은 말라는 듯 통닭의 정수리를 쏘아보았다.

"사람이 급하다보면 여자 화장실도 쓸 수 있고 그런 거지. 여자들도 급하면 남자 화장실 쓰고 그래. 급하면 그런 거야."

세탁소가 타이르는 듯한 목소리로 말했다. 경험이 적고 세상 사는 법을 모르는 아이에게 세상의 이치를 알려주는 듯한 말투였다.

"아무리 급해도 그렇지, 남자 화장실을 두고 왜 여자 화장실을 써요?"

"남자 화장실 칸이 찼나보지."

"아니에요. 다 비어 있었어요."

"비었어?"

"네, 비었는데도 여자 화장실에서 싸고 나오더라고요."

"왜 그러느냐고 묻지."

"네?"

"왜 그러느냐고 묻지 그랬어."

세탁소의 말에 202호는 말문이 막혔다. 시선은 다시 통닭의 뒤통수에 꽂혔다. 통닭은 다리를 벌리고 의자에 기대앉아 202호를 한 번도 돌아보지 않았다. 왜 말하지 못했을까. 왜 그때 통닭 앞을 가로막고 서서 따져 묻지 못했을까. 당황해서? 통닭이 나보다 나이가 많아서? 아니면 볼일을 보고 나오는 사람에게 무안을 주고 싶지 않아서? 잘못을 저지른 사람은 통닭인데, 왜 내가 숨고 조심했을까.

"그래도 올리고 쌌나보네. 커버 올리지도 않고 그냥 싸는 놈들도 많아."

슈퍼가 팔짱을 끼며 말하자 세탁소가 볼우물이 깊게 팬 얼굴로 웃었다.

"남자니 여자니 그런 거 따지지 말고 인지상정으로 살자고."

202호는 대꾸하지 않았다. 인지상정이란 말을 이런 상황에서 쓰다니. 자신이 알던 단어의 뜻이 흔들리는 듯했다.

그날 저녁, 화장실에 붙인 202호의 경고문이 떼어져 있었다. 바닥에는 흙 묻은 발자국이 어지럽게 찍혀 있었고 양변기 커버에는 누리끼리한 오줌이 묻어 있었다. 202호는 굳어서 잘 지워지지 않는 오줌 자국을 세정제로 닦다가 화장실을 나와 일층으로 내려갔다. 그리고 세탁소로 찾아가 여자 화장실 양변기 칸에 자물쇠를 달겠다고 말했다. 남잔지 여잔지 몰라도 화장실을 더럽게 쓰는 사람이 있으니 자신이 책임지고 관리하겠다고, 목소리를 최대한 굵게 해 말했다. 그다음으로는 슈퍼로 가서 카운터에 있는 주인에게 누가 변기 커버를 안 올리고 쌌는데 혹시 아시는 바 없느냐고 물었다. 슈퍼의 창 너머로 테이블에 앉아 있는 통닭의 뒤통수가 보였다. 202호는 통닭이 들으라는 듯 크게 말했다.

"자물쇠 달 거예요. 번호로 된 거 달고 여자분들한테만 알려드릴게요."

202호의 말에 슈퍼가 난색을 하며 말했다.

"볼썽사납게 무슨."

어느새 202호를 따라 들어온 세탁소가 타이르는 듯한 목소리로 말했다.

"번거롭게 뭘 그렇게까지 해."

"괜찮아요. 청결이 우선이죠. 안전이 중요해요."

"거기 문에 구멍 뚫기 어려워."

"사람 부를게요. 경비는 제가 내고요."

202호가 말하자 세탁소가 고개를 내저었다. 여태껏 상가 화장실에 자물쇠를 단 적은 없었다며 새로 온 사람이니 여기 방식에 맞춰 사는 게 좋다고 말했다.

"변기 칸만요. 화장실 세면대는 쓸 수……"

202호의 말이 끝나기도 전에 밖에 있던 통닭이 고함을 질렀다.

"달기만 해봐! 내가 도끼로 확 찍어버릴 테니까."

통닭이 의자를 거칠게 밀치며 자리에서 일어섰다. 그 소리에 202호가 놀라 몸을 움찔했다.

"저 양반 성질 더러우니까 괜히 분란 일으키지 말고 좋게 좋게 지내자고."

세탁소가 말했다. 202호는 자기도 모르게 손끝이 떨리며 얼굴과 귀가 붉게 달아오르는 게 느껴졌다.

이층으로 돌아온 그녀는 짐 볼 위에 앉아 갈고리 모양의 나무 지압봉으로 어깨를 누르며 마음을 가라앉혔다. 겁먹은 게 아니라 화가 났던 거라고, 통닭의 적반하장에 똑같이 반응하지 않은 건 잘한 일이라고 자신을 다독였다. 지압봉을 잡아당기며 허리를 펴자 윗, 윗, 하고 관절 부딪치는 소리가 났다. 202호는 짐 볼에 옆구리를 대고 누워 스트레칭을 했다.

쌀 거면 앉아서나 싸든지. 오줌이 튀게 하지나 말든지.

202호는 한쪽 팔과 다리를 치켜들면서 머릿속으로는 싸는 자세에 대해 골몰했다.

싼다는 건 무엇일까. 싸는 자세와 삶의 자세는 어떤 연관이 있을까.

하천을 걷다보면 오줌 싸는 개들을 자주 마주쳤다. 개들은 나무나 풀숲이 있으면 그냥 지나치지 않고 자신의 흔적을 남겼다. 수컷 개는 오줌이 잘 퍼지게 한쪽 다리를 들고 싸고 암컷 개는 엉덩이를 뒤로 빼고 엉거주춤한 자세로 쌌다.

다른 동물들은 어떻게 싸지? 말이나 소는 선 채로 싼다고 했던 것 같은데. 새는 날면서 고체인지 액체인지 모를 것들을 뿌리지. 그런데 사람은? 여자는?

202호는 짐 볼을 옆으로 치우고 요가 매트에 편백나무 목침을 놓고 누웠다. 그러고는 스마트폰으로 '여자가 싸는 법'을 검색해보았다. '여자가 김밥 싸는 법, 예쁘게 도시락 싸는 법, 여자 여행가방 싸는 법' 같은 글이 나왔다. 202호는 다시 '여자가 편하게 오줌 싸는 법'으로 검색했지만, 여자가 길에 오줌 싸는 걸 보고 싶다는 지저분한 글만 있을 뿐 그녀가 원하는 건 없었다. 여자 오줌, 여자 소변, 편하게 싸기, 눈치 안 보며 싸기 등으로 검색어를 바꾼 끝에 202호는 자신의 마음을 읽은 듯한 광고 문구를 발견했다.

아직도 더러운 변기 때문에 고민하세요?
이제 자유롭게 서서 싸세요!
더이상 불편한 기마 자세로 싸지 마세요!

문구가 올라온 곳은 휴대용 여성 변기를 파는 사이트였다. 형광연두색으로 적힌 '코끼리코'라는 이름과 함께 코끼리 코 모양의 손바닥만한 깔때기 사진이 올라와 있었다. 사진을 클릭하자 그걸 사타구니 사이에 대고 있는 여자들 모습이 나왔다. 화장실 양변기 앞에서, 풀숲에서, 광활한 산맥이 펼쳐진 들판에서 여자들은 저마다 활기차게 웃으며 코끼리코를 아래에 대고 있었다.

안 흘리나. 허술해 보이는데.

평생 앉아서 싸는 것에 익숙했던 202호는 서서 오줌을 싸다 양변기 주변에 튀면 어쩌나 걱정이 앞섰다. 다른 사람이 더럽힌다고 해서 자신도 변기를 더럽히고 싶진 않았다.

빈 통에 대고 연습해볼까. 근데 오줌 싼 통을 어디에 두지?

202호는 주변을 둘러보았다. 아무리 자기의 오줌이라도 실내에 배설물이 든 통을 두고 싶지 않았다. 천마총이나 무령왕릉 같은 무덤을 꿈꿨는데 자기가 죽은 후 누군가 오줌이 든 통을 발견하는 걸 상상하면 죽어서도 편히 눈을 감을 수 없을 것 같았다.

어떤 색이 예쁜가 보기나 하자.

202호는 라벤더, 핑크, 레드 컬러의 코끼리코를 살폈다. 제품 후기도 꼼꼼히 읽었다. 주로 야외나 캠핑장에서 쓴다는 글이 많았다. 무릎 수술을 한 엄마를 위해 샀다는 딸의 글과 만삭 시절에 큰 도움이 됐다는 임산부의 글도 있었다. 여자도 서서 싸야 할 때가 있구나. 202호는 허리가 아파 화장실에 갈 수 없었던 예전 기억을 떠올리며 코끼리코를 향해 마음을 좀더 열었다. 다른 방법, 다른 자세를 시도할 수 있다는 사실을 안 것만으로도 한결 홀가분해진 기분이었다.

레드 컬러의 코끼리코를 주문해 제품을 받은 뒤에도 202호는 만 하루 동안 포장지를 뜯지 않은 채 그대로 두었다. 상자를 뜯어 물건을 확인한 다음에도 테이블 위에 올려두고 한동안 바라만 보았다. 완숙 토마토처럼 선명한 빨간색의 그것은 사진으로 봤을 때보다 더 코끼리 코를 닮아 있었다. 서혜부와 맞닿는 타원형의 통과 길쭉한 코 모양의 관이 이음매 없이 연결돼 있었다. 코끼리 얼굴을 본뜬 눈이나 코 부분의 주름도 섬세했다. 적당한 탄성에 감촉도 부드러웠고 화학약품 냄새도 나지 않았다.

처음은 빈 생수통이 좋을 것 같았다. 영화에서 남자들이 빈 맥주병에 볼일을 보듯이. 해질녘이 되자 202호는 국화 화분이 있는 벽 모퉁이에 서서 하의를 내리고 코끼리코를 자신의 와이 존에 갖다댔다. 코끼리코의 코 부분을 생수통 주둥이에 깊숙이 넣고 무릎을 약간 구부렸다. 그런데 긴장해서인지 소변이 나오지 않았다. 충분히 방광이 차 있는 것 같은데 도무지 밖으로 나올 기미가 없었다. 시간이 흘러도 아무 반응이 없자 202호는 무릎을 펴고 고개를 들었다. 척추의 4번과 5번 부근이 뻐근해지면서 자괴감이 밀려왔다. 내가 왜 이러고 있을까. 차라리 요강을 살 걸 그랬나.

문득 몇 년 전 아버지가 한밤중에 화장실에 갔다가 넘어져 엉덩이뼈가 부러진 일이 떠올랐다. 늙으면 미끄러운 화장실 바닥이 제일 무서운 법이라던 아버지 친구의 말도 생각났다. 맞아, 노인이 되면 요강이 필요하댔어. 아기 때는 기저귀를, 늙어서는 요강을 쓰는 게 사람이야. 어차피 쓸 거라면 요강 대신 빈 통에 코끼리코를 써도 되잖아.

오줌을 둘러싼 그녀의 생각은 산만하게 뻗어가다 곧 다른 방향으로 향했다.

근데 왜 상가 사람들은 나한테 반말을 하는 거야? 왜 나만 꼬박꼬박 존댓말 쓰고 고개 숙여 인사하는 거지? 인지상정? 급하면 아무데나 오줌 싸는 걸 봐주는 게 인지상정이야?

다음날 오후, 202호는 창가의 블라인드를 모두 내리고 아로마 향초를 피웠다. 한옥 마당에 떨어지는 빗소리 영상을 찾아 프로젝터로 벽에 틀어놓은 뒤 요가 매트 위에 가부좌를 틀고 앉았다. 마음에 떠오르는 잡념을 떨쳐내고 우주의 에너지를 모아 조용히 읊조렸다.

코끼리코, 코끼리코.

202호는 회색 인도코끼리가 호숫가에서 시원하게 물을 뿜는 모습을 상상하며 일어섰다. 모퉁이에 서서 바지를 내리고 다시 코끼리코를 시도했다. 그러나 코끼리코를 다리 사이에 대고 있으면 오줌 대신 끝도 없는 상념이 밀려왔다. 집중, 집중, 오줌에만 집중하자. 그렇게 중얼거려보기도 하고, 쉬- 쉬- 하고 배뇨를 종용하는 바람소리도 내보았지만, 그럴수록 더 긴장해 소변은 나오지 않았다. 하루에도 몇 번씩 시원하게 배출되던 오줌이 방광 안에 틀어박혀 도무지 나올 생각을 하지 않았다.

두번째 시도마저 실패한 202호는 오줌 대신 눈물이 날 것 같은 기분으로 짐 볼에 얼굴을 묻었다. 아버지의 사십구재가 코앞인데 빈 통에 오줌도 못 싸는 배짱으로 어떻게 세 명의 오빠들에게 맞설지 자신이 없었다. 부양가족 수까지 포함하면 12대 1인데, 둘째 새언니는 법대를 나와서 법도 잘 알 텐데…… 202호는 밀려드는 무력감에 무릎을 꿇고 엎드렸다. 허리가 아파왔다. 고사리를 삶고 멸치를 볶다 터진 척추 디스크가 그녀의 등과 목에 통증을 퍼뜨렸다.

202호는 허리를 움푹하게 꺾고 턱과 엉덩이를 쳐들었다. 매트 위에 고양이 자세로 엎드려 돌아가신 아버지를 생각했다. 집안 대대로 물려받은 땅과 재산을 탕진하지 않고 조용히 숨을 거둔 아버지, 고마운 아빠. 그리고 보고 싶은 엄마. 죽는다는 건 죽은 엄마를 볼 수 있다는 의미이기에 202호는 죽음이 무섭지 않았다. 제사상을 차리다 병이 나긴 했지만 엄마의 제사상이었으니까, 아버지가 먹을 콩자반과 멸치볶음이었으니까 202호는 누구도 원망하지 않았다. 그저 잘 죽고 싶을 뿐이었다. 자신의 평화로운 무덤 안에서 흘러가고 흘러오는 물을 바라보며 언젠가 죽어 어디론가 흘어질 자신의 몸과 마음을 깨끗이 하고 싶었다.

202호는 일어나 고무줄 통바지와 팬티를 벗었다. 아무것도 입지 않은 알몸 위에 야자수 잎이 그려진 로브 하나만 걸쳤다. 가벼운 로브 천이 촤르륵 그녀의 몸을 타고 흘러내렸다. 202호는 코끼리코를 손에 쥐었다.

서서 못 싸는 게 아니라 안 싸는 거야. 그게 더 깨끗하니까, 다 같이 쓰는 화장실을 위생적으로 쓰는 게 인지상정이니까. 사람이면 누구나 지니고 태어나는 보통의 마음이니까.

202호는 코끼리코를 노려보며 아랫배에 힘을 주었다.

긴장 풀어. 안심하고 내보내. 눈치보고 주눅들어 있지 말고 시원하게 내뿜으라고!

그러나 오줌은 나오지 않았다. 창과 문은 모두 닫혀 있고 그곳에는 202호뿐이었지만 그녀의 오줌은 밖으로 나오길 두려워하고 있었다.

"씨부랄 거, 그냥 좀 싸!"

202호가 소리쳤다. 그녀의 공간에 그녀의 목소리가 울렸다. 202호가 옮긴 가구, 202호가 걸어놓은 사진, 202호의 손길이 배어 있는 옷과 물건들이 말없이 그녀를 바라보고 있었다. 새빨간

가발을 쓰고 붉은 점무늬 속에 서 있는 쿠사마 야요이와 대가의 미소를 지으며 한복 치마에 손을 얹은 안숙선이 202호를 보고 있었다. 죽은 어머니와 아버지도 손을 맞잡은 채 그녀를 보고 있었다. 그들이 뒤에서 지켜보고 있었다고 생각하니 202호는 웃음이 났다. 부끄럽기도 하고 서럽기도 했다. 202호는 조금씩 소리 내어 웃다 입을 벌리고 크게 웃었다. 웃음이 나오자 오줌도 나오기 시작했다. 빨간색 코끼리코를 따라 202호의 오줌 줄기가 흘렀다.

한번 물꼬가 터지자 멈추지 않았다. 그녀의 거센 소변 줄기가 투명한 플라스틱통을 채워갔다. 코끼리코를 쥔 손에 따뜻한 오줌의 온기가 느껴졌다. 마치 자기의 몸속에 흐르는 피의 흐름을 처음 본 사람처럼 202호는 신비롭고 경이로운 눈으로 몸에서 흘러나오는 레몬라임색 액체를 보았다. 막상 통에 담긴 오줌을 보니 더럽단 생각이 들지 않았다. 주변에 튈지 모른다는 걱정과 다르게 오줌은 한 방울도 튀지 않고 통 안으로 잘 들어갔다. 202호는 오래 참은 사람이 경련하듯 짧게 몸을 떨었다. 팔과 등에 오스스 소름이 돋았다. 안도의 숨을 크게 들이마시자 가까이 있는 화분에서 국화 향기가 났다. 202호는 아무리 생각해도 자신의 무덤이 좋았다. 개나리맨션이 좋고, 그곳에 사는 자신이 좋았다.

제 꿈 꾸세요

학교 음악 시간에 〈메기의 추억〉을 부르면 늘 같은 대목에서 궁금증이 일었다. 옛날에 금잔디 동산에

메기

왜 메기일까. 넓적한 입에 수염이 난 물고기 메기는 아닐 텐데. 볕이 들지 않는 음악실, 수명을 다해가는 형광등 아래 앉아 나는 입을 벌려 노래 불렀다. 물레방아 소리 그쳤다

메기

높은 벼랑에서 별안간 훅 떨어지는 듯한 노래의 낙차에 나는 매번 가슴이 울렁였다. 메기는 미국 이름 'Maggie'를 소리 나는 대로 옮긴 것이었지만 음악책에는 원곡의 가사가 없어 메기가 누구인지, 누가 메기를 그리워하는지 알 수 없었다. 나는 메기라는 이름의 수수께끼를 누군가에게 묻거나 찾아보지 않고 풀리지 않는 매듭 그대로 두었다. 외국 민요를 부를 때 떠오르는 의문은 〈오! 수재나〉에도 있었다.

멀고먼 앨라배마 나의 고향은 그곳. 밴조를 메고 나는 너를 찾아왔노라.

수재나를 찾아온 사람이 메고 온 밴조. 밴조가 뭘까. 뭔지는 몰라도 어딘가 녹슨 쇠 냄새를 풍기고, 열기 힘든 경첩이 달린 단어 같았다. 잠결에 언뜻 들은 누군가의 고해성사처럼 밴조나 메기에는 비밀스러운 그림자가 드리워 있었고, 나는 노래가 불러일으키는 미궁을 마음껏 헤맸다. 내 고향은 대한민국 무슨 시 무슨 구가 아니라 맑은 시냇물이 넘쳐흐르고 새빨간 알핀로제가 피어 있는 베르네가 아닐까. 다스 오버랜야 오버랜. 뜻도 모르는 이국 말을 흥얼대며 메기와 수재나가 '아름다운 베르네'로 떠나는 상상을 했다. 내 상상 속에서 메기는 다른 노래에 사는 수재나를 만나 밴조를 메고 알핀로제가 만발한 베르네로 향했다.

"그런데 당신이 온 거죠."

나는 종아리까지 눈이 쌓인 길에서 균형을 잡으려고 애쓰는 챔바에게 말했다. 챔바는 언제까지 이런 날씨에 이런 길을 걷게 할 거냐는 듯 내키지 않는 표정으로 웃었다. 굵고 탐스러운 눈이 퍼—엉—퍼—엉 쏟아지고 있었다. 챔바와 나는 '커피포리'를 찾기 위해 남산길을 걷고 또 걸었다. 마지막으로 그 커피우유를 마셨던 곳을 기억해내 남산길 마지막 슈퍼로 왔다. 남산길 마지막 슈퍼, 그게 슈퍼 이름이었다. 둥근 플라스틱 컵이나 사각 종이팩에 담긴 건 흔했지만, 나는 꼭 삼각 비닐팩에 담긴 커피우유여야 했다.

"굴러가면 굴러갔지 난 더 못 걸어요."

커피우유를 마시고 슈퍼를 나와 챔바가 차양막 아래 서서 말했다. 올라올 때 우리가 만든 발자국이 벌써 눈에 덮여 보이지 않았다. 벽을 따라 고정된 양철 홈통에서 무게를 이기지 못한 눈이 후드득 쏟아졌다. 나는 눈송이가 떨어지는 산잔등을 올려다봤다. 하늘은 파랗고 바람 없이 잔잔했다. 먼 곳의 파랑이 지상으로 내려오며 조금씩 그 농도가 묽어지다 눈 쌓인 산 등마루에 다다라 완전히 희게 바뀌었다. 얕은 파도가 해변으로 밀려오는 듯했다. 먼 땅도 가까운 땅도 흰 눈이 덮어버렸고 도로의 아스팔트와 가로수 나뭇가지에도 소오복히 눈이 쌓였다. 배기가스와 꺼지지 않는 네온사인에 지친 나무들이 흰 눈을 덮어쓰고 쉬는 듯했다. 죽은 나도 저렇게 쉬고 있을까. 나는 챔바에게 내가 먼저 시작하겠다고 하고 이렇게 덧붙였다.

"오익오익, 잘 따라와요."

돼지 울음소리를 내며 나는 두 손을 가슴에 포갰다. 돌이킬 수 없는 바람에 관통당한 낙엽처럼 나는 눈밭으로 쓰러졌다.

*

챔바는 내가 죽어갈 때 나타나 노래를 불렀다. 기타와 비슷하게 생겼지만 기타는 아니고, 기타의 육촌 고조할머니뻘 되는 듯한 악기를 들고서 〈오! 수재나〉를 불렀다.

"멀고먼 앨라배마 나의 고향은 그곳. 밴조를 메고 나는 너를 찾아왔노라."

이마의 제비초리가 두드러질 만큼 짧은 머리를 가지런히 뒤로 넘긴 챔바는 감색 차이나 재킷에 행커치프까지 한 맵시 있는 차림새였지만 지독한 음치에다 한눈에도 악기 연주법을 모르는 것 같았다. 둥근 울림통에 구리색 후크가 달린 현악기의 쇠줄을 위아래로 쓸 뿐 음정도 박자도 맞지 않았다.

"계속 나만 볼 거예요?"

챔바가 말했다. 우리는 바닥에서 발을 뗀 채 천장 가까이 떠 있었고, 챔바와 나 사이 아래에 의식을 잃은 내가 쓰러져 있었다. 어느 순간 나는 내 몸에서 빠져나왔는데, 그건 마치 옛날에 금잔디 동산에

메기

로 이어지는 노래처럼, 마디 바꿈도 없이 나를 둘러싼 리듬이 일시에 다른 흐름으로 전환되는 느낌이었다. 리시브 다음 토스, 스파이크로 이어지는 단계를 건너뛰어 변칙 속공으로 네트를 넘어간 공의 기분이랄까. 무섭거나 아프지는 않았다. 다만 빠져나온 나와 쓰러져 있는 나 사이에서 희미한 캐러멜향이 났는데, 그건 아마도 의식을 잃기 직전 내가 캐러멜향이 첨가된 아몬드크런치 크랜베리초코바를 먹었기 때문인 듯했다. 아몬드와 잘게 부서진 과자, 말린 크랜베리가 딱딱하게 굳은 초콜릿 덩어리와 함께 인후부의 길을 잘못 든 순간, 내 숨구멍의 마디들이 생장점을 뚫고 나가는 식물처럼 몸이라는 외피를 뚫고 나갈 듯 팽창했다. 메모리폼 매트에 엎드려 캑캑거리면서도 나는 이 상황이 죽음으로 끝날 수 있음을 인식했다. 그렇다면 내 사망 확인서에 적힐 사망 원인은 이런 건가. 이물질에 의한 기도 폐쇄와 호흡곤란. 하지만 그보다 먼저 시도했던 약물 과용은? 켜켜이 쌓인 삶의 질곡들과 내가 나를 찢어 소각해버리고 싶게 만드는 과거의 크고 작은 수치심은? 한마디로, 여름이 다르고 겨울이 다른 내 바이오리듬과 양극성 심리는? 수면장애와 토막잠, 그것들을 불러일으킨 바닥난 의지력, 그리고 압력솥의 추처럼 옆으로 누운 팔자를 그리며 요동친 인간

관계는?

관계, 그러니까 이 사건의 인과관계를 밝히시오, 라고 할 때의 인因은?

혼자 사는 삼십대 무직 여성이 된 이유를, 단단히 준비한 끝에 모아놓은 수
면제를 삼키고 사흘 만에 깨어나 이렇게 끝낼 수는 없다며(어떻게 생과 사를
오간 사흘 동안 카드 회사에서 보낸 이벤트 문자 외에 단 한 명의 연락도 못
받은 거지?) 그 누구도 나의 안녕을 궁금해하지 않는 세상, 이 악물고 살아주
마, 그렇게 결심하고 급히 먹은 원 플러스 원 초코바에 목이 막혀 죽는 이 블
랙코미디, 누구의 삶도, 어떤 죽음도, 다른 이에게 웃음을 불러일으킬 목적으
로 존재하는 건 아니건만, 어째서 당사자인 나부터 쓴웃음이 나는 이 뒤엉킨
인과관계의 인을

설명할 도리 없이 내 몸은 마치 튜브에 든 물감을 짜는 것처럼
한 지점에서 다른 지점으로 빠져나왔다. 곧이어 챔바가 나타나 노
래를 불렀다.

"실례지만, 천사?"

혼란스러운 상황에서도 나는 예의를 갖춰 물었다. 이런 순간에
나타났으니 천사나 그 비슷한 존재가 아닐까 생각했다.

"내 소개는 나중에 하고, 삼십 초 남았네요. 심장박동이 멈추
고 그다음 뇌에 산소 공급이 끊기면 당신은 길손이 되어 떠날 거
예요."

챔바가 공중에 뜬 두 발을 천천히 움직이며 말했다. 내 발도 물
살에 흔들리는 해초처럼 흐느적거렸다. 그 아래 청색증으로 얼굴

이 파랗게 된 내가 쓰러져 있고, 핫소스 얼룩이 묻은 메모리폼 매트 위에는 수년에 걸쳐 모아온 여러 조제 일자의 약 봉투와 굵은 실로 제본한 정사각형 무지 노트가 펼쳐져 있었다. 아, 저걸 저기에 그냥 뒀네. 유서라고 생각하면 어쩌지. 이건 엄연히 사고사인데. 나는 크라프트지에 굵은 펜촉으로 쓴 내 흔적('내 플러그는 내가 뽑고 싶어요')을 없애기 위해 팔을 뻗었다. 그때 챔바가 오페라 핑크색 행커치프를 펼쳐 내 얼굴에 덮었다. 그러니까 죽어가는 내 육신에. 그러자 죽은 몸을 빠져나와 있는 내 눈앞이 밝아지더니 출퇴근 시간 지하철 환승역에서 떠밀리는 승객처럼 방밖으로 밀려 나가 그대로 콘크리트 벽을 통과했다.

나

고소공포증 있는데

그렇게 생각했지만, 불안이나 공포를 느낄 새도 없이 나는 상승하고 또 상승했다. 태양열을 받아 대기로 올라가는 지상의 액체가 된 듯했다. 사람이나 덩어리진 물질이 아니라 빠르게 움직이는 하나의 흐름이 된 것 같았다. 입자. 그 와중에도 나는 내 상태를 설명할 단어를 떠올렸다. 쪼개고 쪼개고 쪼개 더는 쪼갤 수 없는 근본적이고 단순한 왜

왜 그랬어 왜 그랬어 왜 그랬어

왜 그랬어

일 년 전 첫번째 시도를 했을 때 응급실로 찾아온 엄마가 내 팔

뚝 살을 비틀며 했던 말. 이번에도 엄마일까. 엄마여야 할까. 나는 세상으로부터 고립됐고 받아야 할 우편물도 없으며 공과금은 통장에서 빠져나가게 자동이체 해놨는데. 앞집에 사는 유일한 이웃도 이사간 지 몇 달째. 모르겠다. 이렇게 된 마당에 평생 뽑지 못할 못 하나를 더 박는 게 뭐 대수겠나 싶으면서도 최악은 피하자는 마음에 죽은 나를 발견할 (엄마 아닌) 다른 사람을 떠올렸다. 그러자 곡류에 휘말리는 물살처럼 나는 급히 꺾였다가 무언가를 둥실 타넘었다가 차고 따듯한 기류를 넘나들며 밑으로 밑으로 하강했다. 벌써 내 육신의 세포들이 부패하기 시작한 것이다.

*

쏟아지는 눈발 속에서도 한낮의 태양이 높게 떠 있었다. 눈송이가 녹지 않을 정도의 온기와 눈의 결정들이 엉겨붙지 않을 정도의 냉기가 적절하게 배합된 기후 안에서 나와 챔바는 반걸음 정도의 거리를 두고 걸었다. 죽기 전 공중에 떠 있던 순간은 첫 주문시 할인 쿠폰을 쓸 수 있는 신규 가입자의 혜택 같은 것이었는지 나는 방한 부츠를 신은 두 발로 걷고 또 걸었다. 북극의 얼음덩어리 같은 교차로를 보니 스키와 체인이 달린 스노모빌이 떠올랐다. 이런 길은 스노모빌을 타고 활강해야 제격인데. 하지만 내 상상력의 도시에서는 엔진 동력으로 움직이는 이동 수단은 그 무엇도 작동하지 않았다. 챔바의 영향인 것 같았다. 자기의 차 안에서 스스로 플러그를 뽑았다는 챔바는 자동차를 싫어했다. 버스나 오토바이도 거부했고 오직 두 발로 걸어가길 원했다. 어떻게 저런 사람이 나 같은 길손을 안내하는 가이드가 된 건지 의문이었다.

"나 같은 사람이 많아요?"

발을 뻗으면 부츠가 금세 눈에 파묻히는 땅을 보며 내가 물었다. 챔바는 밑창에 아이젠을 단 워커를 신고 내 앞에서 걷고 있었다.

"어떤?"

"죽은."

나처럼 죽은. 그러니까 죽으려다 못 죽고 예기치 못하게 죽은. 자의로 계획했지만 타의의 습격을 받아 애매하게 그 사이에 낀. 칸과 칸 사이에 절취선이 그어진 휴지처럼 자의/타의로 말끔하게 끊어지지 않고 불규칙한 선으로 찢겨 나간.

"여기선 깨어났다고 해요. 우리 친구 라자로가 잠들었도다. 그러나 내가 깨우러 가노라."

챔바가 고글을 고쳐 쓰며 말했다. 라자로가 누구더라. 어디서 들어본 이름 같은데. 스페인 영화에서 봤었나. 라자로 디에고 가르시아? 내가 속으로 중얼거리자 챔바가 장갑 낀 손을 앞으로 뻗었다.

"라자로야, 나오너라! 몰라요? 예루살렘의 라자로."

나는 모른다고 했다.

"예루살렘은 알죠. 이스라엘, 종교, 타지마할."

그러다 타지마할은 다른 쪽인 것 같아 나는 챔바의 가슴 주머니로 시선을 피했다. 처음 봤을 때와 달리 챔바는 위아래가 하나로 이어진 두툼한 스즈키복을 입고 있었다. 가슴 주머니에 노란 실로 '챔바챔바'라는 글자가 박음질돼 있어 볼 때마다 속으로 챔바, 라고 발음하게 됐다.

"성경을 인용한 거예요. 교회 다녔다고 해서."

"예전에, 몇 번."

내가 말하자 챔바는 걸음을 멈추고 오픈 핑거형 장갑을 벗었다.

"특정 단어로 말하지 않고 괄호로 두기도 해요. 깨어난 사람, 혹은 괄호."

"괄호?"

"비난도 칭찬도 아닌, 괄호. 판단 이전의 괄호."

손가락 끝마디 부분이 뚫린 장갑으로 고글 렌즈를 닦으며 챔바가 말했다. 그사이 나는 챔바의 얼굴을 자세히 보았다. 자기와 눈을 마주쳐서 좋을 게 없다는 듯한 무심한 눈빛, 그 아래 눈 밑을 따라 난 고글 자국과 좁지도 넓지도 않은 뺨, 말년 운이 좋은 하관의 예시로 관상 책에 나올 법한 턱. 나이는 몇 살쯤일까. 성별은? 목소리만 들으면 중년 남자 같은데 옷을 따라 꺾인 상체의 희미한 굴곡을 봐선 여자 같은, 어느 쪽이든 이차성징의 호르몬을 폭포수처럼 뒤집어쓴 타입은 아닌, 한마디로 모터사이클 레이싱 슈트인 스즈키복이 잘 어울리는 챔바였다.

"뭐요."

챔바가 나를 보았다. 나는 고개를 돌렸다.

"알고 싶어요?"

챔바가 고글의 밴드를 머리 뒤로 넘기며 말했다. 나는 어깻짓을 했다. 그러면서도 호기심을 누를 수 없어 챔바의 옷에 달린 흰색 지퍼 재봉선을 훑었다. 상하의가 일체형으로 된 챔바의 옷에는 지퍼가 여러 개 있었고(가랑이와 엉덩이골에도 있는 듯했는데 그건 아마도 화장실 갈 때 편하게 옷을 벗고 입는 용도 같았다) 가슴과 양 허벅지에 각각 오페라핑크색 띠가 세 줄씩 들어가 있어 흰 눈밭에서도 선명하게 눈에 띄었다.

"소괄호예요? 아니면 뾰족 괄호?"

나는 화제를 돌리기 위해 물었다. 내겐 당신의 성별이 중요한 요소가 아니라는 듯. 하지만 우리 사이가 좀더 가까워지길 원한다면 그 머플러를 내려 울대뼈가 튀어나왔는지 확인시켜주면 된다는 듯, 조금 웃었다.

"빈 괄호, 비워두는 거예요."

챔바가 두 손을 가슴 높이로 올려 괄호를 만들었다. 그러고는 보송한 털 방울이 달린 모자를 고쳐 쓰고 다시 걷기 시작했다. 나도 챔바를 따라 걸었다. 눈 덮인 가로등 위로 날개가 작은 새들이 날아갔다. 나는 챔바가 내 생각을 느끼고 헤아릴 수 있다는 것을 자꾸 잊었다. 내 모든 생각이 유리컵 속의 물처럼 투명하게 드러나는 건 아니지만 가이드가 알아야 할 길손의 상태가 전해진다고 했다. '나'라는 사이트에 동시 접속한 상태라고 생각하면 이해하기 쉬울 거라고 했지만, 정작 챔바도 그 이상은 설명하지 못했다. 내 생각이 영화의 내레이션처럼 귀에 들리느냐고, 아니면 책 속의 활자처럼 눈앞에 보이느냐고 물었더니, 챔바는 누가 생각을 그렇게 해요? 라고 되물으며 마치 발을 내디디면 몸이 앞으로 나아가는 것처럼 의식하지 못한 채 자연스럽게 생각이 전해지는 거라고 했다. 그 설명이 나는 더 어려웠다. 어떻게 서로 다른 개체의 뇌신경 활동이 하나로 연동될 수 있을까. 공식만 달달 외워 응용문제가 나오면 번번이 틀리는 수학 시험처럼, 나는 내 생각이 챔바와 이어져 있고 내 상상력 안에서 다른 사람의 꿈으로 갈 수 있다는 길손의 원리를 쉽게 납득하지 못했다. 첫번째 꿈의 목적지가 가까워질수록 내 선택이 틀렸을지도 모른다는 불안이 커졌다.

나는 규희의 꿈으로 갈 생각이었다. 그애라면 내 시신을 발견하고도 지울 수 없는 트라우마로 고통받지 않을 것 같았다. 같은 중학교에 다니며 점심시간이면 서로의 반찬이 얼마쯤 남았나 흘깃거리며 밥을 먹던 내 친구. 토요일 오후가 되면 학생회 예배에 참석하자며 우리집 앞으로 날 데리러 오던 목사님 딸 최규희.

꼭 내 시신을 발견해달라는 부탁을 해야 해서가 아니라 규희

와 나는 십대 무렵 돈독한 우정을 나누던 사이였다. 둘 중 한 명
이 '동백떡볶이'에 가고 싶으면 생리 둘째 날이라도, 삼 일간 머리
를 안 감았어도, 오버나이트 패드를 팬티에 붙이거나 모자를 뒤집
어쓰고 꼭 같이 가주던 떡볶이 메이트였으니까. 삼겹살은 혼자 구
워먹어도 즉석떡볶이는 둘이서 2인 세트에 볶음밥을 볶아 먹어
야 제맛이라는 걸 아는 최규희니까. 비록 그애가 찾아온 어느 토
요일, 교회에 가기 싫어 벨소리를 듣고도 문을 열어주지 않은 적
있지만 그건 규희가 또래 애들에게 전도하면서 으레 한 번씩 겪던
일이었다. 규희와 나는 다른 고등학교에 배정받으며 자연스럽게
멀어졌다가 대학 입학 후에는 성인으로서 맺는 사교 관계에 지칠
때면 서로를 불러내 떡볶이 국물에 김말이를 푹 적셔 먹었다. 규
희가 회사를 그만두고 제빵 기술을 배워 디저트가게를 차리겠다
고 했을 때나 만나다 헤어지기를 반복한 첫사랑과의 결혼을 고민
할 때도 우리는 동백떡볶이에서 당면 사리를 추가해 먹으며 함께
고민했다. 덜 손해보는 선택지보다 손해보더라도 해봐야 직성이
풀리는 일에 마음을 모았다. 규희는 고민을 털어놓는 쪽이었고 나
는 들어주는 쪽이었지만, 규희는 내가 던진 테스트 질문(내가 쫄
딱 망해서 노숙자 돼도 친구해줄 수 있어? 내가 억울한 누명을 쓰
고 쫓기면? 내가 빨주노초로 머리를 염색하고 내가 양팔에 용 문
신을 하고 내가…… 내가 여자를 좋아한다고 하면 넌 그래도 똑
같이 날 친구로 대해줄 수 있어?)에 뭘 그렇게 쉬운 문제를 내느

나는 듯 대출받는데 보증서달라고만 안 하면 자신이 죽어 납골당에 갈 때까지 친구가 되겠다고 했다.

"나한테 발가락 하나 정도는 줄 수 있다고 하더라고요. 발 한쪽을 다 주진 못해도 자기 발가락 하나로 내 생명을 구할 수 있다면, 까짓거 준다고."

나는 등받이 없는 의자에 앉아 동백떡볶이집을 둘러보았다. 동백여중 건너편 골목에 있는 떡볶이가게는 예전과 그리 달라지지 않은 듯했다. 벽 없이 트인 일층 실내와 손글씨가 어지럽게 적힌 석고 벽, 바둑판무늬 식탁보와 테이블마다 올려져 있는 가스버너까지. 변한 게 있다면 사계절 내내 녹색 낚시 조끼를 입고 주문을 받던 사장 아저씨가 보이지 않고 입구의 무인 주문 기계에서 메뉴를 선택해야 한다는 것이었다.

"오랜만에 친구랑 만나서 추억 쌓는 거죠. 규희는 김말이 두 개 주면 착해지거든요."

나는 허벅지 사이에 손을 넣고 고추장 양념 냄새가 풍겨오는 주방 쪽을 보았다. 떡볶이맛이 달라졌을까 걱정됐지만, 정작 전에 먹었던 맛이 기억나지 않았다.

"먹는 게 좋다고 했죠? 같이 먹던 음식을 꿈에서 먹는 게."

나는 챔바에게 물었다. 챔바는 올리브색 밴조 케이스를 빈 의자에 올려놓고 그 위에 털 방울이 달린 모자를 벗어놓았다.

"성공 확률이 높죠."

그렇게 말하고서 챔바는 앞치마? 하고 물었다. 반대편 벽에 고추장색 앞치마가 겹겹이 못에 걸려 있었다. 나는 버너에서 솟아나는 푸른 불꽃을 보며 생각했다. 어떻게 말해야 할까. 사실대로 털어놓고 애절한 표정으로 부탁할까. 규희야, 와줘, 도와줘. 아니면 악몽을 만들어 놀라게 할까. 열두 시간 안에 날 찾아오지 않으면 너희 가족 중 한 사람이 죽는다! 떡볶이를 먹다 이가 몽땅 빠지거나 가스불이 앞치마로 옮겨붙거나 가게에 사나운 짐승이 들이닥치는 꿈을 만들까. 어떻게 말해야 할까. 보글보글 끓는 떡볶이를 먹으며.

"성령 충만한 애라 괜찮을 거예요. 모태 신앙이니까."

나는 스테인리스 컵에 물을 따르는 챔바에게 말했다. 챔바는 나에게 물컵을 건넨 뒤 흰 단무지를 접시에 담아 가져왔다. 멜라민 접시 테두리가 불에 그을려 검게 이지러져 있었다.

"걔가 술도 좀 하거든요. 아버지 몰래 책상 서랍에 소주 숨겨두고 생라면 부숴서 같이 먹고 그랬어요. 취하면 회개도 잘된다고. 나 때문에 놀라더라도 술 마시고 기도하면 괜찮아질 거예요."

자꾸 날 발견할 규희의 모습이 떠올랐다. 아무리 믿음이 신실한 애라도 죽은 사람을 보면 충격받지 않을까. 규희는 죽은 사람을 본 적 있을까. 어머니 아버지는 무탈하시나. 지난 명절 때 어머니가 무릎 수술 받으셔서 혼자 화장실도 못 가신다고 했는데. 문득 중학교 때 화장실 변기에 새끼 쥐가 죽어 있는 걸 보고 비명을 질렀던 기억이 떠올랐다. 쥐를 발견한 사람은 나였고 규희는 옆 칸에서 볼일을 보다 내 비명소리에 놀라 교복 치마 끝단이 속바지에 말려 올라간 것도 모른 채 경비실로 뛰어갔다. 몸이 아프거나 마음이 어지러우면 그때 변기 속에 두 눈을 감고 죽어 있던 쥐가 꿈에 나왔다. 깨끗한 양변기를 찾아 학교 계단을 수없이 오르내리는 꿈을 꿨다. 규희도 그런 꿈을 꿀까. 슬프거나 아플 때 그애는 인생의 어떤 기억으로 돌아갈까.

"된 것 같은데요?"

챔바가 불 세기를 조절하려고 냄비 밑으로 고개를 비스듬히 꺾었다. 잘 익은 떡이 매실액을 넣은 국물과 함께 끓고 있었다.

"예전에 규희한테 물어본 적 있어요. 너 진심으로 마리아가 혼자 임신해서 아기 낳은 거 믿느냐고."

나는 젓가락으로 당면을 휘젓는 챔바에게 말했다.

"그래서요?"

"자긴 임신 안 해봐서 모르겠대요."

챔바가 접시에 떡과 김말이를 담아 건네주었다. 나는 김이 피어오르는 접시를 내려다보았다. 이제 규희는 알까. 다섯 살 된 아들과 세 살 된 딸을 키우는 규희는, 내가 펜으로 자기 등을 찌르며 묻던 질문을 기억할까. 자율 학습 시간, 공부는 하기 싫고 다른 애들은 방해할 수 없을 때 목사님 딸 최규희를 건드려 성경 얘길 하자고 귀찮게 굴곤 했다. 하루는 내가 등을 찌르자 흰 종이가 까맣게 되도록 영어 단어를 외우던 규희가 나를 돌아보며 말했다. 대충 믿어, 뭐가 궁금한데? 나는 폐기 자료로 분류돼 커다란 포대에 담겨 있던 학교 도서관 책(『성경은 없다』)에서 본 내용으로 규희를 시험했다. 성경에서 말이지, 생리할 때 남자랑 그거 하면 남자여자 둘 다 제거해버리래, 교회에서 여자는 입다물고 남자한테 복종하라는데? 그리고 저번에 전도사님이 했던 말, 자살하면 지옥 간다고. 넌 그 말이 옳다고 생각해? 힘들어서 죽은 사람한테는 더 잘해줘야 하는 거 아냐? 그때 규희는 뭐라고 했더라. 웃었나. 화를 냈나. 입다물고 영어 단어나 외우라고 했나.

"문제는……"

챔바가 떡 두 개를 한 번에 입에 넣은 뒤 뜨거운지 흰 단무지를 베어먹고 그래도 뜨거운지 물을 조금 삼킨 후 말했다.

"이걸 다 먹어야 볶음밥을 먹을 수 있다는 거예요."

나는 탱탱 불은 김말이를 숟가락으로 두 동강 내고 세 동강 냈다. 그게 힘든 일일까. 날 위해 발가락 하나 정도는 줄 수 있다고 했는데. 발가락을 자르는 것보다 훨씬 쉬운 일이잖아. 택배 상자에 붙은 스티커를 떼고 버려달라는 정도? 내 이름과 주소가 적힌 종이가 사방으로 쏘다니는 게 싫어 운송장 스티커를 떼어달라는 당부 정도로 여겨달라면 무리일까. 사람의 육체는, 시신은, 신상 정보보다 중요하니까. 썩어 부패하기 전에 훼손되기 전에 날 발견해 이 세상에서 조용히 물러나게 해달라는 부탁은 누구에게, 어떤 말로 해야 할까.

"생각났어요. 왜 규희한테 가면 안 되는지."

나는 냄비 열기에 두 볼이 달아오른 챔바를 보며 말했다.

"걔가 키가 컸거든요. 그래서 음악 선생님이 규희한테 형광등
좀 안 깜박거리게 돌려보라고 했더니 규희가 그랬어요. 여기 의자
밟고 올라서면 다 자기처럼 키 커질 거라고. 그러니 꼭 자기가 아
니어도 된다고."

*

오가는 차는 없었지만 우리는 건널목에 서서 녹색불이 켜지길
기다렸다. 신호등 옆에 선 주목의 좁은 나뭇잎에 눈이 쌓여 있었
다. 어디서부터 굴러온 건지 모를 플라타너스 낙엽 위에도, 밟고
올라서기 위해 전봇대에 박은 굵은 쇠못, 그 작은 못 머리에도 눈
이 내려앉아 있었다. 자동차들은 유리나 합금 소재 같은 겉모습이
눈에 덮이고 지붕과 보닛으로 이어지는 형체만 알아볼 수 있었다.
차바퀴 고무에 팬 빗살무늬를 따라 눈송이들이 착지했다. 그 옆으
로 허리가 길어진 챔바와 나의 그림자가 비스듬히 누워 있었다.

"다른 괄호들은 어땠어요? 한 번에 다른 사람 꿈으로 갔어요?"

눈에 덮여 차선이 사라진 도로를 건너며 나는 챔바에게 물었다.
규희 다음으로 나는 세모를 생각하고 있었다. 일 년에 서너 번, 계

280

절이 바뀔 때나 안부를 묻던 친구보다 서로의 벗은 몸을 본 연인이 나을 듯했다. 싸우면 경쟁하듯 저주를 퍼붓던 애인이 아무래도 덜 미안하겠지. 좀 아프게 해도 괜찮은 사람, 서로에게 준 상처보다 사랑했던 기억이 큰 사람, 그런 사람이라면 세모밖에 떠오르지 않았다.

"여든이 넘은 할머니가 있었는데 조카에게 갔어요. 같이 바나나빵을 먹던 기억으로. 할머니 기억이 흐릿해 한참 돌아다녔죠."

"붕어빵 같은 건가요?"

"좀 달라요. 붕어빵은 팥이나 크림이 들어가는데 바나나빵은 바나나 모양에 속 없이 반죽만. 지금 그 조카는 바나나빵을 파는 시장 근처에 살아요."

"좋은 예시네요. 그 할머니도 혼자였나요?"

"혼자였고, 깨어났죠."

깨어났다는 건 스스로 플러그를 뽑았다는 뜻이었다. 아닌가, 죽을 때 혼자여서 세상에 그 죽음을 알릴 사람이 없는 경우인가. 그것도 아니면 혹시 누구나 죽으면 길손이 되나.

"기준이 있어요."

챔바가 말했다. 나는 무슨 기준이냐고 물었다.

"정확히는 모르고 짐작만 할 뿐인데, 어떤 가이드는 빛이 필요한 사람이 길손이 된다고 해요. 어떤 가이드는 세상의 빛이 된 사람이 길손이 된다고 하고."

확실히 나는 후자 쪽은 아니었다.

"챔바는 어떻게 생각해요?"

내가 묻자 챔바는 걸음을 멈추고 길의 먼 지점을 보았다. 사방이 알비노 토끼의 털처럼 하얬다. 도시의 번잡한 풍경을 단순하게 흰빛으로 덮어버린 길에 서서 챔바가 나를 돌아보지 않고 말했다.

"슬퍼한 사람."

그렇게 말한 뒤 챔바는 다시 움직였다. 유난히 눈이 많이 쌓인 곳을 지나며 나는 다리에 부목을 댄 사람처럼 큰 각도로 몸을 비틀며 걸었다. 여든이 넘은 그 할머니는 왜 길손이 되었을까. 빛이 필요했을까. 슬퍼했을까. 죽으면 함께 걸어줄 누군가가 필요했을까. 그래도 뭐, 그 정도면 살 만큼 살았으니. 그렇게 생각하며 걷는데 누군가 천장의 무대조명을 바꾼 것처럼 내 머리 위로 짙은 그림자가 드리웠다. 우리를 따라오던 볕이 높은 필로티를 세운 건물에 가려 보이지 않았다. 가스 배관 위에 쌓여 있던 눈이 종이 구겨지는 소리를 내며 챔바의 머리 위로 떨어졌다.

"세상 어디에도 살 만큼 살았다고 말하는 사람은 없어요."

챔바가 말했다. 그러고는 물기를 터는 동물처럼 머리를 크게 흔들었다.

건물과 건물 사이의 굽잇길을 지나자 익숙한 소공동 풍경이 펼쳐졌다. 대형 광고판이 올라선 거리에 호텔과 대기업의 사옥들이 보였다. 엇비슷하게 생긴 유리벽 빌딩들에는 눈보다 밝은 조명이 켜져 있었다. 나는 헬기 착륙장이 있는 고층 빌딩 앞에 서서 맨 위 층부터 한 층씩 아래로 내려가며 세모의 사무실이 있던 층을 헤아려보았다. 어쩌면 세모는 내가 알던 때보다 더 높은 곳으로 올라갔을지 몰랐다. 가장 높은 층까지 올라 아무도 침범하지 못할 힘을 갖는 것. 그게 세모가 원하는 삶이었다.

세모와 만났을 때만 해도 나는 까다로운 심사 과정 없이 새 신용카드를 발급받던 정규직 사원이었다. 이따금 불면증 증세로 병원을 찾아 수면제를 처방받긴 했지만 그 정도는 해열제나 진통제처럼 집에 두는 비상약쯤으로 여겼다. 세모는 내가 다니던 회사를 인수하기로 한 모 기업의 컨설턴트였고, 내가 테이블을 정리하고 음료를 준비하는 정기 회의의 참석자였다. 무채색 정장 차림에 회색 백팩을 멘 세모는 언제나 제일 이른 시간에 나타나 회의실 모퉁이에 서 있는 나에게 조용히 말을 건넸다. 필요한 게 있으면 부르겠죠. 서 있지 말고 앉아서 기다려요.

세모는 회의 때나 티타임 때나 좀처럼 목소리의 톤을 바꾸지 않던 사람이었지만 나와 있을 때면 표정이 많아지며 감정을 드러냈다. 내게 토라지면 눈꺼풀이 한껏 올라가 눈꼬리에 모서리가 생기던 모습. 난 그걸 보는 게 좋았다. 나보다 열네 살이나 많고 특허권 수익 같은 복잡한 서류를 검토하지만 내가 굽 높은 구두 때문에 발이 붓거나 내 팔을 잡고 말하는 임원에게 웃는 얼굴로 응대하면 눈을 세모나게 뜨고 싫은 걸 드러내던 사람. 세모는 아랫배가 볼록했고 같은 디자인의 안경 여러 개를 번갈아 꼈으며 키스할 때 가끔 사랑니 썩은 냄새가 났다. 나는 그 냄새도 좋았다. 나밖에 맡지 못하는 냄새니까. 세모의 왼쪽 뺨에 난 손톱자국과 아래쪽 어금니 옆에 눕듯이 난 이도 좋았다. 웃는 입처럼 생긴 그 흉터를 나는 '웃는 아이'라고 불렀다. 비뚤게 난 아랫니는 '누운 아이'라고 이름 붙였다. 세모가 나를 서운하게 할 때면 나는 세모에게 아이들을 보여달라고 졸랐다. 웃는 아이 보여줘. 누운 아이 보여줘. 이건 나밖에 모르지? 나한테밖에 안 보여주지?

그 시절, 나는 세모를 기다리며 소공동 주변을 걸었다. 한 시간 내로 정리하고 나오겠다는 세모의 말에 나는 세모가 있는 빌딩에서 시청까지 걸어가 길 건너에 있는 덕수궁 앞을 배회했다. 언제 세모가 나올지 몰라 궁 안으로 들어가지 않고 고궁 맞은편 미술관 뜰로 가서 바닥 조명이 켜지는 야외 조형물을 구경했다. 그래도 세모에게 연락이 오지 않으면 정동길을 걸어 연극 포스터가 붙어 있는 극장 앞을 서성였다. 미국대사관저 쪽으로 이어지는 오르막을 걸어 구세군교회가 있는 돌담길을 오가기도 했다. 퇴근 시간에 맞춰 나왔는데도 걷다보면 캄캄한 밤이 되었고 나는 지치고 허기져 세모가 나타나면 쉽게 용서해주지 않으리라 마음먹었다. 웃는 아이 보여줘도, 누운 아이 보여줘도 화 안 풀 거야. 그렇게 다짐해도 막상 세모가 나타나면 세모가 내게 왔다는 그 이유만으로 미움은 사라졌고, 세모는 내가 기다린 시간보다 더 짧은 시간을 나와 보낸 후 노트북을 켜고 일했다.

내가 기억하는 세모, 기대어 누우면 푹신하던 어깨, 코를 맞대고 숨쉬면 잘 여문 단감에서 나는 것 같던 냄새, 가늘어서 끊어지기 쉬운 머리카락과 엎드린 숫자 3 같은 윗입술 선, 내가 입으로 해줄 때 내지르던 소리(시조새의 울음 같은). 무리해 일하면 개구리 발처럼 관절이 퉁퉁 붓던 손과 그 손으로 집어먹던 피클, 커플로 맞춰 입은 키스 해링 그림의 수면 바지, 둘 중 한 명이 어린애처럼 떼쓰고 싶을 때 주문처럼 외우던 『어린 왕자』 속 구절. 양 한 마리만 그려줘, 양 한 마리만 내게 그려줘! 그리고 또, 세모는 어떤 사람이었나.

귀밑머리에 새치가 보이는 걸 싫어하고 치과에 가서 입을 벌리고 눕는 걸 무서워하던 겁보. 아버지가 죽으면 엄마한테는 말할 수 있을지도 모르지만, 공적 영역에서는 철저히 숨길 거라던 벽장. 이혼녀. 정체성이란 스스로 밝히는 게 아니라 말하지 않아도 알게 하는 것이라고, 안다는 것을 알아챌까 오히려 눈치보게 하는 강한 힘이라고 말하던 사람. 힘이 정체성이라니. 세렝게티에 사는 초식동물도 아니고 왜 세상을 온통 적으로 보느냐고 내가 물으면, 세모는 그 경계심이 자신의 유일한 방어 수단이라고 했다. 잡아먹히기 전에 들이받을 수 있는 뿔 하나쯤은 있어야 하지 않겠느냐고 했다.

세모는 치과에 갔을까. 사랑니를 뽑았을까.

내가 꿈에 나타나면 세모는 어떤 반응을 보일까.

"문자로 시작해야겠어요."

나는 챔바에게 말했다. 우리의 옆으로 목덜미에서 흰 김이 나는 사람이 제설 삽을 밀며 지나갔다. 그 뒤로 또다른 인부가 자루에서 염화칼슘을 퍼서 길에 뿌렸다. 챔바는 희고 딱딱한 알갱이가 뿌려진 쪽으로 가 잰걸음으로 그 위를 돌았다.

"꿈에서 알람이 울리는 거예요. 그리고 내가 보낸 문자가 뜨는 거죠."

너도 잘 자.

두번째 데이트 후, 세모가 내게 보낸 문자처럼. 마치 내가 먼저 밤 인사를 한 듯, 너도 잘 자.

"나는 잘 있다고 말해주려고요. 걱정하지 말라고. 난 천사랑 천국에 있으니까……"

"어디에 있다고요?"

발밑으로 오도독오도독 소리를 내던 챔바가 말했다.

"천국에 있는 거 아니에요?"

"여긴 시청 앞인데요."

챔바가 내 시선을 잡아끌듯 높은 곳으로 고개를 들었다. 중앙 지붕이 돔 모양인 옛 시청 건물이 우리 앞에 서 있었다. 석벽 건물을 따라 얇게 펴 바른 크림처럼 눈이 쌓였고 그 아래 두꺼운 나무 문이 닫혀 있었다. 눈 맞은 돌계단에는 누군가 장난을 쳐놓은 것처럼 잔디 보호, 마음 정원, 음악 분수라는 나무 팻말이 기대어 있었다. 나무에 새긴 궁서체의 글자를 따라 눈이 내려앉았다. 언제 여기까지 온 걸까. 세모와 먹었던 시금치커리를 떠올리고 있었는데. 세모가 좋아했던 갈릭난과 걸쭉한 라씨를 생각하고 있었는데.

나는 뒤돌아 우리가 걸어온 길을 보았다. 눈을 치우던 인부들은 사라지고 없었다. 그들이 지나간 길을 따라 측백나무 화분들이 반원을 만들며 서 있었다. 원 끄트머리의 화분에서 마치 흰 눈을 찢고 나온 듯한 짙은 핑크색 조명이 빛났다. 챔바는 어느새 그 조명 앞에 가 있었다.

이런 색감은 내 상상 어디에서 나온 걸까. 색소 넣은 사탕 같고 크레파스로 그린 고무장갑 같은, 촌스럽고 조화롭지 않은 무지막지한 오페라핑크빛. 그 사이사이로 눈송이가 내렸다. 착지하자마자 꽃잎 모양을 한 조명 열에 녹아 사라졌다. 그 빛은, 빛이 만드는 색 번짐은, 아크릴 통에 담긴 주크박스에서 흘러나오는 노래는, 나와 상관없이 아름다웠다.

새빨간 알핀로제. 이슬 먹고 피어 있는 꽃. 다스 오버랜야 오버랜. 베르네 산골 아름답구나.

한 소절을 들으면 뒤이은 가사와 멜로디가 떠오르는 건 내 상상이 아닌 습관이었다. 삼십여 년간 살아온 내가 익숙하게 다니던 생각의 길. 나는 여전히 다스 오버랜의 뜻을 모르고 베르네 산골의 정확한 위치도 모르지만, 노래 속 새빨간 알펜로제가 알프스철쭉이란 것을 죽고 나서야 알았다. 핑크색 조명 아래 꽂힌 나무 팻말. 알프스철쭉Alpenrose. 진달랫과에 속한 꽃으로 고산지대에서 자라며 페루기네움철쭉 혹은 스노로즈라고도 불리며⋯⋯

나는 몰랐는데 내 상상은 어떻게 아는 걸까. 난 끝났는데 지금 여기서 뭘 하는 걸까. 죽었는데 아직도 뭐가 두려운 걸까. 죽어서도 죽지 않는 감정이 있다면 노래가 끝나도 혀끝에 맴도는 멜로디가 있다면 누군가의 꿈에 찾아가 어떤 말을 해야 한다면.

나는 챔바를 보았다. 챔바가 고글을 이마 위로 올린 채 내 곁에 서 있었다.

"내가 자기 때문에 죽었다고 생각하면 어떡하죠. 자기 탓이라고, 자기랑 내가 이런 사람이라. 이런 성향의 사람은 결국 이렇게 끝날 수밖에 없다고 여기면."

나는 장갑을 벗고 눈가를 닦았다. 탁 트인 광장에서 부는 바람이 옛 시청 건물의 석조 벽에 막혀 우리가 서 있는 측백나무 화분 위에서 회오리쳤다. 제비초리를 따라 한 방향으로 누운 챔바의 머리카락이 바람에 흐트러졌다.

"가서 내가 죽었다고 말해줄래요? 경찰서에 전화 한 통만."

나는 눈을 비비며 말했다. 손등으로 비빌수록 시야가 더 흐려져 알프스철쭉의 핑크색이 노랑, 초록, 파랑으로 스펙트럼을 만들었다.

"난 가이드예요. 푹 자고 숙면해서 꿈도 안 꿔요."

챔바가 말했다. 나는 눈을 뜨지 못한 채 요들의 꺾인 음처럼 목소리를 높였다.

"그래요, 챔바품바씨, 혼자만 기능성 옷 입고, 난 엉덩이도 안덮이는 이 누비 점퍼만 입었는데! 내가 떡에 목이 메든 말든 혼자 김가루 뿌려 볶음밥 먹었죠!"

현기증이 날 정도로 눈앞의 색이 와글거렸다. 나는 챔바의 팔을 붙잡았다.

"팔에 지퍼 달린 주머니도 있고, 이 옷 어디서 샀어요?"

잠시 말없이 서 있던 챔바가 가까이 다가와 내 얼굴에 묻은 눈가루를 불어주었다.

"미안하지만, 나 밴조를 두고 왔어요. 아까 그 떡볶이집에."

*

챔바는 길손이 자신의 상상력에서 길을 잃지 않도록 돕는 것이

가이드가 맡은 일이라 했다. 하지만 가이드가 되기 전 챔바도 길손이었으며, 그때 챔바는 장마철을 앞둔 푹푹 찌는 날씨에 시와 도의 경계를 걸어 한 사람에게 갔다고 했다.

"고추밭에 갔어요. 해거리로 고추랑 양파 심는 엄마 밭에. 여름이라 흙이 붉고 기름졌는데 엄마가 꽃무늬 차양 모자를 쓰고 잡초를 뽑고 있었어요. 고무장화를 신고 허리를 굽힌 채 호미로 흙을 긁으면서. 나도 엄마 뒤에서 고랑 하나를 맡아 풀을 뽑았어요. 벌레가 윙윙거리고 땀이 줄줄 흘렀죠. 그러다 엄마가 밥 먹고 하자길래 집에서 가져온 아이스 백에서 얼린 보리차랑 현미밥이랑 전날 만든 임연수구이를 꺼내 상추에 싸서 먹었어요. 방금 딴 고추랑 같이. 한참을 먹는데 밭고랑 끝에서 오익오익오익 하는 소리가 나더니 검은 새끼 돼지 한 마리가 달려오는 거예요. 발굽으로 막 흙을 튀기면서. 돼지가 엄마한테 와락 안겨서 납작하고 축축한 코를 얼굴에 문질렀어요. 키스를 퍼붓듯이. 그다음 엄마가 잠에서 깼죠."

챔바가 말했다. 우리는 시청에서 다시 소공동을 지나 남산으로 가고 있었다. 챔바와 나는 여전히 반걸음 정도 떨어져 걸으며 각자의 발자국을 만들었다.

"로또 살 꿈이네요. 돼지꿈."

"맞아요. 엄만 그 꿈을 꾸고 복권가게에 갔어요. 자동으로 할까, 반자동으로 할까? 나한테 물어보려고 전화했는데 내가 안 받았

290

죠. 나는 좋은 꿈을 만들어주고 싶었어요. 일어났을 때 웃게 되는 꿈. 복권을 사야 할 것 같은 꿈. 내가 돼지띠거든요."

눈 덮인 숭례문의 이층 기와지붕이 가까이 보였다. 다섯 갈래 길로 움직이던 차들은 사라지고, 그 가운데 누각을 올린 석축이 섬처럼 외떨어져 있었다. 돌과 돌 사이의 틈을 흰 줄로 메운 눈을 보며 나는 챔바에게 물었다.

"다른 사람 꿈에 가고 나면 그다음엔 뭘 하죠?"

"뭘 하고 싶어요?"

"다른 길손은 뭘 했나요?"

"대부분, 하던 걸 계속했죠."

챔바가 말했다. 그러면서 이 정도는 말해줘도 괜찮겠다는 듯 말을 이었다.

"잘 아는 사람을 예로 들자면, 고흐는 그림을 그렸다고 하더군요. 버지니아 울프, 전혜린은 글을 썼어요. 들뢰즈는 책을 읽고, 장국영은 영화를 봤죠."

"누구요?"

"유명한, 알 만한 사람들."

"난 몰라요. 고흐랑 장국영은 알죠."

고개를 돌리지 않았지만 날 보는 챔바의 시선이 느껴졌다.

"가수는 깨어나서도 노래 부르고 춤춰요. 그걸 제일 좋아하니까. 농부는 작물을 심고 상인은 물건을 팔죠. 깨어나기 전 펀드매니저였던 길손이 있었는데 그 사람은 책상 앞에 앉아 컴퓨터를 보며 전화했어요."

"그 사람은 왜 길손이 됐을까요? 펀드매니저."

"괄호."

챔바가 말했다. 우리는 숭례문의 측벽 길을 따라 걸었다. 맞은편에 남대문시장의 아치형 문이 보였다. 저 너머 어딘가에 물건을 팔고 상점을 구경하고 도넛이나 어묵을 먹는 사람이 있을 테지만 그런 북적거림이 내게는 오래전 일처럼 느껴졌다. 길이 좁아지면서 산의 오르막이 시작되자 챔바가 나를 돌아보며 물었다.

"저 위에 있는 거 맞죠?"

나는 어느 가을날 은행잎이 떨어진 남산길을 걷다 엄마와 슈퍼에 들어가 커피우유를 마셨던 기억을 말해주었다. 엄마가 즐겨 먹던 커피포리를 엄마의 방식대로 마셔보고 싶었다.

남산길 마지막 슈퍼라는 이름답게 슈퍼는 소월길 언덕 끄트머리에 있었다. 성에 낀 유리문을 밀자 문에 달아놓은 녹슨 종이 울렸다. 빛바랜 담요를 덮고 앉은 주인이 우리를 보고 화면이 불룩한 티브이에서 나오는 소리를 줄였다. 우리가 삼각 비닐팩에 담긴 커피우유를 찾는다고 하자 주인은 펩시콜라 스티커가 붙은 냉장고를 가리켰다. 과자와 초콜릿, 빵이 올려진 낮은 나무 가판대를 지나 나는 녹슨 종이 달린 냉장고 문을 열었다. 그리고 커피우유를 꺼내든 순간, 나는 어떻게 내가 다른 사람의 꿈에 갈 수 있는지 깨달았다. 꿈을 꾸는 엄마의 마음과 그 꿈으로 간 내 마음, 그리고 우리 두 사람을 이어주는 챔바의 마음이 삼각뿔의 세 직선처럼 하나의 꼭짓점에서 만나고 있었다. 세 방향으로 뻗은 마음의 면들이 커피우유의 모습을 하고 내 손 위에 올려져 있었다. 그리고 나를 이곳까지 오게 한 마음, 나보다 어둡고 나보다 빛나는 슬픔이 삼각뿔 커피우유의 밑면처럼 우리를 떠받치고 있었다.

"여기, 빨대."

챔바가 내 어깨를 톡톡 건드려 슈퍼 주인에게서 건네받은 빨대를 내밀었다.

"잘 봐요. 이거 아무나 못하는 거예요."

나는 가판대 앞에 쪼그려앉아 빨대 껍질을 이로 물어 벗겼다. 빨대의 뾰족한 부분이 아래로 가게 손에 쥐고서 커피우유가 담긴 폴리에틸렌 필름의 빗면을 조준했다. 단번에, 강하게, 눈 깜짝할 사이에, 비닐을 뚫고 빨대를 꽂던 엄마처럼!

"안 되네요. 엄만 잘했는데."

구부러진 빨대를 펴고 다시 시도했지만 빨대 모양만 더 망가졌다. 옆에서 보던 챔바가 우유팩 모서리를 가위로 잘랐다.

"쉽게 갑시다. 도구를 써요."

챔바는 빨대를 꽂지 않은 채 입에 대고 마셨다. 챔바가 팔을 들고 고개를 꺾자 옷에서 바스락 소리가 났다. 검은색 워커 주변에

눈 녹은 물이 고였다. 챔바의 뒤로 무릎 높이의 등유 난로가 열을
뿜었고 철판 위에서 바닥이 찌그러진 놋 주전자가 김을 피어 올
렸다.

"이제 눈 좀 그만 내리게 해요."

밖으로 나온 챔바가 말했다. 우리가 서 있는 차양막은 눈이 쌓
여 아래로 불룩했다. 챔바는 올라올 때 만든 우리의 발자국이 벌
써 눈으로 덮였다고 했다. 차라리 눈덩이처럼 굴러가면 모를까 더
는 걸을 수 없다고 했다.

"춥지는 않잖아요. 우리 눈싸움할까요?"

나는 주저앉아 눈을 뭉쳤다.

"나 옷 젖는 거 제일 싫어……"

말이 끝나기도 전에 내가 던진 눈덩이가 챔바의 목덜미에 닿아
부서졌다. 상처받았지만 화는 내지 않겠다는 듯한 표정으로, 챔바
가 회색 점무늬 머플러를 벗었다. 나는 챔바의 목을 보았다. 울대
뼈가 튀어나왔는지 안 튀어나왔는지 확인했다. 하지만 그보다 먼
저 본 것은 챔바의 상처였다. 챔바의 목에는 스스로 플러그를 뽑
을 때 생긴 흉터들이 있었다. 차 안에서, 혼자, 다신 깨어날 수 없
게. 한 소절을 들으면 저절로 다음 소절이 떠오르는 노래처럼 챔
바의 시간이 나에게 흘러왔다. 나는 머플러를 터는 챔바에게 물
었다.

"궁금한 게 있어요."

"옷이요? 가이드 시작할 때 받은 거예요. 어디서 샀는지 나도 몰라요."

"아뇨, 내가 꿈에 가고 나면 챔바는 뭘 해요?"

"하다뇨. 안 해야죠. 난 쉴 거예요."

나는 떡볶이집으로 가 밴조를 가져오자고 했지만, 챔바는 연주법도 모르고 노래에 소질도 없으니 그냥 두자고 했다.

"그럼 나도 쉴래요."

그렇게 말하고 나는 구부려 앉아 세수하듯 얼굴에 눈을 문질렀다. 찬 눈에서 녹슨 쇠 냄새가 났다. 목부터 정수리까지 쩽한 냉기가 퍼졌다. 그대로 내가 눈에 파묻혀 단숨에 지워질 수 있을 것 같았다. 그러고 보니 나는 죽어서도 쉬지 못했다. 이유를 찾느라, 인과관계의 인囚에 매달리느라 죽음의 효과를 충분히 누리지 못했다. 나는 나라는 존재를 빈 괄호로 두고 싶었다. 이제 죽은 나를 발견해주길 원하지 않았다. 내 죽음의 경위와 삶의 이력들을 오해 없이 완결하고 싶지도 않았다. 대신 나는 나와 이어진 사람의 꿈으로 가 그들을 즐겁게 해주고 싶었다. 세모의 꿈으로 가서 웃는 아이를 보고 싶었고 입술을 벌려 누운 아이를 보고 싶었다. 그다음 세모를 치과에 데리고 가서 조금도 아프지 않게 사랑니를 뽑게 해줘야지. 세모의 부은 뺨을 차가운 얼음으로 찜질해주고 얼어붙은 뺨을 내 뺨으로 녹여줘야지. 언젠가 오래 기다린 나에게 달려와 얼어붙은 내 뺨에 자기의 뺨을 대고 녹여주던 세모처럼. 규희와 동백떡볶이에서 만나 스위트콘을 넣고 떡볶이 국물에 밥을 볶아 먹어야지. 규희의 아이들을 위해 어린이용 의자와 키즈 메뉴를 만들어볼까. 내 상상력의 힘으로, 내가 기억하는 기쁨을 위해. 벌써 그 꿈들이 도착해 나와 꿈꿀 사람을 기다리고 있는 듯했다. 어쩌면 그 꿈들이 나보다 오래 머물며 사람들 마음을 떠다닐지도 몰랐다.

그런 꿈을 나 혼자 만들 수 있을까. 스즈키복을 입은 챔바가 핑크색 줄무늬로 내가 있는 곳을 표시해줘야 하지 않을까. 내 방한 부츠는 다 젖어버렸고 양말까지 축축해 더는 걷고 싶지 않은데.

그리하여 나와 챔바는 굴러서 눈밭을 내려갔다. 눈덩이처럼 데구루루 굴러서 갔다. 바람이 무섭지 않은 낙엽처럼, 떨어진 이후를 걱정하지 않는 눈송이처럼 데구루루 데구루루 굴러 비탈길을 내려갔다. 내가 먼저 구르고 챔바가 날 따라왔다. 우리는 눈에 눈을 더하며 둥글게 부풀어가는 돼지 두 마리였다.

그러니

당신은 기쁘게 내 꿈을 꿔주길.

오늘밤은 엄마, 엄마의 꿈으로.

커피우유 가지고 갈게요. 멋지게 빨대 꽂아줘요.

해설

빈 괄호를 그냥 둔 채 누군가를 웃게 만드는 일

오혜진(문학평론가)

레즈비언 사주팔자와 오줌 싸는 여자아이

어느 날은 내가 레사에게 물었다. 레즈비언이 되는 사주팔자도 타고나는 것이냐고. 레사는 말했다. 사주로 찾으면 찾을 수도 있겠지만 굳이 그러지 않겠다고. 설명하면 할 수야 있겠지만 굳이 설명하지 않겠다고. 나는 레사의 대답이 마음에 들었다.[1]

김멜라의 첫 소설집 『적어도 두 번』의 걸출한 수록작 「물질계」

---

1) 김멜라, 「물질계」, 『적어도 두 번』, 자음과모음, 2020, 127쪽. 이하 인용시 본문에 쪽수만 표기.

의 결말은 의미심장하다. 어릴 적부터 "집안 말아먹을 년"(96쪽)이라는 소리를 수없이 들었고, 실제로 지도교수와의 불화로 인해 학위도 못 딴 채 속절없이 청춘을 말아먹는 중인 '나'. 자신이 레즈비언이라는 건 "설마, 그럴 리가"(107쪽)라고 능칠 정도로 쉬이 인정도 납득도 되지 않는데 그렇다고 피해지지도 않아서 '나'는 기어코 물었을 것이다. "레즈비언이 되는 사주팔자도 타고나는 것이냐고." '나'는 "언제나 동일한 물리법칙이 작용한다고 믿었"(120쪽)던 '과학의 세계力學'가 해결해주지 못한 이 물음을 이제 간절한 마음으로 '사주의 세계易學'에 제출해본다.

이에 대해, 역술인이자 '나'의 연인인 '레사'가 한 답은 흥미롭다. "사주로 찾으면 찾을 수도 있겠지만 굳이 그러지 않겠다". 계절학을 기반으로 성립하되 그 "해석이 해석자의 언어에 따라 달라진다"(121쪽)는 사주의 세계에서, 레사는 '레즈비언-임'이 사주에 이미 나와 있는 운명이라고 명토 박지 않는다. 다만 "사주팔자 명리학은 자기에게 적용하는 성찰이고 수양이지, 남에게 악담을 퍼붓는 게 아니"라며, "하루하루 충실하게 살면, 그게 모여 사주팔자가 된다"(125쪽)고 말한다. 요컨대, 레사는 특유의 저음으로 '정체성identity'이 고정된 운명이 아니라 모종의 수행의 양식이라는 진실을 우아하게 설파하는 것이다. 그런데 이 대답에서 더 인상적인 것은 도처에 이해 못할 일투성이인 세계를 맞닥뜨린 이의 자세다. 미지의 사태를 굳이 이해해보려는 '나'의 처절한 의지를 부드럽게 반려하는 이 태도.

　의아한 일은 더 있다. 이 소설에서 '나'가 레즈비언이라는 점은 결코 확언되지 않는 반면, 레즈비언이라는 정체성의 명명보다 더 또렷하고 명징하게 나타난 '그것'. '나'가 한여름 대낮에 레사와 함께 호텔 침대 위에서 (안경을) 벗은 채 "배꼽 아래에 집중"(123쪽)하려 했던 시간. 그러니까, 레사가 알려준 대로 침대 위에서 가부좌를 틀고 명상을 시도할 때 "쉬—" 하고 레사가 내는 소리에, '나'는 "이마가 둥근 여자아이가 팬티를 내리고 내 앞에서 오줌을"(같은 쪽) 싸며 어깨를 떠는 장면을 떠올렸다. 아니, 의식적으로 떠올린 것이 아니므로 그 장면을 그저 '만났다'고 하는 게 좋겠다. 손등에 "초록색 둘리 스티커"를 붙인 그 여자아이는 "자기의 팬티를 끌어올려달라는 듯 나를 보았다"(같은 쪽). 어찌된 일일까.

　'나'는 호텔에 오기 전, 카페에서 "분홍색 혓바닥을 반쯤 내밀고 있는 초록색 얼굴의 둘리 스티커"가 레사의 "오른손 약지 손톱"(107쪽)에 붙어 있는 것을 보았고, 이 이미지는 호텔에서 왠지 모를 몽롱하고 에로틱한 분위기가 형성됐을 때 재빨리 소환되어 '나'의 성적 판타지를 착실하게 구성해낸다. 도대체 왜 어떻게 그것이 가능한지 설명할 방도는 없지만, '나'가 레사와 호텔에서 도대체 뭘 해야 할지 미처 알아차리지 못한 순간에도, 아니 그보다도 먼저, '나'의 판타지는 신속하고 정확하게 펼쳐진다. 이보다 분명한 게 있을까. '나'의 이성이 질서와 규범을 토대로 한 정체성의 각본

앞에서 망설이는 동안, '나'의 신체는 언제 어떻게 직조됐는지도 모를 사태의 "강도, 감정, 기운, 정동, 질감 등"[2]을 부지불식간에 체화해 지체 없이 고유의 판타지를 만들어낸다. 이렇듯 김멜라의 소설에서 '퀴어한 것'이 있다면, 그건 인식론이 아니라 존재론의 차원에서 발생하는 우연적인 사고이자 임의적인 배치의 문제다.

인과관계를 명료하게 이해할 수도, 설명할 수도 없는 일들. 하지만 그 이해 여하와 무관하게 펼쳐지는 총천연색 환상의 시나리오들. 「물질계」에서 더없이 매혹적인 방식으로 제기된 이 신비로운 사태에 작가는 지대한 흥미가 있어 보인다. '알 수 없음'이라는 이 문제적인 상황을 최대한 오래 깊이 음미해보려는 시도. 그의 두번째 소설집 『제 꿈 꾸세요』는 그 시도를 끝 간 데까지 밀어붙여보는 아늑하고도 은밀한 실험실 같다.

파도와 벽, 푸른색 갈기의 말과 설탕―「논리」「설탕, 더블 더블」

『제 꿈 꾸세요』의 수록작들을 각각 '알 수 없음'이라는 사태를

---

2) '퀴어'를 인식론의 범주를 통해 구성되는 정체성의 양식이 아니라, 존재론의 차원에서 발생하는 '배치'의 문제로 읽어내는 논의로는 재스비어 K. 푸아, 「퀴어한 시간들, 퀴어한 배치들」, 이진화 옮김, 『문학과사회 하이픈』 2016년 겨울호, 101쪽 참조.

음미하는 다양한 방식의 실험으로 읽을 때, 「논리」와 「설탕, 더블 더블」을 맨 앞쪽에 나란히 놓아보아도 좋겠다. 「논리」는 교통사고로 사망한 엄마인 '나'가 무사히 살아남은 딸 '엘리'의 곁에서 한동안 그를 지켜보는 이야기다.[3] '나'의 관찰에 따르면, 엘리의 존재는 혼돈 그 자체다. 엘리는 일반 노트가 아닌 오선지에 알아볼수 없는 글씨로 영어 단어를 써대는데, 스펠링이 'L'로 시작하거나 한글로 음차했을 때 그 표기가 '엘'인 단어에 유독 강한 집착을 보인다. 애니메이션 〈겨울왕국〉의 주인공인 '엘사'를 좋아해서 그러려니 싶지만, 자신은 엘사가 '되고 싶은' 게 아니라 '될 것 같다'고 말하는 엘리. 엘리는 엘사가 레즈비언이라고 믿고 있다.

'나'는 모른다. '엘리'라는 이름의 '엘'은 '하느님'을 의미하는 히브리어에서 따온 것인데, 그 '엘'이 어떻게 '엘사-레즈비언'으로, '엘살바도르'나 '엘 툰코' 같은 지명으로 연결되는지. 게다가 엘리는 "짧은 머리"(191쪽)를 한, 서핑 숍을 운영하는 '엘사 선생님'에게 흠뻑 빠져 있다. 엘리는 예전에도 어린이집 선생이나 편의점 언니 등 "쇼트커트에 어깨가 반듯하고 허리를 편 자세로 성큼성큼 걷는"(193쪽) 여자들과 예외적으로 친밀한 관계를 맺어왔다. 엘리가 대체 "왜 저런 스타일만 좋아하는"(같은 쪽)지 '나'는

---

3) 죽은 존재의 혼이 몸과 분리된 채 한동안 세상에 남아 소중한 이의 곁을 지킨다는 설정은 「유메노유메」(최은영 외, 『공공연한 고양이』, 자음과모음, 2019)와 「제꿈 꾸세요」 등 김멜라의 다른 작품에서도 나타난다.

결코 이해하지 못한다.

그뿐인가. 애초에 우연의 연속으로 점철된 교통사고는 왜 일어났으며, 신은 어째서 '나'를 죽이고 딸 엘리만은 살려주었는가. 아무리 시간을 되돌려 생각해봐도 딸의 생존은 "기적" "구원" "은총"(180쪽)이라고밖에 설명되지 않는다. 사고 직전, '나'는 늘 자신이 옳다고 믿는 원칙과 상식대로 엘리에게 "창문 닫아. 벨트 매"(179쪽)라고 말했지만, 엘리가 정말 그 말을 따랐다면 엘리는 지금 살아 있지 않을 것이다. 결국 "원인과 결과가 연결되지 않는" 이 모든 사태를 이해하기 위해서는 "초월적 존재"(180쪽)를 믿을 수밖에 없는데, '하느님(엘리)'의 선택과 취향은 여전히 미스터리다.

'나'는 엘리가 엘사 선생님과 유난히 가깝게 지내거나 '레즈비언'이라는 단어를 발음할 때 민감하게 반응하지만, 차마 부인하지 못한다. 엘사 선생님과 '엘'로 시작하는 단어에 대해 이야기 나눌 때 엘리가 짓는 표정을. "레이스 장식을 벗어던지고 모래밭에서 도움닫기를 해 거친 바다로 뛰어드는 엘사, 물살처럼 흘러내리는 푸른색 갈기의 말에 빛나는 고삐를 채워 바다를 달리는 엘사."(195쪽) '나'가 아무리 엘리의 언행이나 엘사 선생님과의 만남을 단속하려 해도, "말을 타고 여자친구를 만나러 가는"(196쪽) 엘리의 판타지[4]까지 통제할 수는 없다. 결국 '나'는 엘사 선생님이 엘리의 자해 상처를 살뜰히 돌보며, "말린 꽃잎이 따뜻한 찻물 안에

서 잎을 펼치듯"(195쪽) 엘리의 마음을 펼치는 장면을 받아들인
다. 엘리가 미래에 파도를 타다가 물 밖으로 나왔을 때, "크고 부
드러운 수건을 펼쳐" 엘리의 어깨를 감싸주는 사람이 "정말 여자
인지, 나이가 몇 살쯤인지, 어떤 표정을 하고 있는지"(202쪽) 끝내
알 수 없지만, '나'는 엘리를 "사람들에게 어떻게 설명하면 좋을지
공부"(204쪽)하겠다고 다짐한다. "어떻게 해서든지 생명에 대해
설명"하려는 힘이 논리, 곧 "로직"(194쪽)이라면, 그것은 "러브"
(193쪽)의 다른 이름이기도 할 것이다.

「논리」가 '알 수 없음'이라는 사태를 수긍한 채 자신도 모르는 세
계로 떠나기를 감행한다면, 「설탕, 더블 더블」은 '알 수 없음'의 상
황을 의도적으로 지연시킨다. 소설은 이질적인 두 공간이 중첩된
서울역의 경관을 주의깊게 묘사하며 시작한다. 서울역은 "광신자"
와 "비둘기"와 "노숙자" 들이 무질서하게 자리한 "광장"(139쪽)과
"르네상스니 모더니즘이니 하는 까다로운 용어들이 어울리는 건
축물"(140쪽)인 옛 서울역사로 이뤄져 있다. 이 오래된 역사에서
"환경의날 오십 주년을 기념"하는 "미디어아트 전시회"(141쪽)가
열릴 예정이고, 여기 오는 이들은 반드시 "기차역과 버스 정류장
을 잇는 그 불쾌한 이음매"(139쪽)인 광장을 지나야 한다.

---

4) '말'과 '오줌 싸는 아이'는 김멜라가 재현하는 (에로틱) 판타지의 핵심 모티프로
자주 등장한다. 특히 '말' 이미지에 관해서는 김멜라, 「말 타기, 나의 좌절된 취미
에 대하여」, 문장 웹진 2015년 12월호 참조.

서술자 '나'는 자신의 첫사랑인 '희래'가 광장을 지나 역사로 오는 장면을 상상한다. '나'가 희래에게 빠지게 된 것은, 대학 동아리 카페에 게시된 한 장의 사진에서 머리를 박박 민 희래의 모습을 봤을 때다. '나'와 희래는 수많은 메일을 주고받으며 서로의 "비밀"(150쪽), 특히 "힘들어 죽겠다는 이야기"(148쪽), "어두운 감정"(149쪽) 들을 털어놓는다. 이들은 절대 직접 만나지는 않았는데, 그건 그들이 "현실에서 마주하기엔 지나치게 많은 말을 숨김없이 했"(150쪽)기 때문이다. 희래가 네덜란드로 유학을 떠나면서 둘은 점차 멀어졌고, 연락이 끊긴 지 삼 년 만에 '나'는 미디어 아티스트 '윤도윤'의 SNS에서 희래로 추정되는 사람의 아이디를 발견한다.

이후 벌어지는 일들은 한 편의 스릴러 드라마 같다. SNS에서 윤도윤과 희래는 서로를 'S.P'라고 불렀고, '나'는 그게 "섹스 파트너" 또는 "스페셜 파트너"(143쪽)의 약자라고 추측했다. '나'는 희래가 윤도윤의 아내라고 확신한 채 그의 SNS에 남겨진 희래의 흔적에 광적으로 집착한다. 서울역사에서 열리는 윤도윤의 전시에 희래가 오리라고 기대한 '나'는 전시의 스태프로 참여해 "세상에 나쁜 흔적을 남기지 않는 예술의 방식"(169쪽)을 고민한다는 윤도윤의 작품 앞을 지킨다.

그런데 이때, 소설은 무척 흥미로운 조우를 준비한다. "작지만 완벽하게 갖춰진 느낌"(159쪽)의 한 할머니가 전시장으로 찾아와

'나'에게 거부할 수 없는 제안을 하는 것이다. 식민지기에 각종 물자를 운반하는 기차들이 들어오던 이 역사에서 할머니는 일꾼들을 위해 밥을 짓는 식모로 일했다. 그리고 이 작은 조선인 소녀는 일본인 역장 '테루오'와 '비밀'을 나눈 유일한 사람이다. 테루오는 자신을 "도둑"(163쪽)이라 칭하는데, 역장실 근처에 비밀 공간을 만들어 몰래 빼돌린 기차 화물들을 보관하는 것이 그의 숨겨진 일이었기 때문이다. 테루오는 당시 아주 귀했던 설탕을 따로 모아뒀으니 어디 먼 데 가서 같이 살자고 소녀에게 청혼한다. 하지만 해방 이후 테루오는 종적을 감췄고, 할머니가 된 소녀는 과묵했던 테루오의 약속을 떠올리며 서울역사의 벽 너머에 있을 설탕을 상상해왔다. 그러니까 "설탕이 있을 만한 역사 내의 몇몇 곳에 가서 설탕이 있는지 없는지 알아보는 것"(164~165쪽)이 할머니의 계획이다.

전시실 마감 점검을 다소 느슨하게 할 것을 요구하는 할머니의 제안을 '나'가 결코 뿌리치지 못할 것임은 소설 중반에 이미 암시돼 있다. '나'는 할머니를 만난 둘째 날, 이미 "매니저가 열지 말라던 구리색 손잡이의 문을 열어"(159쪽) 할머니를 금지된 공간으로 이끈 적 있다. 이 위반은 "할머니와 내가 같은 역의 선로에서 갈라져 나온 레일 같다고 느"(162쪽)낀 '나'에게는 예정된 일이다. 테루오와 나눈 내밀한 시간을 그 어떤 증거도 없이 "오직 말로만"(같은 쪽) 전하는 할머니, '희래를 사랑하지 않는 나'를 상상조차

할 수 없건만 희래의 사진 한 장 소유하고 있지 않은 '나'. 있는지 없는지도 모르는 설탕에 기대 "내 인생"(166쪽)을 확인하고 싶은 할머니, 윤도윤의 SNS에서 희래의 것인지 아닌지 확실하지도 않은 아이디의 흔적에 매달려 희래를 좇는 나. 이 둘은 닮았는가.

눈여겨볼 오버랩은 이뿐만이 아니다. "세상에 나쁜 흔적을 남기지 않는 예술"을 꿈꾼다면서, 소음과 무질서로 뒤덮인 광장으로부터 분리된 채 문화재로서 보호받는 고풍스런 역사에 설치된 윤도윤의 작업. '나'가 그 작업을 위해 누군가의 노동이 끊임없이 투입되고 있음을 상기하는 장면은 "친환경 무공해"(170쪽) 예술의 불가능성을 넌지시 암시하는 듯하다. 그리고 그렇게 표백된 예술은 윤도윤의 SNS에 "있어 보이"(143쪽)도록 게시되는 일상과 겹친다. 반면, 할머니가 오랫동안 간직해온 테루오와의 기억은 그 누구도 해치지 않았지만, 이제 할머니는 이 문화재가 누구의 것이냐고 반문하며 역사 건물을 훼손할 참이다. 그렇다면 '나'가 사랑을 지켜온 방식은 어떨까. 그것은 "아무런 오염 물질도 배출하지 않는 사랑"(170쪽)이 맞을까.

우리는 두 개의 장면을 기다린다. 설탕의 존재를 확인하기 위해 할머니가 벽을 뚫는 장면과 '나'가 윤도윤의 S.P가 누구인지 확인하는 장면. 다만, 그냥 지나가기에 버석거리는 대목이 있다. 할머니는 벽을 뚫어 확인하고 싶은 것이 단지 설탕이 아니라 "내 인생", 그리고 "테루오의 거짓말"(166쪽)이라고 말했지 않은가. 그러고는 바로 다음 장면에서 "벽을 뚫어보았는데 없다면" 더 슬프지 않겠냐는 '나'의 물음에, "상관없어요. (……) 하지만 있을 거야"(168쪽)라고 힘주어 말하기도 했다. 테루오의 약속이 거짓이리라고 추정하면서도 설탕의 존재를 확신하는 이 이중적 믿음. 둘 중 어떤 것이 할머니의 진심인지 우리는 '알 수 없다'. 그리고 얄궂게도, 소설은 할머니가 벽을 뚫는 장면도, '나'가 S.P의 정체를 확인하기 위해 댓글을 남기는 장면도 보여주지 않은 채 멈춘다. 윤도윤의 SNS에 올라온 서울역사의 사진이 눈앞의 실물보다 가치 있고 아름다워 보일 때, 설탕이 벽 뒤에 있을 때만 달콤할 것 같을 때, 그럴 때에도 과연 '나'와 할머니는 '감히' 알고자 할까. 소설은 이렇게 '알 수 없음'의 순간을 의도적으로 지연시키며, 독자를 그곳에 잠시 머물게 한다.

선량하고 전능한 남자가 이르기를—「나뭇잎이 마르고」 「물오리」

'알 수 없음'의 사태를 끝내 수긍하거나 고의적으로 지연시키는 두 작품 뒤에, 이 소설집에서 가장 기묘한 작품인 「나뭇잎이 마르고」를 놓아보면 어떨까. 추정컨대 뇌병변장애로 인해 보행 및 언어활동 등에 제약이 있으며, 자신과 동성인 여성과의 성적 관계를 희구하는 비규범적인 신체를 가진 '체', 그런 체를 가까이에서 또는 멀리서 지켜보며 복잡한 마음을 갖는 '앙헬'의 이야기.

소설은 "눈먼 자와 다리 저는 자를 고치고 물위를 걷는 기적을 행"(57쪽)한다는 한 남자가 아직 때가 되지 않아 열매 맺지 못한 나무를 저주해 말려 죽였다는 일화로 시작한다. 아이로니컬한 것은 얼마 뒤 그 남자가 나무에 매달려 죽게 된다는 점인데, 남자는 전능한 존재이니 자신의 미래를 알았으리라. 이 비의 가득한 에피소드의 비극적인 기괴함은 소설 전반에 배음처럼 깔린다.

어느 날 앙헬은 "한글 자음을 온전하게 발음하지 못"(58쪽)하고 "말을 하는 중간중간 고인 침을 삼키는"(59쪽) 버릇이 있는 체로부터 걸려온 전화를 받는다. 앙헬이 전화기 너머에서 들려오는 체의 낯선 발음을 "오, 여버서여?"(58쪽)라고 익숙하게 번역해내면서 둘의 통화는 이어진다. 체의 고향 공주에서 여든여덟 살 할머니가 "돈 낭비하기 싫다는 이유"(60쪽)로 곡기를 끊고 자살을 시도하고 있다는 이야기. 할머니를 설득하고자 체를 비롯한 온 가족이 연대 단식을 결행하고 있다는 이야기. 할머니가 죽기 전에 앙헬을 보고 싶어하니 잠깐 공주에 왔다 갈 수 없느냐는 제안. 체의 이야기는 순식간에 앙헬을 '세상의 모든 사람들이 체처럼 말하고 웃기를 바랐던' 대학 시절의 "한때"(64쪽)로 데려간다. 한때. 그러니까 지난날에 그랬다는 말이다. 여기서 소설의 핵심 질문이 던져진다. 왜 앙헬의 바람은 "한때"의 일일 수밖에 없는가. 어째서 그 바람은 더는 유효하지 않은가.

앙헬은 두 종류의 "축축함"(67쪽)으로 체를 기억한다. 하나는 체의 땀과 체취가 밴 양말과 운동화 안쪽의 축축한 기운이다. 그 것은 체가 다른 사람과 함께 걸을 때 타인의 속도에 맞추려 애쓰지 않으면서도 많은 에너지를 소모한다는 점을 보여준다. 이는 바꿔 말하면, 체의 장애가 체의 자긍심pride일 수 있다는 뜻이다. 또 다른 축축함은, 술을 좋아하는 체가 집에 가려는 앙헬과 실랑이하다가 앙헬에게 밀쳐져 계단에서 굴러떨어졌을 때 체의 바지를 적시고 앙헬의 구두 앞으로 흐른 "노란 오줌"(같은 쪽)이다. 체가 허리를 둥글게 만 채 앙헬이 가까이 오지 못하도록 막은 순간, 체의 장애와 취약한 신체는 수치심shame의 대상이 된다.[5]

앙헬은 사람들에게 자신의 온 마음을 주면서도 거절할 때는 여지를 주지 않는 체의 "크고 높은 면"(75쪽)에 깊이 감응하지만, 언제부턴가 체의 연락을 피한다. "더는 취한 체의 모습을 보고 싶지 않았"(89쪽)고, "자신의 취한 모습도 더는 체에게 보여주고 싶지 않았"(90쪽)기 때문이다. 왜 이런 변화가 생겼는지 앙헬은 "인과적인 타당성을 설명할 수 없"지만, "합당한 이유를 찾을 수 없다

---

5) 앙헬이 체에게서 느끼는 "축축함"을 '자긍심'과 '수치심'으로 명시한 글로는 전승민, 「이제, 너희는 씨 뿌리는 사람의 비유를 들어보아라—레즈비언 퀴어를 세속화하는 '장치'에 관하여」, 『문학동네』 2021년 겨울호 참조. 자긍심과 수치심의 연결 및 중첩에 대해서는 일라이 클레어, 『망명과 자긍심—교차하는 퀴어 장애 정치학』, 전혜은·제이 옮김, 현실문화, 2020 참조.

는 것을 받아들였"(같은 쪽)다.

합당한 이유를 찾을 수 없는 멀어진 관계. 소설은 그 이유를 단언하지 않지만, 다음과 같은 정황을 배치해둔다. 이를테면 체가 앙헬에게 "아랑 겨호하애?"(79쪽)라고 청혼한 일. "여자와 나누는 사랑"을 원하는 체는 "예술과 신, 그 두 가지에 관해 끝없이 이야기를 나눌 수 있는 여자"를 바랐고, "섹스는 작은 것"(80쪽)이라고 말했다. 반면, 앙헬은 "섹스가 작은지 큰지 제대로 생각해보지 않았으면서도" "난 그것도 중요해요"(같은 쪽)라는 말로 체의 청혼을 거절한다. 여기서, 만약 체가 남자였다면, 혹은 좀더 평범한 여자였다면 "다르게 말"(같은 쪽)했을지도 모른다는 앙헬의 고백을 기억해두자. 장애인의 신체와 섹슈얼리티가 종종 '불능' 또는 '무성'으로 간주된다는 사실, 여성 간 성애는 비정상적이고 병리적인 것으로 여겨진다는 사실, 이성애자 남성 앞에서 여성의 성적 욕망을 발화하는 것이 좀처럼 허용되지 않는다는 사실을 고려할 때, '섹스도 중요하다'는 앙헬의 즉각적인 대답은 여성 퀴어 장애인 체의 청혼을 거절하는 가장 효과적이면서도 잔인한 방식이다.

무엇보다, "아랑 겨호하애?"라는 체의 제안은 이미 한 번 잠정적으로 실현된 적 있다. 앙헬은 체의 가족을 제외하고는 체의 졸업식에 참석한 유일한 사람이었다. 졸업식이 끝난 뒤 체의 가족은 앙헬에게 함께 참치회를 먹으러 가자고 권했고, 앙헬은 그들과 좌식 테이블에 둘러앉아 쉼없이 참치를 먹었다. "체의 가족과 함께 먹고 마시던" 일은 마치 체와 앙헬이 가족이 될 미래에 대한 예행연습처럼 보이지만, "시간이 흐른 지금 그때를 떠올리면"(63쪽) 앙헬은 자신의 모습이 낯설기만 하다. 가끔 체와 모텔에 들어설 때, 앙헬은 예술이나 신에 관한 이야기가 아닌 "다른 것을 시도해볼 수도 있지 않을까" 생각했고, 잠든 앙헬의 옷을 체가 조심스레 벗겨주기도 했지만, 앙헬이 체의 "다른 '주름'"(81쪽)을 알게 되는 일은 일어나지 않았다.

체는 "내가 어릴 때 그렇게 예뻤대"라며, "백일쯤 지났을 때 할머니가 나를 바닥에 떨어뜨"려서 자기가 "이렇게 된 거"라는 둥 "자기의 어린 시절"(82쪽)에 대해 말한다. 그런데 이에 대한 앙헬의 반응은 차갑다. "그래서?"(83쪽) '장애가 존재하지 않았던 과거'나 '장애가 치유된 미래'에 대한 언급이 '장애가 있는 현재의 시간'을 보이지 않는 "접힌 시간"[6]으로 재현한다는 점을 고려하면, '예뻤던 어린 시절'을 회고하는 체의 모습은 앙헬이 체의 "크고 높은 면"으로 생각했던 자긍심과는 거리가 멀다. 앙헬은 체가 자신의 장애에 대해 "좀더 태연히 말해주길 바랐"(같은 쪽)다. 앙헬에게 함께 미술관에 가자고 하며 "넌 그냥 가도 돼. 장애인 동반일인은 무료야"(같은 쪽)라고 말한 것처럼. 어떤 그림 앞에 오래

---

6) 장애의 시간성 재현에 대한 비판적 분석으로는 김은정, 『치유라는 이름의 폭력—근현대 한국에서 장애·젠더·성의 재활과 정치』(강진경·강진영 옮김, 후마니타스, 2022) 중 「서문」 참조.

서서 "난 여자 가슴이 좋아"(같은 쪽)라고 말한 것처럼. 요컨대, 앙헬은 체가 장애인이자 성소수자로서 갖는 자긍심에는 언제나 기꺼이 매혹됐지만, 그 자긍심의 이면이나 잔여까지 감당하지는 않는다.

이제 이 소설에서 가장 문제적인 대목에 대해 말해보자. 앙헬은 체의 발음을 처음 들었을 때 도통 알아듣지 못했지만, "영어 듣기 평가"(71쪽)처럼 계속 듣다보니 익숙해졌고 곧 앙헬의 방식대로 체의 말을 번역할 수 있었다. 앙헬에게 "이상하게도 체의 발음이 또렷하게 잘 들"(82쪽)릴 때, 체의 말은 표준어 표기법에 따라 표기된다. 이 규범화된 표기는 어느 순간 체의 "불완전한 발음"(74쪽)이 앙헬에게 더는 문제되지 않았음을 뜻하는 전략이다. 하지만 공교롭게도 바로 그렇게 할 때, 비규범적이고 이질적인 표기로써 드러나던 체의 고유한 언어는 실종된다.[7] "둥글게 말아올리거나 가볍게 입천장을 스칠 수 없는"(58쪽) 체의 혀, "발음이 뭉개지는 탓에"(59쪽) 자신이 하려는 말을 설명하기 위해 체가 부지런히 움직이던 양손, 뒤틀린 몸, 즉 그 자체로 체를 구성하는 장애의 신체성이 삭제되는 것이다. "체가 하는 말을 다 알 수 있었던 시절"에 앙헬이 상상적으로 만났던 체는 "발음과 손은 뭉개지거나 뒤틀려 있

7) 체의 말이 표준어 표기법으로 표기되는 대목의 정치적 효과를 장애학적 관점에서 분석한 글로는 안팎, 「체의 소리 혹은 성격」(2021. 7. 5. https://slowlyaspossible. net/1617/) 참조.

지 않았고"(90쪽) "앙헬에게는 그것이 자연스러웠다"(91쪽). 앙헬은 체가 자신의 비규범적 신체에 대해 갖는 자긍심을 사랑하지만, 체의 신체를 체와 분리할 수 없는 일부로서 받아들이지는 않는다.

처음의 질문으로 돌아가보자. 앙헬은 왜 체와 멀어졌을까. 체와 연루된다는 것은 어떤 의미일까. 체의 할머니는 이가 거의 다 빠진 뒤 곡기를 끊고 자신의 죽음을 도모하고 있다 했다. "할머니의 몸은 하루가 다르게 쇠약해졌고 그걸 보는 자식과 손주들의 일상도 망가"졌기에, 할머니는 "돈 낭비"를 하지 말고 "하루라도 빨리 자신이 죽어야 한다고 주장"(61쪽)한다는 것이었다. 이는 타인에게 폐를 끼치기 싫어하는 할머니의 강직한 성품과 이를 닮았을 체의 인격을 암시하는 설정일 테다. 하지만 또다른 서늘한 진실도 읽힌다. 가족 중에 장애인이나 아픈 사람이 있으면 가족은 그와 '연결된 신체'가 돼 함께 아프거나, 그의 병을 낫게 하기 위해 온 힘을 다한다. 이처럼 가족이 장애인이나 아픈 사람에 대한 일종의 "대리인" 또는 "공동 신체"가 될 때, 장애인이나 아픈 사람의 존재는 가족 전체를 장애화하는 요소로 간주된다.[8] 실제로 오랫동안 관철돼온 부양 의무제는 장애인과 장애인의 가족을 공동 신체화하는 강력한 장치다. 장애인과 그 가족을 운명 공동체로 묶음으로

---

8) 장애인과 그 가족을 대상으로 작동하는 '공동 신체'의 구속력에 대해서는 김은정, 「대리 치유」, 같은 책 참조.

써 장애인의 생존과 돌봄에 대한 국가의 의무를 가족에게 전가하는 것. 이때 장애인은 자신의 생존을 타인에게 저당잡혀야 하고, 장애인과 관계 맺으려는 사람은 장애인을 '개인'으로 대하지 못한다. 이런 정황이 체와 앙헬의 설명하기 어려운 '멀어짐'을 이해하는 데 하나의 참조가 되지 않을까. 그렇게 볼 때, "술 좀 작작 마셔요"(89쪽)라고 체에게 건네는 앙헬의 말은 이 소설에서 가장 다정한 문장으로 꼽히지만, 가장 비극적인 말이기도 하다. 체도 이 말을 듣고 "기뻐하는 건지 아파하는 건지 모르겠는 표정"(같은 쪽)으로 웃지 않았나. 체에게 그 말은 앙헬이 여전히 자신의 안위를 걱정하고 있음을 알려준다는 점에서는 기쁘지만, 그건 곧 자신이 술을 마실 때 앙헬이 곁에 있을 수 없다는 뜻이니 무척 아프기도 한 것이다.

체와 '대니'가 만든 동아리 '마음씨'가 수확을 기약하지 않은 채 산에 씨 뿌리는 행위를 생각해보자. 그들이 심은 장뇌삼 씨앗이 발아해 "산의 비밀"(73쪽)이 되기를 기대할 때, 이들이 꿈꾸는 미래는 구체적으로 어떤 모양일까. 대니는 "동성 결혼이 합법화되고 여자와 여자 사이에서도 아이를 낳을 수 있게 될" 날을 바랐고, 체는 "기술의 눈부신 발전으로 장애인도 마음껏 운전하고 바다에서 서핑할 수 있을"(같은 쪽) 날을 그렸다. 그런데 이때의 발전된 기술은 어떤 것일까. 장애인의 장애를 없애는 기술일까, 혹은 장애인의 신체가 문제되지 않는 혁신적인 자동차의 개발일까. 과연 그 기술이 탄생했을 때, 체를 비롯한 장애인들은 그 기술을 누릴 수 있는 지적·경제적 조건을 다 갖추고 있을까.

수확을 기대하지 않은 채 씨를 뿌리는 행위, "열매를 맺는 일이 고달프다는 듯 꽈배기처럼 몸을 뒤틀며 자란 나무"(92쪽)는 명백히 강제적 이성애와 강제적 신체 정상성의 세계가 강요하는 재생산의 법칙으로 수렴되지 않는 퀴어-장애 신체의 존재론을 지시한다. 그 고고한 존엄과 예기치 않은 전복의 효과는 분명 사려 깊게 검토돼야 하고 적극 지지돼야 할 것이다. 하지만 '산삼'을 캐 먹겠다고 말하면서도 한편으로는 '양귀비' 씨앗을 삼켰다는 말을 농담인 듯 흘리는 체, 그리고 농담임을 알면서도 양귀비 씨를 삼키는 체의 모습을 앙헬이 쉬이 상상할 수 있었다는 점도 기억하자. 할머니의 자살을 말리려 연대 단식을 하고 있다던 체는 앙헬을 만나서도 맥주 외에 "아무것도 먹고 싶지 않다고 했"(같은 쪽)다. 체의 존엄과 자긍심에 감탄하기는 쉽지만, 체가 간직해온 오랜 절망과 죽음 충동까지 받아들이기는 어렵다. 체가 슬쩍 흘린 농담과 절식은 '자긍심을 가진 소수자'라는 규범적 재현이 외면해온 잔여를 날카롭게 드러낸다.[9] 앙헬은 "오, 여버서여?"라는 체의 목소리를 듣는 순간, 이미 이를 알고 있었으리라. 선량하고 전능한 남자는

9) 소수자의 자긍심이나 장애인에 대한 인식 및 법제도의 개선으로도 좀처럼 해소되지 않는 장애 당사자의 분열과 저항감에 대해서는 일라이 클레어, 같은 책, 49~54쪽 참조.

열매 맺지 못하는 나무를 말려 죽이고, 그 자신도 나무에 매달려 죽었으며, 그렇게 될 것을 알고 있었다.

「나뭇잎이 마르고」에서 종교적 알레고리가 일종의 예언으로 기능한다면, 「물오리」의 서두에 제시된 '희생양'의 메타포는 변주를 거듭하며 세 번 상연된다. '교회'와 '여성 전용 사우나'가 한 건물에 들어서 있다는 설정 자체도 미묘하거니와, 남자 없는 세계의 풍속 지리지가 무람없이 펼쳐지는 무대였던 '을주사우나'는 이제 죄지은 자들이 "죄를 씻"(216쪽)어내는 다소 부조리하고 우스꽝스러운 곳으로 변한다.

사건은 이렇다. 이층에 자리한 교회의 '송목사'가 다가오는 침례식을 을주사우나에서 거행하겠다고 제안한 것. 탐탁지 않은 마음으로 송목사의 제안을 수락한 을주사우나 사장 '덕진'은 목욕탕 정비를 마친 뒤, 욕장 바깥에서 까치발을 들고 예식을 구경한다. 죄를 씻는다면서 사람을 물속에 냅다 자빠뜨리는 "쇼인지 무슨 연극인지 알 수 없는 교회 의식"(218쪽)이 덕진은 의아하기만 하다. "물이란 게 때 불리고 반신욕 해서 몸뚱이를 씻는 거지, 저 짓을 저렇게 한다고 어떻게 사람 죄가 씻어져."(같은 쪽)

한편, 코로나19 바이러스가 전국을 뒤덮을 때, 을주사우나에서도 일이 터진다. 덕진의 딸 '을주'가 손님들에게 제공한 식혜가 감염의 원인으로 지목된 것이다. 뉴스와 신문은 을주에게 "슈퍼 전파자라는 딱지를 붙여 애가 다녔던 데를 무장 공비가 침투한 것마냥 옳어"(223쪽)댔고, 다 같이 발가벗은 채 몸을 씻고 밥을 먹던 동네 여자들은 을주에게 갖은 원망을 쏟아낸다. 결국 을주는 "집에 있는 약을 다 갖다 모아 한꺼번에 삼킨"(224쪽)다. 전염의 공포가 극대화되고 '안전'에 민감해진 세계에서 사람들은 감염원을 축출해 불안을 잠재우고자 한다. 희생양의 정치가 등장하는 것도 이때다.

사달은 여기서 그치지 않는다. "응급실에서 위세척하고 와 눈도 제대로 못 뜨는"(220쪽) 을주에게 교회 사람들이 보인 반응은 냉정하다. 교회 장로와 집사들은 을주가 무사한지 보고 오겠다는 송목사를 "그런 데 가시지 말라"며 만류했고, 송목사는 을주에게 찾아와 "그런 죄는 죽어서도 천국 못 가는 죄"(같은 쪽)라며 "기도인지 꾸중인지 모를 소리"(221쪽)를 해댔다. 독실한 교회 신자로서 "하나님 아버지"(219쪽) 소리를 아무렇지도 않게 하며 자신에게도 교회 나갈 것을 권했던 딸을 생각하면, 덕진은 "왜 잠들어 있느냐. 깨어 기도하여라"라고 적힌 "이 주의 성경 말씀"(220쪽)이 야속하기만 하다.

그리하여 을주에게 지금 필요한 건 "기도나 설교"가 아니라 "냉탕 폭포수처럼 정신이 번쩍 나게"(224쪽) 하는 것이라 판단한 덕진은 딸 대신 자신을 제물로 삼는다. 냉탕에 들어가 "김장 끝난 여자들 어깨 마사지하라고 만들어놓은 안마기 파이프"(225쪽)에 매듭을 단단히 조인 넥타이를 걸고 그 고리에 목을 넣은 덕진은 자신의 대속 혹은 '유사-죽음' 퍼포먼스를 영상으로 기록하며 이렇게 되뇐다. "그런 죄는 죽어서도 천국에 못 간다고? (……) 사람이 살게 해줘야 살지."(같은 쪽) 덕진의 연극은 죄를 씻어준다면서도 을주의 죄를 멋대로 단죄하는 교회의 '침례 예식'이라는 쇼를 비틀어 모방한다. 성역 없이 퍼지는 바이러스 앞에서 사우나들이 속속 문을 닫고 사람들이 실제적인 고통을 겪을 때,「물오리」는 선량하고 전능한 척하는 교리의 이면을 능청스럽게 까발려 심문에 부친다.

판타지, 오르가슴, 카타르시스―「링고링」「저녁놀」「코끼리코」

「나뭇잎이 마르고」가 아직 때가 되지 않아 열매를 맺지 못한 나무의 이야기라면,「링고링」의 '나'는 자신을 "때에 맞지 않은 열매", 그것도 "나무에서 열린 게 아니라 하늘에서 뚝 떨어진 것 같은"(9쪽) 열매로 여긴다. '나'에게는 응당 있어야 할 나무의 자리가 비어 있고, 태몽도 부모 대신 "엄마의 친구"(같은 쪽)가 꿨다.

소설은 '영주'와 '링고'라는 기표의 중첩과 연쇄를 현란하게 선보이며 '나'와 '나'의 친구인 '김영주'의 서사, 그리고 '엄마'와 엄마 친구인 '성윤' 커플의 여정을 포갠다. 우선, 일본어로 '사과'를 뜻하는 '링고'는 '나'의 태명이자 태몽을 꿔준 성윤의 일본 이름이다. 엄마는 "링고가 꾼 링고 꿈"(23쪽)을 손가락 링 두 개가 맞물린 모양으로 표현했고, 두 링고들과 함께 사과의 고장인 '영주'를 방문하기도 한다. 한편, '영주'는 외할머니의 사과밭이 있는 엄마의 고향이자 '나'의 단짝 김영주의 이름이다. 영주와 '나'는 "너랑 내가 영주에 가는 건 운명"(27쪽)이라고 여기며 영주로 여행을 떠난다.[10]

'나'와 영주가 친해진 것은 고등학교에 입학하면서부터다. 자신의 부모가 선교사의 주선에 의해 서로 얼굴도 모른 채 결혼했고 엄마가 한국 사람이 아님을 털어놓는 영주에게, '나'는 부모의 이혼 사실을 밝힌다. 기실 '나'에게 부모의 이별은 의미심장한 사건이다. '나'는 때때로 아빠가 엄마의 가슴을 짓누르며 "일본 그 여자"(29쪽)라고 소리치는 장면[11]을 목격했고, 그때부터 엄마와 "일본 그 여자"의 관계는 '나'에게 혼란을 초래한다. 아빠가 "일본 그 여자"라고 부르는 링고 이모는 '나'의 태몽을 꿔준 사람이고, '나'에게 온갖 선물을 안겨주며 "대체 나를 얼마큼 사랑하는"(39쪽)지 짐작조차 안 될 정도로 아낌없이 사랑을 주는 사람이다. 하지만 또 한편으로 링고 이모는 엄마와 아빠가 헤어지도록 만든 사람이

---

10) 이름의 중첩을 활용하는 방식은 김멜라의 「홍이」(『적어도 두 번』)에도 강렬하게 등장한다.

11) "'아내'와 '아내의 여자'가 맺는 견고한 유대로부터 소외되는 남편'이라는 설정은 김멜라의 「모여 있는 녹색 점」(같은 책)의 주된 모티프이기도 하다.

며, '나'의 곁에 있어야 할 엄마의 부재를 빈번하게 발생시킨 사람이다. '나'는 엄마와 링고 이모와 함께 영주를 여행함으로써 두 사람의 "비밀"(31쪽)스런 관계에 동참하게 된 것이 기쁘면서도, 아빠와의 약속을 어겼다는 죄책감에 마음이 무겁기도 했다.

영주를 만나기 전까지 '나'는 늘 혼자였다. 중학교 2학년 때 단짝에게 저지른 말실수가 따돌림의 시작이었다. '나'는 여자친구를 사귀고 있다는 짝의 말에 동성애 혐오가 담긴 날카로운 말로 응수했고, 그애는 여자친구 및 다른 친구들과 함께 '나'에게 집단 폭력을 가했다. 이 사건은 징후적이다. '나'와 짝이 서로의 "머리카락이나 팔을 쓰다듬"(14쪽)으며 나눈 친밀성의 성격을 탈성애적인 것이라고 단언할 수 없거니와, '나'는 아홉 살 때 이미 엄마와 링고 이모의 비밀스런 관계에 연루돼 있었다. 게다가 엄마가 (아마도 링고 이모를 만나기 위해) 자주 집을 비울 무렵, '나'는 옆집의 '지은이 언니'를 찾아가 여자들끼리 애무하는 영상을 함께 보았고, 본 것을 "장롱"(30쪽) 안에서 지은이 언니와 함께 시험해보기도 했다.

심지어 지은이 언니와의 비밀스런 학습 내용은 어느 겨울, 부석사 근처 한 모텔에서 재연되기도 한다. 엄마가 링고 이모를 데려오겠다며 "욕실 안이 훤히 보"이는 "참 이상한 방"(41쪽)에 '나'를 두고 나갔을 때, 어느새 잠이 들었던 '나'는 "갈색 조랑말이 나오는 꿈"(42쪽)을 꾸고 일어나 자신이 오줌을 싸지 않았는지 가랑이 사이를 더듬는다. 그리고 이내 욕실 안에 함께 있는 엄마와 링고 이모를 발견한다. 엄마의 가슴, 이모의 손…… '나'는 "좋아하는 친구끼리 입맞춤도 할 수 있지. 같이 목욕할 수도 있는 거야"라고 애써 스스로를 타이르면서도 "가랑이 사이에 손을 대고 꽉 눌렀" 고, "오줌이 새어나올 것 같"은 기분을 느끼며 "침대 위에 다리를 꼬고 앉아 몸을 앞뒤로 움직였다"(같은 쪽).

  그렇다면 이처럼 여자들의 연속체에 속해 온갖 종류의 친밀성을 경험하며 그로부터 성적 판타지와 쾌락을 얻기도 했던 '나'가 짝에게 '여친'이 있다는 사실에 과민 반응하며 혐오의 말을 내뱉은 건 어쩌면 자기부정에 가까운 것이 아니었을까.[12] 여하튼 이 따돌림을 계기로 '나'는 누구도 배신하지 않고자 애썼고, "서로의 머리카락을 묶어주는 반 애들을 보면 다정하기보다 어리석고 위태로워 보였다"(18쪽). 그런 '나'가 고등학생이 된 지금 영주와 단짝이 되어 서로의 수영복 어깨끈을 올려주는 사이가 된 것은 과거 짝과의 어긋난 관계를 뒤늦게 바로잡으려는 무의식적 수행일지도 모른다.

---

12) 청소년기에 '말실수'로 왕따가 되는 상황은 김멜라의 「A군의 인생 대미지 보고서」(강석희 외, 『A군의 인생 대미지 보고서』, 창비교육, 2022)에도 인상적으로 등장한다. 다만, 「A군의 인생 대미지 보고서」에서의 말실수가 어휘력의 빈곤과 미숙한 교우관계에 기인한 것이라면, 「링고링」의 '나'가 저지르는 말실수는 자기부정의 혐의를 지닌 미필적 고의에 가깝다는 점을 짚어두고자 한다. '말실수'의 무의식에 대해서는 지크문트 프로이트, 『일상생활의 정신 병리학』(1901), 이한우 옮김, 열린책들, 2020 참조.

영주와의 영주 여행은 '나'가 엄마 그리고 링고 이모와 함께했던 영주 여행을 노골적으로 모델링한다. '나'는 영주와의 여정을 과거의 기억과 맞춰보며 엄마가 링고 이모와 함께일 때 느꼈을 감정을 추체험한다. 영주와 함께 예전 그대로이기도 하고 변하기도 한 영주 시내를 거니는 '나'는 "좋은 만큼 무서운 마음이 들지만 그것보다 더 크게 좋"(46쪽)다. 그러고는 생각한다. "우리 엄마도 그랬을까. 엄마도 링고 이모랑 그랬을까."(같은 쪽)

그리하여 소설의 후반부에서 암시되는 것은 엄마와의 내적 화해, 그리고 '나'의 완연한 성장이다. 영주가 나중에 아기를 가졌을 때 자신이 태몽을 꿀 수도 있다고 생각하던 '나'는 정말로 탕후루를 먹다가 설탕에 붙은 썩은 이와 함께 "유리알"(51쪽)처럼 반짝이는 과일 조각을 뱉어낸다. 이는 링고 이모의 꿈속에서 엄마가 햇빛에 반짝이는 사과를 한입 베어먹다가 뱉어낸 "사과 조각이 엄마의 손바닥 위에서 보석처럼 빛났다"(22쪽)는 장면의 완벽한 모방이다. 그리고 바로 그때, 영주는 빠진 이를 찾았다며 저쪽에서 '나'의 이름을 부른다. "한영주! 이리 와! 내가 찾았어!"(53쪽) '영주'가 '나'의 이름이기도 하다는 사실이 밝혀지면서, 두 명의 '링고'에 이어 두 명의 '영주'가 연결된다. 링과 링처럼. 이 겹침이 설레면서도 두려운 듯, "영주와는 절대 그런 사이가 되지 않을 거라고"(같은 쪽) 다짐하는 '나'. "그런 사이"란 어떤 사이일까. 엄마와 링고 이모처럼 여자들끼리 사귀는 사이? 여자들끼리 사귀면서도 멀리 떨어져 살며 몰래 만나는 사이? 수수께끼 같은 질문을 남긴 채, 영주는 영주를 향해 걸어간다.

「링고링」이 엄마와 동성 연인의 관계가 '나'의 외상적 기억의 대상에서 판타지의 대상이자 모델링의 대상으로 변모하는 과정을 서사화한다면, 「저녁놀」은 안전 및 안정에 대한 레즈비언 커플의 희구와 에로스의 역능을 유쾌하게 탐색한다.[13] 물론 여기에는 '여자들이 선망해 마땅한' 것으로 여겨져온 남근, 전 인류의 문명사와 지성사의 중심축으로 작동해온 남근 지상주의에 대한 통렬한 풍자가 있다. (유사) 남근 없이 저들끼리 도저한 열락을 누리는 레즈비언 커플 '눈점'과 '먹점'의 세계가, 오랫동안 비대한 자의식을 장착해온 딜도 '모모'에게는 마치 세계의 종말을 예고하는 듯한 저녁놀처럼 불안하고 두렵다. 흡사 조선 후기의 가전假傳 「규중칠우쟁론기」에서 규방의 필수품인 '칠우'들이 자신의 소임과 공로를 인정해주지 않는 '규중 부인'에게 불만을 토로하듯, 「저녁놀」은 레즈비언 커플의 방에서 존재감을 잃은 모모의 하소연을 경유해, 그간 잘 드러나지 않았던 '여자들의 세계'를 가시화하고 그에 걸맞은 남근(남성성)의 새로운 처세 방안을 모색한다.

잠깐, 누군가는 반발할지도 모른다. 딜도를 단지 "모형 페니스"

---

13) 「저녁놀」에 대한 서술은 다음 글의 일부를 발췌·수정한 것이다. 오혜진, 「표표, 파파야, 모모'가 있는 풍경─김멜라 「저녁놀」의 에로스에 부쳐」, 『문학과사회』 2022년 봄호.

(95쪽), 즉 남근의 대체물이라고만 여기는 것은 여성/레즈비언 성애에 대한 빈곤한 상상력을 반증할 뿐이라고.[14] 하지만 분명히 해두자. 눈점과 먹점도 모모를 유사-남근으로만 간주하는 것은 아니다. 먹점은 "신체 구조상 우리가 서로에게 해줄 때 우리의 배는 떨어져 있으니까, 기구의 도움을 받으면 끌어안고 할 수 있"다는 이유, 즉 "더 가까이 닿고 싶은 마음"(103쪽)으로 딜도의 사용을 제안했고, "먹점의 손가락보다 더 굵은 것이 필요하지 않"(같은 쪽)던 눈점도 이에 동의했다.

눈여겨볼 것은, 이 작품이 그간 레즈비언 서사와 관련해 분석돼온 모종의 경향성과 선연히 구분된다는 점이다. 이를테면, 이 소설은 최근 레즈비언 서사가 섹스를 로맨스나 에로스가 아닌 폭력과 공포의 대상으로만 경험해온 이들에게 대안적 판타지로서 부상했다는 견해[15]와 거리를 둔다. 또한 '약자 간의 상호 돌봄'이나 '구원'과 같은 대의명분을 동반함으로써만 정당화되는 레즈비언 성애 재현의 사례들[16]과도 결을 달리한다. 오히려 이 소설은 유독

---

14) 딜도를 비롯해 여자들의 섹스에 사용되는 도구 및 그와 관련된 성적 쾌락에 대해서는 한채윤, 『여자들의 섹스북—우리 모두 잘 모르는 여자들의 성과 사랑』, 이매진, 2019; 은하선, 『이기적 섹스—그놈들의 섹스는 잘못됐다』, 동녘, 2015 참조.
15) 심진경, 「새로운 페미니즘 서사의 정치학을 위하여」, 『창작과비평』 2017년 겨울호.
16) 오혜진, 「음험하게 숭고한 사랑—소설 『우리가 통과한 밤』과 영화 〈도희야〉」, 『지극히 문학적인 취향—한국문학의 정상성을 묻다』, 오월의봄, 2019.

'경제적 생존'이라는 테마에 주목해온 최근 레즈비언 서사의 경향
을 공유하면서도, 이 현상의 의미를 보다 입체적으로 사유하게 한
다. 그간 이 현상은 크게 세 가지 차원에서 분석돼왔다. 첫째는, 이
현상이 'N포 세대' 등으로 대변되는 '보통 사람'이라는 알리바이
없이는 좀처럼 '보편적인 서사'로 분류되지 않는 퀴어 서사가 한국
문학장에 안정적으로 편입하기 위해 자의적·타의적으로 차용하는
'주류화(커버링)' 전략[17]의 산물이라는 것. 둘째는, '여성의 빈곤화'
와 '빈곤의 여성화'가 심화되고 있는 신자유주의의 성정치에서 레
즈비언은 성적 지향이기 전에 일종의 계급으로서 작동한다는 분석
이다.[18] 그리고 셋째는, 최근 레즈비언 서사에서 경제적 생존 위기
를 '가족에의 열망'으로 수렴시키는 보수주의적 기획이 자주 발견
되는데, 이는 퀴어 정치를 재영토화할 위험이 있다는 진단[19]이다.

　그런데 어떨까. 「저녁놀」에서 모모의 존재감 상실이 "대파 한
단이 육천칠백원 하던 시절"(95쪽)로부터 비롯된다는 점을 의미
심장하게 기억할 필요가 있다. "시간당 급여가 지급되는 서비스
직 아르바이트"(96쪽)로 생계를 꾸리던 눈점과 먹점은 함께 있기

---

17) 켄지 요시노, 『커버링─민권을 파괴하는 우리 사회의 보이지 않는 폭력』, 김
현경·한빛나 옮김, 민음사, 2017, 9~39쪽.

18) 오혜진, 「지금 한국문학장에서 '퀴어한 것'은 무엇인가─한국 퀴어 서사의 퀴
어 시민권/성원권에 대한 상상과 임계」, 같은 책.

19) 김건형, 「2018, 퀴어전사─前史·戰史·戰士」, 『문학동네』 2018년 가을호; 오
혜진, 「지금 한국문학장에서 '퀴어한 것'은 무엇인가」.

위해 시급을 모아 "값싼 식당이나 번잡한 카페" "지저분한 공원" "DVD 방"(같은 쪽)을 전전해왔다. 그러다가 사귄 지 오 년 만에 "불법 증축 시설물"인 "다세대 빌라의 옥탑방"(101쪽)을 구했고, 그제야 비로소 "딜도로 해볼"(100쪽) 의욕이 났다. 딜도를 보관할 공간(!)이 생겼기 때문이다.

그러나 열악한 노동환경에서 과로하다가 "만성피로"(105쪽)에 찌든 먹점과, 버스 사고를 당하고도 버스 기사와 버스 회사에 항의하지 못해 후유증에 시달리며 그들의 좁은 집에 유폐된 눈점은 실험적 섹스에의 의욕을 빠르게 상실해간다. 눈점과 먹점이 경제적·정신적으로 피폐해지며 "점점 점이 되어가는"(108쪽) 시간과 "먹고사는 문제에만 매달려 성욕을 잊"(119쪽)어가는 시간은 오롯이 겹쳐진다. 눈점과 먹점이 대파값의 폭등과 함께 살림과 욕망의 크기를 줄여가는 과정은 점차 하락하는 자신의 존재감에 대한 모모의 절규만큼이나 진한 페이소스를 남긴다. 다만, 이때 두 여자에게 가해지는 모모의 훈계는 웃기면서도 꽤 날카롭다. 모모의 일갈은 '어째서 최근 여성·퀴어 서사는 소수자 정치의 급진화 대신 '안정된 삶'이라는 규격화된 생애 각본에의 편입만을 열망하는가'라는 퀴어 페미니스트들의 비판[20]을 교묘하게 차용·패러

---

20) 오혜진, 「'주체'와 불화하는 글쓰기—최근 한국 퀴어/페미니즘 문학의 에토스에 대한 메모」, 웹진 세미나 9호, 2021. 11.

디한다.

어쩌다 여자들이 이토록 섹스를 업신여기게 된 걸까. 섹스 없인 태어나지도 못했을 것들이, 섹스 없인 존재하지도 못했을 것들이, 섹스에 등돌리고 섹스의 상징이자 육체의 중심인 나를 버리겠다니. 나는 두 여자가 미웠다. 날 이렇게 만든 너희, 너희 두 여자. 죽을 때까지 함께 살기로 한 여자들. 질 좋은 음식을 요리해 먹고 안전하고 깨끗한 집에서 잘 살아보겠다는 너희 여자들!(118쪽)

이 영리한 소설은 인류사 전반에 걸쳐 유구하게 관철돼온 남근 지배나 '이대남'이 구사하는 백래시backlash 수사학을 전복함은 물론, '남자 추방에 기인한 레즈비언 분리주의, 섹스 없는 레즈비언 서사, 명분 없이 성립하지 않는 여성 성애, 탈정치화된 퀴어 서사'라는, 그간 레즈비언 서사에 대해 제기돼온 비판적 혐의들을 모조리 염두에 두면서도 이를 천연덕스럽게 배반한다. 오히려 그런 입바른 소리를 내는 비평가에게 반문한다. '안 그럴 도리 있겠어?'

대파값이 폭등해 손수 키운 대파를 눈점과 먹점은 차마 잘라먹지 못한다. 대파와 '함께 시간을 보냈고', 대파에게 '파파야'라는 이름을 붙여줬기 때문이다. 대파 취식 문제로 불거진 눈점과 먹점의 다툼은 경제적으로 쪼들리고, 버스 사고에 대해 즉각 항의조차 못할 만큼 여자들의 사회적 위상이 쪼그라들면서 마음조차 가난해진 풍경의 한 단면이다. 이쯤 되면 한때 눈점과 먹점을 설레게했던 예술서와 철학서, 흑표범 인형(그들이 '표표'라고 이름 붙인), 대파, 남근(아니, 딜도!)을 내다버리는 일은 그저 공간의 효율적 활용을 위한 합리적 선택 또는 '탈코르셋' 같은 이념적 각성으로 치부할 일만은 아니다. 그것들과 '함께 시간을 보낸' 자신에 대한 존중과 존엄의 회복이 필요하다. 눈점은 버스 회사를 찾아가 사고처리의 부당함에 대해 항의해야 하고, 먹점은 반려인 눈점의 병간호를 휴가 요청 사유로서 회사에 정당하게 말할 수 있어야 한다. 눈점은 '지현'으로, 먹점은 '민영'으로 살 수 있어야 한다.

그리하여 소설이 두 여자에게 선사하는 것은 두말할 것 없이 에로스의 회복이다. 몸과 마음의 병을 앓는 눈점은 "여자 둘이 살기엔 너무 힘든 세상"이니 "남자 만나서 혼인신고 하고 신혼부부 대출 받아서 좋은 집 가"(130쪽)라고 짐짓 신파적인 장면을 연출하며 먹점에게 당부한다. 그리고 덧붙인 "마지막 소원"은 "하고 싶"(같은 쪽)다는 것이었다. 이에 먹점은 "버리기 전에 한번 해볼까?"(132쪽)라며 "버리는 상자"(116쪽)에서 모모를 건져올린다.

"일렉트로닉 댄스 뮤직"(133쪽)과 믹스한 민요 〈팔도 여자랑〉의 남도 사투리에 맞춰 눈점과 먹점이 흥겹게 '박 타는'(이 대목에서는 '성관계하다' '교접하다' '섹스하다' 따위가 아니라, 반드시 '박 탄다'라는 '이쪽' 용어를 써줘야 맛이 난다) 장면은 이 소설에서 가장 관

능적인 대목이다. 생존 위기에 내몰려 "점점 점이 되어가"던 눈점과 먹점의 "몸 깊숙한 곳에 가라앉아 있던 단단한 점들이 빙글빙글 돌"고 "세포 하나하나가 넓고 길게 펼쳐지는 듯"(같은 쪽)하다고 묘사된 두 여자의 오르가슴은 이전까지 한국 여성/레즈비언 서사에서 거의 재현된 적 없는 귀한 장면 아닌가. 각박해져만 가는 생존경쟁, 견고한 착취 구조 속에 놓인 청년들의 '젊음'이라는 자원, 너무나도 손쉽게 삭제되고 왜곡되는 여성의 발언권과 사회적 위상, 차별금지법이 발의된 지 십오 년이 지나도록 여전히 국회에 계류중일 만큼 진전 없는 성소수자의 시민권…… 한국 레즈비언들이 겪어온 한 많은 세월과 무수한 상처들이 한판 섹스의 구성진 리듬에 맞춰 신명나게 승화된다. 그야말로 음험하지도 숭고하지도 않은, "K레즈"(같은 쪽)들의 순정한 황홀경이다.

결말부 또한 성평등 교재의 지문으로 쓰여도 될 만큼 건전하고 아름답다. 먹점의 장딴지 밑에 우연히 깔린 모모는 자신도 몰랐던 잠재적 역능을 새롭게 발견한다. 모모는 먹점의 거북목과 눈점의 발바닥을 안마하는 데 탁월한 소질을 가졌던 것이다. 오로지 불변의 남근 상징으로서만 자신의 존재를 설명할 수 있었던 모모는 이제 탄력적인 "안마기"가 될 수도 있고, 눈점의 유희적인 붓 터치에 힘입어 "과일 나오는 도깨비방망이"(134쪽)가 될 수도 있다. 남근이 더이상 남근으로 존재하지 않아도 될 때, 비로소 여자들은 물론 남근(남성성) 자신도 해방돼 '가능성의 세계'를 만끽한다는 교훈적인 우화를 이보다 우아하고 귀엽게 서사화할 수 있을까. 표표와 파파야와 모모가 함께 있는 모습, 용도 변경과 함께 자기 변신을 꾀한 유연한 신체들이 함께하는 곳에 드리워진 '저녁놀'은 성 전쟁sex war의 시대에 김멜라가 그려낸 가장 평화롭고 목가적인 풍경이다.

「저녁놀」이 레즈비언 커플의 억압된 성적 욕망과 그 승화를 오르가슴의 폭발 장면으로 재현했다면, 「코끼리코」에도 장엄한 승화가 마련돼 있다. 어머니를 일찍 여의고 아버지와 남자 형제만 있는 집에서 '202호'는 홀로 어머니의 제사상을 차리다가 불현듯 자신이 "벌레"(232쪽) 같다고 느낀다. 찜통을 들어올리다가 디스크가 터져 버둥거려도 일으켜 세워주는 사람 하나 없는 곳. "젊으니까, 출근해야 하니까", "순하고 무른 성격" 때문에 "아플 때 아프다고 말하는 것에도 특별한 용기가 필요"(같은 쪽)했던 202호는 더는 그렇게 살지 않기로 한다.

돌아가신 아버지의 유산을 배분하는 자리에서 세 명의 오빠가 자기와 식솔들 몫 챙기기에 여념이 없자, 202호는 자신의 신체에 각인된 "통증"(같은 쪽), "반점"(234쪽), "흉터"(238쪽)를 내보이며 호소한다. 자신은 이제 얼마 못 살 거라고. 지난한 설득 끝에 아버지 계좌에 있는 돈을 받아낸 202호는 당장 떠난다. "좋은 집"이 아니라 "잘 죽을 수 있는 집"(239쪽), 적어도 "옆집 남자 오줌 싸는 소리"(235쪽)가 들리지 않는, 자신이 살아서 죽음을 준비할 수 있는 집을 찾아서. 그리하여 202호가 찾아낸 집은 재건축을 추진 중인 '개나리맨션'에 딸린 이층짜리 상가 건물 '개나리상가 202호'다. "집도 아니고 그렇다고 완전한 사무실도 아닌, 이쪽과 저쪽을 섞어놓은 실험적인 은신처"(241쪽) 같은 그곳을 자신의 "아름다운 무덤"(239쪽)으로 삼을 참이다.

그런데 문제가 있다. 언제 헐릴지 모를 상가 일층을 지키는 이웃들이다. 슈퍼, 세탁소, 통닭집 남자들은 202호의 외출 패턴을 꼼꼼하게 관찰하고 간섭하더니, 급기야는 상가 이층에 있는 여자 화장실을 함부로 쓴다. 매번 올라가 있는 변기 커버, 누런 오줌 자국…… 202호는 분명히 들었다. "서서, 남자가 싸는 소리"(249쪽)를. 범인은 통닭집 남자. 하지만 일층 남자들은 여자 화장실을 사용하지 말아달라는 202호의 요청을 가볍게 무시한다. "남자니 여자니 그런 거 따지지 말고 인지상정으로 살"(251쪽)라나. '청결'과 '안전'의 중요성을 강조하는 자신의 말이 전혀 먹히지 않자 202호는 생각한다. "쌀 거면 앉아서나 싸든지."(253쪽) "싸는 자세와 삶의 자세는 어떤 연관이 있을까."(254쪽)

이제 개나리상가 202호는 사는 문제, 아니 싸는 문제를 골똘히 탐구하고 실험하는 "은신처"로 변한다. 어느 날 202호는 "여자도 서서" 쌀 수 있다는 휴대용 여성 변기 "코끼리코"(255쪽)를 발견해 구입한다. "다른 방법, 다른 자세를 시도할 수 있다는 사실을 안 것만으로도 한결 홀가분해진 기분"(256쪽)이 들었다. 하지만 곧 또다른 난관에 봉착한다. 코끼리코를 자신의 다리 사이에 아무리 갖다대도 도저히 소변이 나오지 않는 것이다. 아버지의 사십구재 때 오빠들과 유산 문제를 논의하기로 했는데, "오줌도 못 싸는 배짱으로"(258쪽) 세 명의 오빠들에게 어떻게 맞설지 두려워진다.

결국 노력은 보상받는 법. "알몸 위에 야자수 잎이 그려진 로브 하나만 걸"친 채 코끼리코를 노려보며 아랫배에 힘을 주던 202호는 "밖으로 나오길 두려워하고 있"(259쪽)는 그녀의 오줌을 생각하며 외친다. "씨부랄 거, 그냥 좀 싸!"(같은 쪽) 202호의 목소리가 그녀의 공간에 울리고, 그녀가 걸어놓은 사진 속 아버지와 어머니, 일본과 한국 예술의 두 거장 쿠사마 야요이와 안숙선이 그녀를 지켜보는 가운데, 마침내 "빨간색 코끼리코를 따라 202호의 오줌 줄기가 흘렀다"(260쪽). 시원하게 포효하며 긴 코로 물줄기를 내뿜는 코끼리처럼. 한번 물꼬가 터진 오줌은 쉽사리 멈추지 않았고, 202호는 "오래 참은 사람이 경련하듯 짧게 몸을 떨었다"(같은 쪽).「코끼리코」는 '서서 싸는' 사람들의 무례, 참견, 호통, 뻔뻔함 등을 '오래 참은' 202호에게 마땅한 보상처럼 장쾌한 배뇨를 허한다. 어렵게 터진 그녀의 오줌 줄기는 '정화'와 '배설'이라는 어원을 지닌 그리스어 '카타르시스katharsis', 바로 그것이다.

빈 괄호로 두는 용기―「제 꿈 꾸세요」

  김멜라의 세계에는 '알 수 없는 일'들이 끝도 없이 일어나지만, 그 '알 수 없음'이 누군가를 침울하거나 무기력하게 만들지 않는다. 그의 인물들은 '알 수 없음'의 상태가 선사하는 자유와 풍요로움을 만끽하기도 하고, '미지'와 '무지'의 상태를 짐짓 방치하기도 한다. 그의 소설에서 '알 수 없음'은 당장 해소해야 할 상태로 간주되거나, 회피를 정당화하기 위한 알리바이로 활용되지 않는다. '알 수 없음'은 지금까지 알고 있다고 믿었던 것에 대한 의심, 새로운 앎에 대한 기대를 만드는 역동적이고 창발적인 계기다.

  이 책의 마지막에 수록된 「제 꿈 꾸세요」는 '알 수 없음'의 상태를 지나치게 두려워하거나 경계하지 않아도 된다고, "빈 괄호"(273쪽)는 그저 "빈 괄호"로 둬도 된다고 독자를 안심시키며 작은 온기를 건네는 소설이다. 주인공 '나'는 여러 번 자살을 시도했지만 모두 실패했는데, 어이없게도 "캐러멜향이 첨가된 아몬드크런치크랜베리초코바"(267쪽)를 먹다가 기도가 막혀 사망에 이른다. "혼자 사는 삼십대 무직 여성"(268쪽)의 사인에 대해 세상이 준비해놓은 뻔한 각본을 따르는 것은 싫지만, 그렇다고 이렇게 죽고 싶진 않았다. "설명할 도리"(같은 쪽) 없는 이 갑작스러운 죽음. 하지만 별수 있나. '나'는 이제 죽은 몸을 떠나 '길손'이 된 자신의 죽음을 발견해줄 지인을 찾아야 한다. 가이드 '챔바'의 안내를 받으며, '나'는 '나'의 상상력 안에서 다른 사람의 꿈에 나타나 '나'의 부고를 알릴 것이다.

처음 떠올린 사람은 엄마였다. 하지만 '나'의 자살 시도가 수차례 거듭되면서 엄마에게 이미 너무 많은 못을 박아버렸다. 그리하여 두번째로 생각한 사람은 중학생 때부터 친구인, 목사님 딸 '최규희'. 규희는 "나한테 발가락 하나 정도는 줄 수 있다"(276쪽)고 할 만큼 헌신적인 친구지만, 그래도 규희에게 '죽은 나'를 발견해 달라고 부탁하지는 않기로 한다. 규희는 키가 크다는 이유로, 깜빡이는 형광등 돌리는 일을 항상 도맡아야 했던 친구니까. 다른 사람들도 "의자 밟고 올라서면 다 자기처럼 키 커질"(280쪽) 텐데도 말이다. 그다음 떠올린 사람은 동성 연인 '세모'다. "좀 아프게 해도 괜찮은 사람, 서로에게 준 상처보다 사랑했던 기억이 큰 사람"(281쪽)이기에 세모가 적임자로 생각됐다. 하지만 그 생각도 이내 철회한다. 자기 정체성을 공적 영역에서는 철저히 숨길 거라던 "벽장. 이혼녀"(285쪽) 세모가 "내가 자기 때문에 죽었다고 생각"할까봐, "자기랑 내가 이런 사람이라, 이런 성향의 사람은 결국 이렇게 끝날 수밖에 없다고"(288쪽) 여길까봐.

자신의 상상 속에서 챔바와 함께 눈을 맞으며 '나'는 알게 된다. "세상 어디에도 살 만큼 살았다고 말하는 사람"(282쪽)은 없고, 누군가의 죽음에 대해서는 섣불리 판단하기보다는 그저 '빈 괄호'로 둬도 된다고. "내 죽음의 경위와 삶의 이력들을 오해 없이 완결"(295쪽)하지 않아도 된다고. 다만, '나'는 자신과 이어진 사람의 꿈으로 간다면, 그들을 즐겁게 해주기로 한다. 챔바가 엄마의 꿈에 찾아가면서, 엄마가 "돼지꿈"(290쪽)을 꾼 듯 "일어났을 때 웃게 되"(291쪽)기를 바란 것처럼.

그러니 "당신은 기쁘게 내 꿈을 꿔주길"(296쪽)이라는 당부는 자아의 완결성에 대한 집착을 내려둔 채, 오직 "당신"을 웃게 만들면 족하다고 믿어보려는 '나'의 조심스러운 숨고르기다. 나 자신과 세계를 '알지 못한다는 것'을 기꺼이 수긍하며, 소중한 사람들을 웃게 만드는 것. 누군가에게 그건 더없이 큰 용기를 필요로 하는 일이기에.

작가의 말

　여름의 무더위가 막 시작될 무렵, 작업실로 올라가는 이층 계단에서 새끼 고양이 한 마리를 발견했습니다. 저와 제 애인은 땡볕에 탈진한 채로 쓰러져 있는 고양이를 안고 작업실로 가 물을 주고 그늘에서 쉬게 했습니다. 갈비뼈가 다 드러난 마른 몸으로 한동안 지쳐 잠만 자던 고양이는 조금씩 기운을 차려 이유식도 먹고, 배변도 하며 이틀 밤을 보냈습니다. 그사이 우리는 고양이의 이름을 짓고, 새 식구를 위한 집과 물품들을 샀습니다. 체력을 회복한 후에 병원에 데려오는 게 좋겠다는 수의사의 말에 우선 잘 먹이고 보살피자고 생각했는데, 삼 일째가 되던 새벽 갑자기 고양이가 아픈 소리를 내며 울더니 전과 다르게 일어서지 못했습니다. 애인은 곧바로 이십사 시간 동물병원으로 고양이를 데려갔지만, 도착했을 땐 이미 심장이 뛰지 않았습니다. 어떻게 갑자기 이럴 수 있느냐며 애인은 울면서 제게 전화했습니다. 기계의 도움으로 심장을 뛰게 하고 있지만 이미 뇌사 상태라 깨어나기 힘들 거라는 의사의 말을 전하며, 애인은 좀더 빨리 병원에 데려오지 못한 자신을 탓했습니다. 집에 돌아와서도 애인은 울음을 멈추지 않았고, 시간이 흐른 지금도 고양이의 이름만 말해도 금세 눈가가 젖습니다.

키요, 갈색 줄무늬 새끼 고양이.

키요가 우리에게 머문 시간에 대해서는 오직 우리 둘밖에 모릅니다. 키요가 이 세상에 있었다는 사실을 증명하는 것은 사진 몇 장과 동물병원 영수증에 찍힌 '키요'라는 두 글자뿐입니다. 소설집을 펴내며 이 이야기를 쓰는 이유는 짧은 시간 우리 곁에 머물렀던 키요의 존재와 그 어린 생명을 애처로워하는 제 애인의 마음을 이 책에 남기고 싶기 때문입니다. 제가 글로 써서 기록해야 할 것은 바로 그 마음과 생명이라는 걸 알기 때문입니다.

첫 소설집을 묶을 때 저는 '작가의 말'에서 제게 소설은 세상의 알 수 없음을 조금이라도 설명해보려는 시도라고 썼습니다. 또 한 권의 책을 펴내는 지금, 저는 여전히 그 알 수 없음에 하루에도 몇 번씩 무릎이 꺾이지만 한 가지 알게 된 것도 있습니다.

사랑하는 것은 아무것도 사라지지 않는다.

그러니 아무것도 헛되지 않다.

이 책에 실린 여덟 편의 소설을 통해 제가 말하고 싶은 게 있다면 그것뿐입니다.

나에게 사랑이 있다고 말할 수 있게 해주는 사람 5, 언제나 나의 글을 가장 먼저 읽어주어 고맙습니다. 당신이 있어 나는 모르는 길을 헤매다 돌아와도 아무 걱정 없이 당신 품에서 잠들 수 있습니다. 매일매일 환희의 선물을 안겨주는 나의 조카, 그 아이가 살아갈 이 세상이 좀더 너그러워졌으면 좋겠습니다. 뭔가를 성취하고 끝없이 경쟁하지 않아도 세상은 이미 가없이 받은 은혜로 가득하다는 것을 그 아이에게 말해줄 수 있는 어른이자 친구가 되고 싶습니다.

보푸라기가 많은 문장을 한 올 한 올 뜨개질하듯 정성스럽게 다듬어 세상에 선보이게 해주신 김내리 편집자님께 신뢰와 감사의 마음을 전합니다. 점점이 흩어져 있는 소설의 이미지들을 이어 영사기 속 필름이 돌아가듯 생기를 불어넣어주신 오혜진 평론가님께 진심으로 감사드립니다. 평론가님의 사려 깊은 질문들 덕분에 저의 소설이 다른 이의 괄호로 나아갈 수 있는 힘을 얻습니다. 낯설고 거친 저의 외침에 벅찬 응답의 목소리를 전해주신 편혜영 작가님께 깊은 감사의 인사를 드립니다. 작가님의 메아리에 제 사랑의 선동이 마치 맑은 바람을 타고 풀린 리본처럼, 경쾌한 물살처럼 자유롭게 흘러가는 듯합니다. 그 흐름의 끝에선 언젠가 이 책이 나무의 세계로 돌아가 잘 썩었으면 좋겠습니다.

소설을 쓰면서 저는 제가 꾸는 꿈을 펼치고, 보고 싶은 세계를 상상해 언어로 담아낸다고 생각했습니다. 다 모아놓고 보니 알겠습니다. 결국 그 모든 글쓰기는 당신의 꿈으로 가기 위한 노력이었다는 것을요. 여기에 실린 소설들은 당신 꿈에 나오길 바라는 저의 들뜬 마음입니다. 바람이 있다면 부디 깨어났을 때 웃어주세요.

2022년 8월
김멜라

| 수록 작품 발표 지면 |

링고링 ······ 『백조』 2020년 겨울호

나뭇잎이 마르고 ······ 『문학동네』 2020년 겨울호

저녁놀 ······ 『문학과사회』 2021년 가을호

설탕, 더블 더블 ······ 『현대문학』 2021년 9월호

논리 ······ 『팔꿈치를 주세요』(큐큐, 2021)

물오리 ······ 웹진 비유 2021년 4월호

코끼리코 ······ 『문학들』 2021년 겨울호

제 꿈 꾸세요 ······ 『창작과비평』 2022년 봄호

문학동네 소설집
제 꿈 꾸세요
ⓒ 김멜라 2022

1판 1쇄 2022년 8월 20일
1판 5쇄 2024년 6월 3일

지은이 김멜라
책임편집 김내리 | 편집 김도영 서유선 염현숙
디자인 윤종윤 최미영 | 저작권 박지영 형소진 최은진 서연주 오서영
마케팅 정민호 서지화 한민아 이민경 안남영 왕지경 정경주 김수인 김혜원 김하연
　　　김예진
브랜딩 함유지 함근아 고보미 박민재 김희숙 박다솔 조다현 정승민 배진성
제작 강신은 김동욱 이순호 | 제작처 영신사

펴낸곳 (주)문학동네 | 펴낸이 김소영
출판등록 1993년 10월 22일 제2003-000045호
주소 10881 경기도 파주시 회동길 210
전자우편 editor@munhak.com | 대표전화 031) 955-8888 | 팩스 031) 955-8855
문의전화 031) 955-2696(마케팅) 031) 955-8864(편집)
문학동네카페 http://cafe.naver.com/mhdn
인스타그램 @munhakdongne | 트위터 @munhakdongne
북클럽문학동네 http://bookclubmunhak.com

ISBN 978-89-546-7770-7 03810

www.munhak.com